高殿円

MADOKA
TAKADONO

シャーリー・ホームズとジョー・ワトソンの醜聞

SHIRLEY HOLMES & THE SCANDAL OF JO WATSON

早川書房

シャーリー・ホームズと
ジョー・ワトソンの醜聞

帯イラスト／雪広うたこ

シャーリー・ホームズと
ジョー・ワトソンの醜聞

Shirley Holmes & the Scandal of Jo Watson

登場人物

シャーリー・E・ホームズ　ロンドンの治安維持システムを自任する顧問探偵
ジョー・H・ワトソン　元軍医。ロマンス小説家。シャーリーの助手で同居人
ミシェール（マイキー）・ホームズ　英国政府高官。シャーリーの姉
ミセス・ハドソン　ベイカー街221bの電脳家政婦
ミスター・ハドソン　ベイカー街221aのカフェ〈赤毛組合〉店主
マーヴィン・モースタン　開業医。ジョーの夫？
サディアス・ショルトー　元陸軍将校。マーヴィンの亡き父親の元上官
サディアス・ショルトー・ジュニア　サディアス・ショルトーの次男。ショルトー商会社長
ゲオルグ（ボヘミアン・プリンス）〈クラブ・ボヘミア〉のオーナー。エイレネは〝ギー〟と呼ぶ
エイレネ・フォール（アンドリュー・アドラー）　ゲオルグの元恋人。通称〝ムーンライト〟
ゴドフリー・ノートン　不動産専門の弁護士
デイヴィッド・ピーター王子　女王の六人目の末息子
ジョナ（トンガ）　キャンプでジョーたちを監視。ジョーの過去を知る男
グロリア・レストレード　ロンドン警視庁警部
イライザ・モラン　元陸軍大佐。ジョーの元同僚
ヴァージニア・モリアーティ　数学者で情報処理学の権威。犯罪界のドン。シャーリーの人工心臓の開発者。通称〝蜘蛛の女王〟

シャーリー・ホームズは彼女のことを、いつでも「あのひと」とだけ言う。

それはこの世界でたった一人を指していて、〝彼女〟のことを、事件解決後、シャーリーがほかの呼び方で言うのを聞いたことがない。

私ことジョー・ワトソンの知る限り、シャーリーの人生は、恋愛関係を含めて、強い感情を伴うフレンドシップとは無縁なものだった。無縁なはず、だった。愛だとか恋だとか、およそ人間の関心の大半を占める他人との関係性という問題において、彼女の関心はいままで名前は知っているが行ったことのない土地のように、永遠に近い、はてしない距離があった。

なのにここへきて急に、「あのひと」などという、呼び方そのものに敬意や親密さを感じさせるような特別な関係性が、彼女と私以外のだれかとの間に生まれてしまったのだ。

これは一大事件だった。たとえロンドンで百人連続殺人事件が起ころうと、どんなむごたらしい死に様の猟奇的殺人事件が勃発しようとも、これほどまでに私の、ただでさえ日頃から安定性に欠けるメンタルに大きくゆさぶりをかける出来事はない。

(思い出したくもないし、シャーリーに語ってほしくもない。役所に〝またきて〟と五回連続で手を振って追い払われたときよりもひどい。ああ、もううんざりする!)

なんでこんなことになったんだろう……?

正直言って私自身、〝あのひと〟事件の本当の意味での起点を思い出すことは容易ではない。ご存じのとおり、私という人間は生まれてこの方三十四年間、日頃から海を漂うクラゲよろしくふわふわとした時間軸の中で生きていて、その上どうにもあの年――二〇一六年のこと――周辺の記憶がいまだはっきりしないのだ。

それでもなんとか七年も機種変更していないiPhoneのフォトフォルダという外部記憶装置を遡《さかのぼ》り、当時撮った他愛もない写真をながめているうちに、ここリージェンツパークと瀟洒《しょうしゃ》で上品なメアリルボーンに挟まれたロンドン随一の高級住宅地、ベイカー街221bでぽつぽつと交わされたシャーリーとの会話が思い出されてきたのだった。

「ねーねーきいてよ、シャーリー《マイディア》」

私とシャーリーも同居を始めて三年近くが過ぎ、お互いに両親が若い頃から家にある家具くらい同じ部屋の風景に溶け込んで、それがどうにも居心地が良く、一ミリたりとも動かしがたい収まり感ができてきたころのこと。

「乗り合いウーバーで一緒になったイケメンがおごってくれたぁ。ちょっとユアン・マクレガーに似ててキュンってしちゃった」

などと言おうものなら、

「なるほど、君らしい。サービスに似たる何かを受けたにもかかわらず、適正価格を支払わなかったことに、少しも罪悪感を抱かず諾々《だくだく》と享受することで、一見サービスのように見えるものの正体に気づかないふりをする。君が街で出会った好みのイケメンの話をしない日々をすごすのは、ツイッターの謎の鳥が永久にピンクになるくらい難しいことだ」

と一筋縄ではいかない皮肉で、ただでさえ皮肉屋が多いブリティッシュの十倍くらいの高角度から切り込んでくる。ところが、私はそのころにもなると、すっかりシャーリーの物言いに慣れてしまっていて、どんなに彼女が冷静で的確、驚くばかりに均整のとれた知性を駆使して行われ得る推理観察のプロ、心なき完璧な分析機械であるといっても、

「なぁんだ、起きているのもだるいはずなのに、私が帰宅する時間を正確に推理してこうして言葉をかけにわざわざ待機してくれているなんて、なんてやさしいのシャーリー！」

といちいち感激せずにはいられないのだった。

「……や、やさしくなんてない。ただこの時間にたまたま覚醒していただけだ」

「免疫抑制剤のせいでいつもうつらうつらしているくせに。私におかえりなさいを言うためにコントロールしてくれていたんだよね？」

「おかえりなんて言ってないだろう。君を罵《ののし》ったんだ。もうすこし上品に表現するなら君をたしなめている」

「そうなの？　これがののしる？　シャーリーってＳＭには全然向いてないよね」

「…………」

こんなふうに、シャーリーのほうが口籠もってしまうようなシチュエーションもよく起こるようになっていた。

二〇一五年、ロンドンオリンピック特需が終わり、世間では仮想通貨が暴落し、かつて児童買春疑惑でスキャンダルを起こしていたロイヤルのカップルがとうとう離婚すると言いだし、SUN紙を始めとした伝統的エブリデイ〝ガイ・フォークス〟バッシング商法を売りにするマスコミをおおいに賑わせていたという記憶はある……。私の人生において、一年以上だれかとともに安定した時間を過ごしたことはまれであったので、肉体と精神が現実を現実と把握できていなかったのかもしれない。

シャーリー・ホームズ。現代の英知の結晶というリンゴだけを食べて生きている、私のきれいで賢い白雪姫。

彼女は身体的事情と、それにともなう信条的事情もあって、ロンドンのど真ん中にある決して治安が良いわけでもない、若い女性がひとり暮らしをするにはふさわしいとはいえない、やや騒々しいベイカー街の古い古いアパートの二階に住み続けている。職業は顧問探偵だが、はたしてそれで生計を立てていけるのかどうか……。いや、姉が親からか一族からだか相続したこの都会の真ん中のアパートで、着る服にも税金にも生活費にも一ミリも関心を払うことなく暮らしていけるのだから、そもそもが私とは違うクラスの人間なのだった。

しかし、表面上は倫理的な意味で、そして本質的には種の絶滅を回避するために多様性を尊ぶ現代社会において、私のような淀んだ水で暮らすふらふらクラゲと白雪姫は出会ってしまう。なぜなら電脳の森も、七人のこびとよりも残酷に最強の権力という鉈《なた》を振るう彼女の恐ろしい姉も、人と人との出会いという名の変化を完全にはコントロールできないから。ヒトという種はそもそも、自分とは違う存在と出会わなければ進化しなかった。拡張性をもつ遺伝子だけが生き残った結果、いちおう繁栄ともいえる形態にまでたどり着いたのだから。

ありがたい遺伝子のお導きによって私は彼女と出会い、彼女は私を昔から家にある古い家具のように受け入れて、私は221bの住人になった。

とにかくその日も、私はただ投げたボールが返ってきたことだけに満足して、私とシャーリーの会話がいったんきり上がるタイミングを完全に計算していたように訪れた出前……それは古いダクトを改造した小型トレイ用エレベーターによってもたらされる、一階のカフェ〈赤毛組合〉のマスターが淹れるアールグレイと、ラズベリーとイチジクをたっぷり練り込んだハート型のパンケーキに、クロテッドクリームと生クリームをありえないほど乗せて、「ヴィーガン商売をしているハリウッド女優が見たら気が狂いそうだ」と絶句するシャーリーを尻目にかぶりついていた。

「今時、ハリウッド女優だってインスタライブが終われば好きなものを食べているし、ついた脂肪なんてすぐ吸い出しちゃうと思うけど。シャーリー、そうそう知ってる？　G2R RIP弾みたいな腹にめり込んで中で砕けて断片化した銃弾なんかを吸い出すときに使う機械って、脂肪吸引で使うノズルと似てるんだよね」

「………どうにかならないのか、その比較対象は」

「どうにもならないって。世界中の勇気ある兵士とダイエッターに乾杯！」

なぁんてことをその日も、〈マークスアンドスペンサー〉の特売ワインを片手によろしくやっていたように思う。世界中の庶民がワインを味わうときに使うＩＫＥＡのワイングラスに注いで、ありとあらゆる平凡さを、いつものように。

私のはハイファットで、彼女のはローカロリーなディナーが終わると、私は〝これだけやればくびれができる！〟という有史以来人を惹きつけてやまないテロップに踊らされて、代わり映えのしないピラティス動画を観始め、シャーリーはＭ＆Ｍのぎっしり詰まった瓶を抱えながら、彼女以外迎え入れられることのない美しく澄んだ思案と推理の淵にゆっくりと沈んでいく。

今日も、明日も、あさっても、不思議で奇跡的なことに私たちはいっしょだった。日々それの繰り返し、なのになにひとつ不満足なことはなかった。

もちろん、彼女特有の仕事ぶりも健在だった。私たちが２２１ｂで観賞用の熱帯魚のような生活をしている間にも、この空間にはいくつもの謎が持ち込まれ、シャーリーはその卓絶した才能と、驚くべき観察力を存分に駆使して、本職の警官たちが糸口すら見つけられず無能と罵られることを覚悟した案件を解決に導いていたのだった。

たとえば、トリンコマリーにルーツをもつスリランカ系移民の富豪からもちこまれたのはルビー鉱山の所有権問題にまつわる不審死事件であり、スリランカは世界有数の良質なルビーの産出地ということで、蓋《ふた》をあけてみれば血みどろの相続権争いが勃発していた。

また、もっと遠方からの客というと、ウクライナはオデッサ近郊でロシアの新興財閥出身の将軍が射殺された事件では、シャーリーの活躍によって実行犯である学生は逮捕されたものの、裁判になったことによって世界中に大きく報道され、その後の顚末《てんまつ》は意外な経過をたどっていったし、大きな声では言えないが、オランダ王室から持ち込まれた、いわゆるロイヤルな方々の下半身問題によるスキャンダラスな事件もあった。

穏やかな日々と、定期的に持ち込まれる事件と依頼は、私たちを適度に興奮させ、また適度に休ませていた。つまり生きている実感があり、まるで新しい血液と古い血液が交互に入れ替わる心臓のようなせわしなさと奇妙な充足感さえあったのだ。

だからだろうか、私はいくつかのことを忘れがちであった。たとえば私が常勤の仕事にありつけず、Webストランド誌で週に一度書き散らかすブロマンス探偵小説だけでは食べていけなくなり、ことの詳細を時々インスタライブで話したりするようになっていたことなども、私にさまざまな〝憂《うれ》うべきこと〟を忘れさせていた。残念なことに、私のフォロワーはそこまで数が増えず、はじめは意気込んではじめたインスタもYouTubeの更新も、徐々に間があくようになっていた。

いつもどおりの私たちの221b。時々同居人の姉からとんでもなく高額の贈り物が詰まった段ボール箱が届けられる以外、私のフェイスブックやインスタのDMから予告なく届く、あやしげな依頼以外、エンバンクメント界隈の中でも勤勉なわりに低所得なスコットランドヤードのみなさんからもちこまれる犯罪事件以外、私たちの日常は〈マークスアンドスペンサー〉のちょっとお値段の張る惣菜くらいの平凡さの極みにあった。

（なのに、〝あの女〟が現れた）

シャーリーをして、私以外のだれかの名前をつけた特別なフォルダに記憶させ、特別な名称を与え、特別な感情を抱かせた〝あの女〟。エイレネ・アドラー。

きっかけはあの日、そう、あの日だ。

とりたてて特別な事件があったわけではない。私はいつものようにセントメアリー病院での勤務を終え、パディントン・スクエアという、いけすかない駐在員と中途半端な金持ちばかりが目につく所得格差を象徴するようなエリアで遅いランチを食べていた。いま思えば、パディントン・スクエア自体、住人が所有する車以外出入りできない隔離空間であるにもかかわらず、私がそこにいたのもおかしなことなのだが、そのときはとりたてて不審に思わず、一皿三十ポンドもするチキンサラダに殺傷力の低い木製のスプーンを突き立てることに必死になっていた。

私はこのときも、さまざまなことを忘れがちであった。食事を終え、パディントン・スクエアを出て、地下鉄《チューブ》にも乗らずにふらふら運河沿いを歩いていた。そして、ふと〈マークスアンドスペンサー〉の看板を見た。ロンドンでは特別珍しくもないし、創業者のマークスとスペンサーはとっくにこの世を去って久しいのだったが、私はふと、このなんでもない高級スーパーに立ち寄り、ワインを買わねばと思い立った。

（ワイン、……ワインを買って、……帰るんだ……）

ワイン売り場は地下にあるのに、私は気まぐれなたちらしく、カラフルな花に吸い寄せられる蜂さながら、グラウンドフロアに並ぶ夏ものの服を手にとりはじめた。そして、何の変哲もない、塗り立てのコンクリートにちょっとブルーを混ぜたような分厚いタオル地のバスローブに指先が触れた。

（おかしいな、これが欲しい。でもたしかに持っているはずなのに）

そう思ったことが、すべての始まりであり、おわりの始まりでもあった。

この肌触り、〈マークスアンドスペンサー〉っぽい定番のブルーグレーの色。そう、私はこのバスローブを知っている。いや、知っているどころか所有している。百ポンド以上もするバスローブを、どこで、なぜ……？

ワインを買い、「そうだ地下鉄に乗らなきゃ」と思い立ち、エッジウェアロードの入り口で、「いやいや、家まで歩けるじゃん」と思い立った。メアリルボーンという名なのにメアリルボーンエリアからだいぶ離れている高速郊外鉄道の駅を通り過ぎると、見慣れた赤煉瓦の景色が見えてきた。三月二十日。まだ日は短くすでに宵闇が迫っていて、どの店のテイクアウト用陳列棚も売り切れが目立つ時刻。パキスタン料理のいいにおいがする。いつもの景色、いつもの匂い、いつもの人の流れであるにもかかわらず、私はほんの少しだけ懐かしさを感じ、そのことを奇妙に思い、すぐにそれをやっかいなブタクサの花粉のように振り払って２２１ｂのドアを押した。

完璧なヴィンテージにしか見えないのに、ドア自体が静脈およびＤＮＡ認証盤であることを知るものは少ない。私は〝いつものように〟鍵など取り出さず、無遠慮にノブを回して二階へ駆け上がった。

「たっだいまあ、シャーリー。あっ、ミスター・ハドソンも。いつもモーニングをありがとう。アンチョビを練り込んだグルテンフリーのパンケーキも、三種のベリーのやつも大好きだよ！」

降りるときは手すり必須の急な階段を私が半分まで駆け上がったところで、なぜかいつも一階の店舗フロアにいるミスター・ハドソンが内ドアを開けてわざわざやってきて、信じられないものを見るかのような目で（片手におたまを握りしめたままだった）、私を見上げていたんだけれど、愚かな私はヒラヒラと手を振ってみせただけで、彼が何故そんな行動をとったのか深く考えずに、私たちの221bへ帰宅した。

「あ〜っ、いい匂いがする。今日はワインがあるからと思っていたけど、やっぱりパンケーキもいいね！」

やや立て付けが悪いままになっている古ぼけたドアを押し開けて、衛生上の観点からブーツを脱いだ私は、もう何年使っているかわからないストールとショートコートをフックに引っかけながら言った。

「〈マークスアンドスペンサー〉でワインを買ってきたよ。特別臨時収入があったわけじゃないんだけど。なんとなくそういう気分になってさ、って……あれ？」

「ジョー……？」

シャーリーが私の名前を呼んだ。心なしか昨日と雰囲気が違う気がするのは、彼女が使っていたのが、見たことのない膝掛《ひざか》けだったからだろうか。そういえばいつも使っていたあの古びているけれど私のストールとは違って正真正銘バーバリー製だった分厚い膝掛けはどうしたのだろう。客の連れてきた犬に粗相でもされた……？

（いや、そもそもそんな客が来る話なんてあったっけ？）

見たことがないといえば、シャーリーの表情そのものがそうだった。まるで幽霊を見た、とでもいうようにパライバトルマリン色の両眼を見開き、珍しく頬を紅潮させていた。髪は黒檀のように黒く、肌は雪のように白く、白雪姫もかくがごとき、という風情ははじけ飛んで、

「ジョー……、いったいどうしたんだ？」

泣きそうな顔で何度も私の名を呼んだのだ。

「え、ど、どしたのシャーリー。なにかあった？」

「なにかあったのは君のほうだろう。君のハズバンドはどうした」

「……だれ？」

「君のハズバンドだ」

およそ私の人生からはもっとも遠いところにあるだろう単語が、〝私の〟という所有格を伴っている。聞き間違いだよね？

「私、結婚したっけ？」

「しただろう」

「えっ、それ何のジョーク？　いまそういうサプライズが流行ってる？　実はインスタとかあんまりチェックしてなくて」

インフルエンサーは裏庭の雑草のごとくどこからでも顔を出し、あっという間に巨木へとなりおおせる時代。自分の知らないリアリティーショーで名前を売っただれかが、新しげなムーブメントを作っていてもまったく知らないまま何年も過ぎていることは珍しくない。

私はいつものように一人がけのソファに腰を下ろして、マントルピースの上に無造作に並べられた、オブジェともがらくたともつかないものを眺めた。シャーリー曰く〝恩人〟のものであるという古い頭蓋骨。ロイヤルアイリッシュポプリンで有名なアトキンソンがヴィクトリア女王から授けられたというロイヤルワラント（認定書）を入れた額や、弾丸入れになっている葉巻の箱。マイキーが置いていったのだとしか思えないウイスキーのボトル、いつぞや私の叔母がシンガポールから浮かれて送ってきたマーライオンの置物までご丁寧にまだ飾ってある。

なにも変わったことはなかった。そう、この肘《ひじ》掛け椅子のちょうど手があたる場所のすり減り具合だっていつも通りだ。変わっているのはシャーリーの態度だけだ。

「どうしたの、本当に。私のいないあいだに事件でも……」

「あった」

「あったんだ」

「君の結婚だ」

ハズバンドとともにもっとも私の人生から遠く隔《へだ》たり、おそらく一生コンタクトすることはないと思っていた事象を表す単語さえ飛び出した。

「けっこん、だれが」

「君が」

「いつ？」

「ちょうど一年前だ、いや、結婚式からは九ヶ月か」

私はまつげが目に入った時のように五倍速で瞬きをした。

「結婚式って、うちの叔母の結婚式のことだよね。ダートムーアであった、連続殺人事件の。っていうか、とにかくあのとんでもなく大変だったアレだよ、アレ」

私の叔母キャロルが、シンガポールで出会ったアメリカ人の医者と結婚し、その医者がひょんなことからイギリス南部にあるデヴォン州の貴族の遺産を相続することに端を発した事件、それが『バスカヴィル家の狗事件』である。

「アレはほんとうに大変な事件で、あれからしばらくは私もシャーリーもマスコミだのSNSだのに引っかき回されて、ここもすごい騒動で〈赤毛組合〉にはいつもネット記者がたむろって繁盛してるんだか迷惑なんだかって感じだったよねえ。だから、さすがに痛覚を持たない英国の間脳こと【Ms. DiE】ことあのマイキーがスイスにでも行ってちょっとの間隠れておけって、ライヘンバッハの別荘に招待してくれて、私は生まれて初めてスノーボードをやって案の定初日に足をくじいて、それから一ヶ月はただただ雪景色を見て寝て暮らして七ポンド太ったんだった」

これだけアレだのソレだの指示語を連発していれば、シャーリーは自然と冷ややかであきれ半分の視線を投げかけながら、あれあれソレは老化の始まり、とでも言いそうなものなのに、その気配もない。

「君の叔母の話じゃない。ジョー」

どこか息苦しげに彼女が言うので、私は慌てて彼女の座っているカウチへ駆け寄った。

「君の結婚だ。君は結婚したんだ。そうだろう」

「ええっと、それって過去の話じゃなくて？　たしかに昔私はすぐに結婚結婚いう女だったし、同棲してたり、半強制的にそれに似たような関係になってたこともあったけど、公的文書ではまっさらなシングルのような気もするんだよね……。役所にいったことないし、サインだって」

「した」

きっぱりと、私の見間違いでなければやや非難がましくシャーリーは断言した。

「君はサインした。僕の目の前で。牧師の前で愛を誓って」

彼女のはあはあと息苦しげな喘鳴《ぜんめい》が気になって、私は自分の結婚履歴のことなんてどうでもよくなって、

「シャーリー、ちょっと安静にした方が……」

「いいや、これは発作でもなんでもなく、少々驚いているだけだ。僕が予想していたよりずっと早かったから、……まさか九ヶ月しかもたないとはね……」

両手の指を開いて指先だけを合わせる、例の特徴的なポーズでシャーリーは内省しているようだった。

「ああ、僕はまだ動揺している。君がセントメアリー病院に職を得て、ハズバンドと浮かれて自分たちの収入を大きく上回るパディントン・スクエアに新居を構え、〈セインズベリーズ〉の品揃えに文句をたれながら暮らしていても、契約上少なくとも一年はそこに住むだろうとふんでいたんだ。明らかに収入の違うクラスのパワーカップルたちに、もう何年も同じコートを着て、角のすり切れたキャンバス地のトートバッグをひっかけて通勤する姿を冷ややかに見られながら。そんな君たちと交流したいと思う人間が皆無な冷たい運河ぞいエリアに失望しながら、君たちは次はやや郊外の、手頃で広いアパートに移るか、運河を隔てたエリアに新居探しをはじめているだろうと」

「えっ、どうしてこのコート、何年も着てるってわかるの？」

「君は頓着しないだろうが、肩に雨ジミのあとが残っている。君には見えていないが高級住宅地のやつらには見えている。二日前の雨で濡れたにもかかわらずクリーニングにも出さずにそのまま着続けるのはほかに替えがないから」

「わぁぁ、そう聞くとたしかにそうだなあといつも思うんだよねえ。不思議だよね。視力は悪くないほうなのに」

「人間は、見たいものしか見ないよう脳が選択している。あと、見るのと観察するのは違う。君は観察されていた。そして不必要だと判断された。だからあのエリアでは君は存在しないことになってる」

「……あー、つまり、私という人間を認知しないように、あそこの住人は消去キーを選択してたってことか」

どうにも居心地が悪かったカフェでの時間を思い出して、私はなるほどねえとうなずいた。

「えっ、でも私、パディントン・スクエアに住んでるなんて言ってないけど」

「住んでるだろう」

「えっ、えっ」

「君のハズバンドと。結婚後、君たちが選んだ新居だ」

「たしかにさっきまで私はパディントン・スクエアにいて、なんでか知らないけど〈マークスアンドスペンサー〉で買い物をして……。おかしいな、私は〈テスコ〉族だったのに」

「君は混乱しているし、僕も久しくないレベルの驚きを得て非常に冷静さを失っている。よって、君の言うバスカヴィルの事件の後から今に至るまでの記録を、我らが英知にして221bの管理者であるところのミセス・ハドソンに述べてもらおう。ミセス・ハドソン！」

『はい、シャーリーお嬢様』

この部屋のどこからともなく、私でもシャーリーでもない明朗な声がする。この221bの一階に店を構えるミスター・ハドソンの今はなき妻、ミセス・ハドソンを、シャーリーの姉マイキーがAIによって完全再現した電脳執事だ。人工の心臓を体に埋め込んで生きる彼女のサポート役であり、肉体を持たぬ身でありながら数々のドローンを遠隔操作して彼女を警護する軍隊の司令官でもある。

『ジョー・H・ワトソン様がご結婚されたのは、二〇一五年六月二十四日。どうしてもジューンブライドを完遂させたいというジョー様の強いご希望で、あと一週間しかないという状況でシャーリーお嬢様がロンドン中の邸宅を探し、ドバイの富豪が所有するケンジントンのプライベートガーデンにて、宗教色のない結婚式ならという条件で挙式することができました。なお、プライベートガーデンのため撮影は禁止され、実際の記念写真はパディントン・オールド墓地にて撮影されました』

「墓地……」

記憶にないのにいかにも私の人生を象徴する一日であったようである。目に浮かぶ。

「って待って。二〇一五年六月に結婚して、それから九ヶ月？　ってことは今いつ？」

「二〇一六年の三月だ」

「二〇一五年じゃなくて!?」

「ジョー。宇宙の法則をどうたどれば一年スキップできるのか、僕にはさっぱりわからないが、とにかくこれだけは言える。世の物理の法則に背いてきた君がいまこそ現実に報いるチャンスだぞ」

「ええーー、ウソだあああ。なんで二〇一六年？　本当に？」

私は何度もSiriに今日の日付を質問し、ネットのSNS記事のタイムスタンプを確認しては混乱した。なぜだか私はいまを二〇一五年だと思い込んでいたのだが、世間様は二〇一六年らしい。で、その失われた一年の間に、なんと私は結婚をし、221bを出てパディントン・スクエアにハズバンドと新居を構え、なんと定職にありついて充実した毎日を送っていたというのだ。

「それだけじゃない。君は開業した」

「開業!?」

「パブリック病院の勤務医がロンドンの高級住宅地の家賃を払って、サラダ一皿に三十ポンドも払って生活できると思うのか？　いま君の体からはさまざまな臭いがする。たとえば、昔ここから夜間勤務のバイトに通って日銭を稼いでいたときはしなかったグルタラール製剤の臭いだ。とにかく金がない公的機関の病院でつく臭いといえば、アルコール消毒剤と古い建物特有の接着剤と資材の臭いだろう。グルタラール製剤の臭いがするということは、君がいま通っているクリニックはプライベートクリニックで、それもケンジントンやメアリルボーンにありがちないかにもセレブが嬉々として通うビタミンやPRP療法を行う美容クリニックではなく、内視鏡を扱うがん専門のクリニック。がんの治療を自費で行える人間は明らかに資本主義の勝利者だ。君は専門医としてかなり高額の診療代をもらっている。ちなみに付け加えるなら、開業したのは君のハズバンドで、君は出資していない。先立つものがないから」

「……すごい……！」

私はあまりにも鮮やかなシャーリーの推理に、もう一も二もなく拍手し続けた。そうまるで、ハロッズのおもちゃ売り場でだれにともなくシンバルをたたき続けているクマのぬいぐるみのように。

「聞いていると、自分ではまったく覚えがなかったのに、そうじゃないかと思えてしまう説得力があるよね。いや……、もしかしなくてもそうなのかも。あれっ、でもそれならなんで私のコートって十年もの？　リッチな医師と結婚して開業までしたんだったら、ブランド品とはいかなくても、せめてトップショップの今期の新作くらい着ててもばちはあたらないのでは？」

みんな大好き、いくつになっても大好き、〈オアシス〉と〈トップショップ〉。ロンドンを代表するカワイイブランドであり、〈プライマーク〉と並んで人気がある。

「それは、君のいつもの擬態だ」

「擬態……」

「好きな男の好みをそのまままるっと受け入れて実行する。君のハズバンドであるところのマーヴィン・モースタンはセントメアリーに勤めていた腕のいい消化器外科医で、医師というだけで寄ってくる女に辟易《へきえき》していた。同僚の女医も激務だからか宵越しの金は持たない利那主義の浪費家が多く、ブランドバッグにわかりやすい美容整形にクライオ療法にしか興味がない。と、そこへ自分と同じくもと苦学生で従軍経験のある君の登場だ。ブランドもので身を固めず、ルームシェアをして質素でシンプルに生きる君を見て、マーヴィンは好意をもった。そしてこうも考えた。相手が同じ医師なら離婚も楽だし、開業したばかりのクリニックも手伝ってもらえる」

「まるで見てきたように言うんだねえ、シャーリー」

「見てきたんだ！」

「あっ、そうか。そうだった。……っけ？」

「ああっ、もう言葉で説明するのがめんどうくさい。ミセス・ハドソン！」

いつもはどこか得意げに、そして距離を置くように自らの推理を説明するシャーリーが、珍しいことに匙《さじ》を投げた。その豪快にぶん投げられた匙を受け取ったミセス・ハドソンは、我が意を得たとばかりに、次々と221b唯一の白い漆喰壁とその周辺に、私が記憶にない私の結婚についてあらゆる証拠画像や音声つき動画を表示しはじめたのだった。

「あー、ほんとだ、墓地で結婚してる……」

顔、体型、カメラを前にした表情のつくりかたまで、まぎれもなく私であった。カメラマンの努力によっていくつかの写真はガーデンパーティ中の幸せな新郎新婦に見えなくもなかったが、何枚かは失敗してどこのどなたかの墓石が映り込んで新手のホラーのようになっていた。

「いや、そもそも知らない男と結婚していて、一年記憶がないことのほうがずっとホラーでは？」

と思わないでもなかったが、めまぐるしく表示される知らない男（マーヴィンだ。たしかに金持ちそうである。なにせ歯がピッカピカに白い）と自分がいちゃついている画像があまりにもファンタジーで思わず見入ってしまう。

「これが、君とマーヴィンの結婚証明書だ。僕と君の叔母キャロル、君とマーヴィンの四つの署名がある。ついでにいうとこっちは婚前契約書だ。マーヴィンと君が結婚してもクリニックに関するあらゆる資産については分与しないというとりきめがあり、僕とミセス・ハドソンが二十時間以上かけて吟味した。妥当な範囲であるという結論に達したわけだ」

「自分のことなのに聞くのもへんな話だけど、そもそも私はどこでこの歯医者でもないのに歯の白すぎる男と出会ったわけ？」

「まさか、それも覚えていないのか」

　シャーリーは完全に呆れを通り越して、流しの中に一週間放置されそのままになっている油がこびりついた皿をのぞき込んだような顔をした。

「覚えてない。なにひとつ。欠片《かけら》さえも」

「Ctrl＋Z《コントロール・ゼット》があるだけ、三十年前のパソコンの方が君よりかしこい、ジョー」

「よく思考停止して爆弾マークが出てたあたり、三十年前のMacは私にそっくりだよ。で、どこのだれなの、マーヴィン・モースタンて」

「彼は僕の依頼人だった。君のフェイスブックから依頼が来た。たしか彼のセントメアリー病院の同僚が君と同窓で、僕らのあのムーアの冒険がニュースになったのを見たらしい。そもそも、彼が送ってきた一枚の画像データが発端で、ついにはこの四つの署名にまで至ったんだ」

　シャーリーの話によると、ある日、マーヴィンの元に一枚の画像データが送られてきた。送信者は知らない人物ではじめはスパムメールのたぐいかと思ったが、消去する前に送り主のショルトーという姓が気になり、十分に注意したのち画像データを開封した。

「というのも、このショルトーという男はマーヴィンにとっては因縁のある男だった。元陸軍の将校で、アフガン戦争の折りにタリバン占拠直前に逃げ出したアフガン財閥の家から、家財や土地そのものを横流しして一財産作った。そしてそれを手伝ったのがマーヴィンの父だったんだ」

マーヴィンの父は当時ショルトーの部下で、タリバンがカブールを制圧する前夜、最後までその地域に残った部隊を率いていた。サウジアラビアやアメリカの庇護のもと、利権を独占し肥え太っていたアフガン新興財閥が、迫り来るタリバンを恐れて夜逃げした屋敷に押し入り、そこにあったものを手当たり次第に盗んで売りさばいた。悲しいかな、どこでも政局混乱期にはよくある話だ。

しかし、アフガニスタンが内戦に突入するのを前に各国の軍隊が引き上げると、ショルトーは財を売ってなした利益を独占して姿を消した。マーヴィンの父は分け前をもらえないまま、ことが明るみに出て逮捕され、裁判にかけられた。

「逆に分け前をもらえなかったことで首の皮一枚でつながったとも言えるが、火事場泥棒の犯罪者であることには変わりない。家族には冷ややかな目が向けられ、その息子であるマーヴィンはたいへんな苦労をして進学したようだ」

シャーリーの手が大きく宙をスワイプすると、一枚の奇妙な画像が映し出された。

「なにこれ……、山……？　と、鉄の塊？」

どこともしれぬ木々が生い茂る風景を写した写真が数枚と、黒くて菱形に近い形をした謎の物体。

「鏃《やじり》だ」

「やじりって……、いつの時代の？　アンティークとか？」

「どこかの遺跡であることは間違いない。この映っている山からある程度の位置は推測できる。ミセス・ハドソン?」

『典型的なモンスーン・ジャングルであり、ココヤシ・ゴムノキ・アガベの群生が見られます。中でも特筆すべきはこちらのカリンの大木で、推定高さ二十六メートル、直径約六十五センチ、九枚の小葉からなることから奇数羽状複葉、卵状長楕円形、花の季節であることから頂生《ちょうせい》の塊が円錐型の花であることが推測できます。よって九十二パーセントの確率でこちらは固定種であるアンダマン紅木、場所はインド東部、ベンガル湾に位置するアンダマン諸島、インド、ミャンマーのどちらかの国に属する島々です』

真っ赤なカリンは高級木材のひとつだ。インドネシア産などが広く知られているが、ここまで赤いものはめずらしい。アンダマン・ニコバル島だけの固有種というのも頷《うなず》ける。

「ありがとうミセス・ハドソン」

あいかわらず隙のない回答をほぼタイムラグなしに返してくる。たった一枚の不明瞭な画像からこれだけのことがわかるなんて、彼女にとっては、世の中にはきっと謎のほうが少ないに違いない。

「えーっと、じゃあこの写真は、アンダマン諸島のどこかで、この鏃っぽいものはそこから出土した古代の遺物だってこと、なのかな?」

「東南アジアの先住民族が有名だ。ネグリートと呼称されることが多い。センチネル島に住むセンチネル族はこのアンダマン諸島民のひとつとされているが、いまだに外界との接触を一切避け、石器時代の文明のみで暮らしている。島だからこそできたことだろう。世界で唯一、時が止まった文明として注目している学者は多い」

つまり、ベンガル湾に浮かぶミャンマーとインドの国境線あたりの島には古い時代から先住民族が住んでいて、この鏃は昔のものかもしれないし、今もなお近代文明を拒否して暮らすいくつかのネグリートたちのものかもしれない、ということなんだろうか。まだ事情がよく飲み込めない。

「そのインドの島と、鏃の写真がどうやら私のハズバンドっぽいマーヴィンに……」

「っぽいとかではなく、正式に君のハズバンドだ」

「いやさ、まったく身に覚えがないからさあ。まあ身に覚えがない夜も朝も数え切れないほどあったから、身に覚えがない結婚式も結婚生活も、ひとつやふたつくらいあっても特に驚かないけど……」

さらに言うと、一日二日くらいは酩酊して記憶が飛んでいることだってあっただろうし、たとえば、結婚した私がちょっと素行が悪くなって覚醒剤《メス》かなにかに溺れて中毒になったとして、そのヤク抜きに一ヶ月かかったとする。いやドラッグ中毒になったのなら、まともな思考に戻るまで半年、くらいはかかるかもしれない。だからといって、一年まるっと記憶がふっとんで、そのことをさらにシャーリーが関知していないなんてこと、あるだろうか。

よくわからない。

自分のことなのに。

しかし、私はここで、己《おのれ》について、さらには過ぎ去った時間について深く考え込むタイプではなかった。

「まあいいや、失われた一年のことはいまは置いておいて」

シャーリーも驚くほど早く私は立ち直った。

「君くらいの切り替え力があれば、おそらく人類の大部分は救われるだろう」

「予言者みたいに言うねえ」

「世界中の精神科学者は、まず君を研究すべきだ」

「血くらいならいつでも抜いてもいいけど、問題は私の形状記憶ゴム製メンタルじゃなくてその写真だよ。マーヴィンはそれを持ってここへ来たんだよね？　彼の依頼の内容は？」

「この写真の場所の特定と、埋まっているだろう財宝についてだ」

「財宝!!」

突然飛び出した万人がハッピーでポジティブになれるスーパーストロングワードに、私の脳内も当然沸き立った。

「すごい！　それって海賊船が沈んでるとかそういう……？　それとも海賊の秘密の基地があったところだとか。『パイレーツ・オブ・カリビアン』の世界だ！」

「パイレーツはともかく、ここはカリブですらないが」

「や、でもそれっぽいロマンがあるって話だよね？　なんたって島だし。そう、それにさっきの話、先住民族！　先住民族と言えば金《きん》！　ゴールドの延べ棒！」

一気に話が楽しくなってきた。

「これでインスタのフォロワーもぐっと増えるよ。あっという間にDMが来て映画化決定！　私は晴れてセミ無職からインフルエンサー！」

「……君がいまどこの先住民族の話をしているのかだいたいわかるが、想像力の範囲がまずい。年々小さくなっていくマクドナルドのポテト並みだ」

『ジョー様、僭越ながら申し上げますと、地質学的にアンダマン諸島から金が産出する可能性は〇・〇二パーセント以下です』

「はへえ……、そうなの……」

私の未来の可能性にかける希望に満ちあふれた妄想は、賢きＡＩが読み上げるたった数行の事実によってもろくも崩れ去った。なんだ、黄金の話じゃなかったのか。

「てっきりさっきの鏃が金で出来てるって話なんだと思ってた。あとはレアメタルとか、レアメタルとか」

「コスタコーヒーで待ち合わせをする投資詐欺でももっとましなことを言う」

「ええっ、それも違うの？」

レアメタルの線も消えた。私の心のわくわくの火も消えた。

「じゃあその財宝ってなんなの？　先住民族のアンティークってeBayでそんなに高く売れる？」

「君の中の財宝のバリエーションはそれだけなのか」

「だって、つまりお金になる話なんだよね？」

資本主義社会の悪と糖質中毒に頭の先までどっぷりつかっている私としては、〝財宝イコールもうかる〟の図式しかないのだった。

「マーヴィンがこの粗い画像をもってシャーリーに依頼してくるほどだから、お金がほしいって話なんでしょ」

「と、思ったんだろうな。彼は父親から、自分が軍の物資横流しと火事場泥棒の片棒を担がされながら、上官にすべてをなすりつけられたことを聞いていた。だから、このメールが届いたときも、最初は奇妙に思っただけだったらしいが、島の風景を見てもしやと思った。父親はさらに、上官が知らない財宝がまだあると息子に伝えていたんだ。そしてその隠し場所はインド洋の島だと」

「アフガン財閥の財宝！　やっぱり財宝じゃん」

安易な私はまた財宝というワードにすがりついた。盗賊同士が仲間割れをして、いざというときのためにこっそり肝心の財宝を隠しておくなんてハリウッド映画あるあるすぎる。

「元はといえばジョー、君が気づいたんだ。昔アフガンに赴任していたころに、インド軍との合同演習でこの島に行ったことがあるかもしれないと。……そう、それでマーヴィン・モースタンと意気投合した」

そこから、私の部隊の上司とマーヴィンの父親が知己であることが明らかになり、不名誉な除隊処分となった彼の父が、失意の余り家族を捨てて単身インドに渡り、自力で財宝を取り戻そうとして客死したことに私が同情し、一気に距離が縮まったのだという。

「うーん、そういえば、そんなことも、あったような……」

なかったような……、自分のことを言われているのに、記憶が、ラテの上に店員のきまぐれの量でふわふわと浮かぶ牛乳の泡のようだ。

「それで、その私の結婚相手が、どうしたって？」

「それを僕に聞くのか」

「や、だって、結婚したことはなんとなーくおぼろげに思い出してきたけれど、そもそもその対象とここ数日会ってない気がするんだよね。それでなんだか、途方に暮れていたような」

「具体的には何日？」

「一週間……？　いや、一ヶ月？？？　もっと？？？」

シャーリーは心底呆れたときによくやる、時計の長針が五分ほど巻き戻ったような動きをした。

「僕の予想では、君は一週間以上マーヴィンに会っていない」

「そうなの？」

「君という人物の特性を表す行動の一つに、恋愛対象に捨てられたことを記憶から抹消することがあげられる。一日目は相手になにかあったのかと心配になり、二日目には浮気を疑い、三日目には事故を疑い、四日目には別れを疑う。そして五日目には消去」

「消去」

「つまりつきあい自体をなかったことにするんだ。相手との関係性ごと忘れてしまえば、それ以上傷付くことも気に病むこともない。よって消去し、なかったことにする。今回の場合、相手と婚姻を結び同居を始めていたことで少し話が複雑化したようだ。君は彼が一週間以上家に戻っていないことで彼の存在を消去し自分のメンタルを守ったが、同時に家をも失うことになった。なぜなら今住んでいる家は彼と生活するための新居だったから。夫婦の家に単身戻ることは違和感があった君は、なんらかのトリガーを経て結婚前の生活に戻ることにした。ここだ」

「２２１ｂ！」

「ミセス・ハドソンのカメラが捉えるかぎり、君は〈マークスアンドスペンサー〉でワインを買ったことがトリガーとなり帰還したようだ。君の中で、〈マークスアンドスペンサー〉とここがなぜかリンクしている」

「ああ、それはね。多分ワインじゃなくて、バスローブのせい」

私は肘掛け椅子から立ち上がると、一瞬まだ手を洗っていないことを気にしつつ、シャーリーの隣に腰を下ろした。

「昔ね、寒い日にふとんがなくて、家の中にある服をぜんぶ出してかけて寝たことがある。軍隊に行ってからは寝袋っていう便利なものの存在を知ったからもうしないけど、そのときにバスタオルを頭から巻いて寝るんだ。首ぐらいまであったかくて、タオルの感触が頬にあたって、安心する」

「君はブランケット症候群ではない」

「そう、特定のひとつに執着しないからね。むしろタオルは新しいほうが好きだし。ただ、〈マークスアンドスペンサー〉で買った、分厚いタオル地のバスローブが、私の中のトロフィーとして燦然《さんぜん》と輝いているからなんだと思うな」

シャーリーがまた五度傾いた。呆れているからではなく、今度は私の顔をのぞき見るためだった。

「初任給で買ったんだ。昔からずっと欲しくて。……ずっと欲しかったから」

「……なるほど」

私がシャーリーのほうへ五度傾いて、私より背の高い彼女の肩に頬を寄せた。この角度は自力で立ったまま、だれかに心を預けるしぐさに適している。

「おかえり、ジョー」

ここで過ごした時間は二年以上あって、その間何百回も聞いたはずなのに、その言葉が私の心をどれほどえぐり、一瞬で癒やし満たしたのか、文学的な素養を持たない私の語彙《ごい》では表現できそうもない。ただ、このまま倒れてもいいくらいにもっと彼女のほうに傾いて、彼女が少しためらいがちに私の頭にニレの枝のように細く蠟《ろう》のように白い指をのせ、私はもうそれだけで、ようやく自分の穴ぐらに帰り着いたと安堵したのだった。

＊

シャーリーは一風変わった事件を手がけていた。

２２１ｂに帰還して二日後にも、新たな依頼者の訪問があった。私がシャーリーの助手を務めた三年のうちにここで会った依頼者の数は百をくだらない。特別広告を出していなくても、いまのご時世、プロモーションはインスタひとつで済む。それよりもっと効果的なのは古典的な口コミの力だ。どちらにせよ忙しくてけっこうなことである。

「そうそう、口コミといえば、うちのプライベートクリニックに来る準セレブはロゴ入りのブランドものをつけているから、一目で年収がわかって親切だったんだよねー」

そんな判断力レベルの私にすら、その日の客が無理をして目立たないような格好をしているのは一目瞭然だった。今朝まで雨が降っていたにもかかわらず、靴がまったくぬれていないのはベイカー街までタクシーもしくは運転手つきの自家用車で来たから。年齢は三十代後半から四十代前半。さして明るくもないこの部屋でサングラスを使用。爪の状態から健康で、少なくとも一週間に三日から四日はトレーニングをしていないとキープできない体型。歯を矯正して二十年以上経つらしいことから生来リッチな階層で育ったことがうかがえる。そして幸運なことに今も財産をキープできている。今風のおしゃれ髭ではないクマフェイスで、なおかつ長髪なところから、堅い職業にはついていないだろう。つまり顧客をもつような仕事ではないということ。

「投資家か起業家かな」

シャーリーの意見は違っていた。彼はただのセレブではなく、情報勝者であると言ったのだ。

「えーっと、それってセレブとどう違うの？」

「生まれながらにして上の階級に生まれ、スイスの寄宿学校《ボーディングスクール》で育ち、親の信託財産とは別に資産を形成している。たとえば会員制の高級ナイトクラブ経営を仕事に選んだのは、親や親戚が手を出していない職種であること。そしてもともと顧客を獲得するのが容易だったからだ」

「セレブはあってた。私も観察眼が磨《みが》かれたってことだね」

「夫が開いたプライベートクリニックにいれば、さすがの君でもヴェルサーチェとバレンシアガの区別くらいつくようになったか」

ところが残念ながらロゴがないとシャネルとヴィトンの区別もまだつかないし、ロゴがあってもディオールとセリーヌの区別はついていない。シャーリーの家に送りつけられるハイブランドのたぐいはロゴものが少ないので、いちいちタグを確認しないかぎり、どこのどなたさまなのかわからないいまま、知らない間に専門の引き取り業者によって回収されていく。大昔、ロイヤルファミリーの周囲を固める貴族階級出身の侍女たちの最大の特権は、大して着てもいないまま処分される服飾品のリユースだったというが、私にリユースが認められているのはハロッズの紙袋のみ。無念！

「ようこそ、スイス育ちのボヘミアン・プリンス」

シャーリーの無遠慮ながらも鋭い切り込みに、サングラスの奥にある男の目が激しく動いているのがこめかみの様子でわかった。

「なぜそこまで……、自己紹介もまだだ」

「あなたは最初から、メールで女性問題の依頼だと書いていた。金銭に不自由していないのに、家族が困ったときに利用する〝便利屋〟を使わず、わざわざ見も知らない探偵を頼ったことからして、家族は頼れない。つまり家庭問題に深くリンクする女性問題、といえば結婚だろう」

男は観念したように白いふちのサングラスをとった。文字通り白旗をあげたのだ。いかめしいクマフェイスとうってかわって、隠されていたのはどちらかというとつぶらなブルーアイズだった。

「そのとおりだ。私がスイス育ちというのはどこから？」

「残念ながらそうたいした推理でもない。あなたがここにやってきたとき、玄関でフェイス認証すればすぐにわかる。インスタもツイッターもしないが簡単にウェブ検索にヒットしたのは、最近社交界で話題になったから。そうじゃないか、ミスター・ボヘミアン」

「さっきから言ってるけど、そのボヘミアンってなに。自由人なの？　ミュージシャンとかインスタグラマー？　ファッショニスタ？　それともポーランド系って意味？」

言われてみればチェコ・ポーランド系に近い容貌かもしれないが、東欧出身の友達の顔をわざわざルーツで認識したことがない。当の本人はとくに否定もせず、一瞬眉間にしわを寄せたのみ。

「彼は〈クラブ・ボヘミア〉のオーナーだ。もともと一族はポーランドから迫害を恐れて逃げてきたユダヤ人の末裔で、母方には〈マークスアンドスペンサー〉の創業者一族もいる」

「〈マークスアンドスペンサー〉！」

思わず大声をあげてしまった。最近やたらとM&Sづいている私の人生である。

二人からべつべつの意味合いをもつ視線をなげられて、

「や、ごめん。なんでもない。続けて」

「……イギリス生まれのあなたをわざわざスイスのル・ロゼに入学させたのも、ルーツを重んじる一族の考え方が大きい。経営するほかのクラブの店名は〈壁の穴〉。これは『真夏の夜の夢』からの引用で、あなたのハンドルネームは〝フロリゼル〟だ。わざわざ有名な血統馬を名乗っているからには、あなたは自分の身分や家のことを隠しての相談が不可能なことを承知だった。そして同じくシェイクスピアの『冬物語』でフロリゼルはボヘミアの王子だ。親同士がもめて不幸になりそうだったのに、最後は純愛を貫きハッピーエンドになる。あなたの願望が表れている。よって相談内容は家のからんだ恋愛ごと。結婚相手は……、ネットの記事からいうとスウェーデンの王族《ロイヤル》だが、あなたには別の本命がいる。イタリア系アメリカ人かな？」

「えっ、どうしてそこまでわかるの？　ネットの記事にも別の女の話なんてないのに」

セルフォン片手に〝クラブ・ボヘミア・結婚〟で検索した記事を指で送りながら流し読みしていた

が、どこのセレブマガジンも二人の幸せそうな婚約会見の写真しか伝えていない。

「『冬物語』で、フロリゼル王子が結ばれるのがシシリアの王女なんだ」

　無学で無教養の私に、シャーリーがシェイクスピアの物語の梗概を教えてくれた。

「なるほどねー。ハンドルネームっていうか仮名でも、考えるのってけっこう大変だよね。真面目な依頼なのにS・H・スミスってわけにはいかないし、かといってインスタのアカウント名みたいなのでもへんだし」

　そこで〝マークスアンドスペンサー〟にせず、シェイクスピアの引用などしてしまうあたりに人生が現れていると言えよう。私だったら〝デナーリス・ターガリエン〟がせいいっぱいである。

「なるほど、あなたの婚約者のスウェーデンのロイヤルが、ル・ロゼの後輩なんだね。それでスイス育ちってわかったのか」

　スイスのボーディングスクール育ちのぼっちゃまで、やや反抗的な性格を持ち、家族の力を借りずにクラブ経営で成功した元ポーランド貴族が、家族の喜びそうなスウェーデンのロイヤルとすんなり結婚せず、イタリア系アメリカ人の恋人とかけおちしたいのだ、とかいう話なら、ブログに書く記事のネタにはことかかないし、ここ一ヶ月は盛り上がって過ごせそうだとわくわくした。

　なにせ、彼の婚約者のインスタには、目の前のこのイケメンクマがどこかのマナーハウスらしいクラシックな絨毯に膝をついて、数カラットはあるブルーダイヤの指輪を彼女に箱パカしている動画がアップされており、六百万件といううえげつない〝いいね〟の数で話題になっていたからだ。

「結婚するんでしょ？　それとももう婚約破棄したの？　六百万もいいねがついてたのに？」

「破棄はしていない。それに彼女は古い友人だ。情熱的ではない敬意と愛情はある」

と婚約者のことを口にするミスター・ボヘミアン・プリンスは冷静沈着そのもので、私は、これはほんとに相手を愛していないんだな、とピンときた。ことこういう男女の好いた惚れた切った張ったに関する限り、シャーリーより私の方が質はともかく場数は踏んでいる。

「家のすすめで家柄のつりあう相手と勢いで婚約したけれど、やっぱり破棄したいとかいう話じゃなさそうだね」

「そういう話じゃない。そういう話だったのなら、本人と話し合えばすむだけだ」

「それもそうか」

家同士が結婚を決めていたという大昔ならともかく、今は二十一世紀。インスタのＤＭで仕事が決まったり、人生が派手に炎上して燃えつきたりするご時世だ。

「私が知りたいのは、……このひとのことだ」

セルフォンで示された写真には、スーツ姿の男性が写っていた。

（へえ、フェミニンなイケメン）

それで私はボヘミアン・プリンスをゲイだと早合点したのだが、

「こちらも見てくれ」

と、二枚目、三枚目をスワイプして見せられた。二枚目に写っていたのは黄金色の肌がまぶしいラテンの血が混ざった美女で、三枚目はパリス・ヒルトンに似たセレブと並んで写っているプライドパレードでの一シーン。顔中にレインボーメイクをしているが、三枚とも同じ人物だという。共通しているのは、あり得ないほど大きな黒目、つまり瞳孔と虹彩がほぼ同じ色をしていて濁《にご》りがなく、それ以外の眼球が透き通るほど白い。

「彼女は、〝ムーンライト〟という通り名で呼ばれていた。名前はアンドリューだ。アンドリュー・アドラー。インスタグラムのアカウントはmoonlight_road333。ドリューと呼ぶものもいたが、私はエイレネと呼んでいた」

「エイレネ……」

「エイレネ・フォールとも名乗っていた。ギリシャ神話由来だと思って話しかけたのが知り合うきっかけだ」

「ギリシャ神話でいう平和と秋《フォール》を司る女神だ」

シャーリーがさりげなく無知な私のために解説を加えてくれた。ハイソな人々は、アカウント名の付け方までハイソで、それがきっかけで仲良くなったりするのだから、もう一般人には敷居が高すぎる。

「男性の格好をしているときはドリューで、女性の服を着ているときはエイレネ、だがどちらでもないときもある。だからムーンライト。彼女は海に渡る月光の道《ムーンロード》が好きでね。世界中の月光道を見てまわった」

221bにやってきて初めて、ボヘミアン王子の言葉に人間らしい熱が籠もる。

「あなたは、エイレネと恋人関係にあった？」

「それが知りたいんだ」

明らかにスウェーデンロイヤルのことを語るときとは言葉に込める熱の入れようが違っていた。プリンスはいまだ、ＩＫＥＡの女王よりブルガリのほうにご執心のようだ。

「もしかして、私は彼女を愛していたのではないか」

「わからないの？」

「わからない」

「本人に聞けばいいのでは？」

「否定されている。自分たちが恋人関係にあったことはないと」

「じゃあ、エイレネにとってあなたは本命ではなかったってことじゃないの」

「エイレネが私をどう思うかはエイレネの自由だ。たとえエイレネに大勢の信奉者がいたとしても、エイレネの心までを強制することはできない。私が知りたいのは、私が、エイレネを愛していたのではないか、ということなんだ」

それはまったく奇妙な問いかけだった。このボヘミアン王子は、世界中の人間が見られるインスタグラムで、スウェーデンの王族《ロイヤル》女性と約半年にわたってラブラブな交際を見せつけたあげく、プロポーズの動画までアップして愛をアピールした人間なのだ。それが、いまの恋人を「愛していないのではないか？」と疑い、別の人間のことを「愛していたのではないか」とロンドンまで相談に来てしまう。一見滑稽《こっけい》にも見えるが本人はいたって真剣なのが、かえって薄気味悪さを感じるほどだ。

（いや、まてよ。なんだか……、どこかで聞いたことのある話のよーな）

常に目の前のことにしか集中力と関心をもてないタイプの私は、自分自身が似たような境遇であったことなどすっかり忘れて、まあいいそのうち思い出すだろうと、せっかく記憶のフックにひっかかった違和感を脇に押しのけてしまった。

そんな私に気づいているのかいないのか、ちらっと視線をくれただけで、シャーリーは続けて、

「世界中の人間が、あなたたち二人が愛し合っていたことを知っている。なのに、どうやって愛していないと思うに至ったのか、エイレネを愛していると思うのか、お聞きしても？」

そう質問されることを予期していたらしい彼は、ポケットからセルフォンを取り出すと、素早く親指だけで該当の写真を選び出した。二年ほど前のものだと彼は言った。

「ええと、なんだかジャングルだね」

豊かな緑に囲まれた場所で、男性と女性が仲良く並んで映っている。二人とも笑顔だ。男性はもちろん、相談者であるボヘミアン王子で、女性の方はエイレネ、つまり女性っぽいヘアメイクをしているときのアンドリューとでもいおうか、アカウント名moonlight_road333氏であるようだ。

そしてなによりも注目すべきは、二人の足下に転がっている巨大な動物の死骸だった。

「このときは死んでいなかったのです。ここはインドのジャングルで、友人が所有している土地だから自由に見てまわれるということで、エイレネとバカンスに向かいました。頼んだ現地ガイドが、危ないからと麻酔銃でサイを眠らせてくれ、記念に写真をとったのです。まさかこのときはこの写真を脅迫に使われるとは思ってもみなかった」

「脅迫!?　あなたはいま脅迫されているんですか」

ボヘミアン・プリンスは眉根をぎゅっとよせた。

「はめられたのだと思っています。彼らはガイドもするが、本当の目的はガイドを装ってプライベートなジャングルに入り込み、こうした絶滅危惧種をハントしたり殺して角《つの》をとったりすることだ。とくに一角サイの角は高価で、ブラックマーケットで一本千二百万ユーロほどで取引されていると聞きます」

「千二百万ユーロ！」

角一本で田舎に家が買える。それでは密猟があとをたたないはずである。

「国立公園は警備が堅いのでね。しかし私有地ならばいろいろとごまかしもきく。野生動物は移動するものだから、角のない一角サイを見ても、現場をとりおさえることなしでは罪には問えないんだ」

「だが、証拠が残ってしまった。この写真だけ見ると、まるであなたが密猟を楽しんでいるように見えますね」

「だから困っている」

スウェーデンの王族《ロイヤル》と結婚するセレブとしては致命的なスキャンダルだ。いくら彼が眠らせていただけだと主張しても、写真は爆発的に拡散され、おそろしいまでに大炎上するだろう。まったくデジタル証拠など残すものではない。

「では、あなたは現在この密猟者たちによって脅迫されているわけですね。金銭か、それ相応のものとひきかえに」

「そうです」

「具体的にはどれくらいを？」

「いくつかの仮想通貨で支払うよう指定されています。総額一千万ユーロほどを」

「ひっ」

サイの角一本の値段に驚いている場合ではなかった。写真一枚の代償が一千万ユーロである。いま自分と同じ部屋で同じ空気を吸って会話している人間から出た言葉とは思えない。

「たしかに妥当な値段ではある。あなたにとっては不動産ひとつ処分すればいいだけの話だ。もしこの写真が出回れば、あなたの受ける損害は一億ユーロにとどまらないでしょう」

「そう。金は払ってもいいんだ。すでに一部は支払った」

「ならば、あなたはなぜここに？」

「最初にも言ったが、私が知りたいのは私の気持ちなんだ。彼女を愛していたのではないか、という」

「このような親密な写真が残っているのならばそうなのでしょう」

「しかし、覚えがない」

「あなたはもう次の相手を見つけた。婚約なさった」

「それも妙な話なんだ。ご存じだとは思うが、私の婚約者は……仮に彼女をH嬢と呼ぶとして、彼女とは長い友人でもある。当然、お互いのことはある程度は知っているつもりだ。だから、私が彼女と恋愛状態にあるというのがにわかには信じがたい。つまり、お互いの……性的嗜好が違うんだ」

私は彼がここまで回りくどく話を運んできた意味をやっと理解した。つまり、彼は自分がル・ロゼ時代からの友人である婚約者の恋愛対象ではないことをよく知っていた。この話をするためには、婚約者のセクシャリティについても口にしなければならないため、ためらっていたのだ。

そして、彼自身がエイレネのような異性装着《クロスドレッサー》を好み、恋愛対象にすることをも自覚していた。彼の大いなる違和感はそこからきているのだろう。すなわち、決して自分が好みではない相手は、自分のことを好みではないことを両者が知っているにもかかわらず、おおっぴらに恋愛生活をオープンにしたあげくに婚約する意味がはたしてどこにあるのか、ということだ。

「昔ならともかく、いまは相手がトランスジェンダーであろうが、クィアであろうがゲイであろうが結婚に支障がでるわけではない、私自身の性的対象者がマイノリティである自覚はあるが、偽装をしてまで結婚をする必要はないと思っている。だからこそ、今回のことは奇妙でしかないんだ」

「お相手のほうから強く望まれて偽装した、という可能性もないわけですね」

「彼女はたしかに名家の生まれだが、ル・ロゼはそんな子供のあつまりだった。彼女自身に王位継承権があるわけでもない。わざわざ私を選ぶ必要は、彼女の方にもない」

「なのに、あなたたちは自分たちの恋愛を見世物にしたあげくに、オープンに婚約した」

「ああ、おかしなことだ」

「そして今、あなた自身が昔愛したかもしれないミスター・ムーンライトに脅迫をされている」

ここでいわれるままに金銭を払って終わりにすることもできたのに、ボヘミアン王子は黙って引き下がらなかった。あくまで金ではなく、愛情の有無にこだわっている。

「その写真データ以外は、いっさい記録はないのですね」

「ああ、私もこういう仕事をしている。特権階級専用のクラブや保養地の経営者は、ある意味一級の機密情報を持っているものだ。自分自身がどれだけ危うい存在かは自覚しているつもりだ」

「なのに、慎重なあなたがわざわざインドのジャングルに出かけて、密猟現場ともとれる写真を恋人であっただろうミスター・ムーンライトと撮った。そういう状況なら、たしかに一種の興奮状態であったと考えるのが妥当でしょう」

ようするに浮かれていた、ということだ。ボヘミアン・プリンスは。

どうにも口を挟まずにはおれなくなって、私は小さく挙手した。

「えーっと、ちょっとだけ質問しても？」

「どうぞ」

「あのう、相手から脅迫されていて、すでに金銭をむしられているにもかかわらず、まだ好きだったかどうかとか、そんなことが気になるのは、いったいどういう心境なんですかね？　いまいちそこが、……我々のような一般人には理解できなくて」

この場には一般人は自分しかいないことは百も承知で言ってみる。

「そこまで、こだわることですか。過去の自分の、……ただの気持ちに」

私のぶしつけな質問にも、ボヘミアン・プリンスは気分を害した風もなくああと軽く頭をふった。

「私は、いままで生きてきて自分の恋愛対象が少ないことを自覚していました。だからこそ、まっとうな日の当たる世界で生きるより、クラブオーナーや投資家の道を選んだのです。男性でも女性でも愛せるが、同時に二人を手に入れることはできない。しかし、男性と付き合っているときは女性を、女性と付き合っているときは男性を相手にしたいと強く思うし、そのことに強烈に罪悪感を覚える。

それが苦しくて、なかなか一人の相手と深い関係性を築けずにいました。しかしエイレネは違っていた」

「エイレネはアンドリューに……、どちらにもなれるから」

「それもあるが……。そう、もしかしたらそこが大きかったかもしれない。とにかく、彼女といるときはその罪悪感から逃れられていた。いま目の前にいる相手と違う性別のだれかをつねに求めてしまう自分への嫌悪感、背徳感を覚えずにすんだから。そんな相手は初めてだったのです」

「その、安堵感のような執着、というか、感情は、覚えているのですか？」

「そうです。これを、この感情を言葉にすることが、とにかく難しい。いままでさまざまなカウンセラーや弁護士に話を聞いてもらってきたが、皆らちがあかなかった」

それで、回り回ってうちのような電脳顧問探偵に、とは口に出さなかった。２２１ｂにたどり着く人間は、いつもきまってどこかをたらい回しにされたあげくにここを一本の葦《あし》だと思って流れ着くものなのである。

「エイレネの要求する金額をすべて払いきっていないのは、応じるつもりがあることとはほかに、私がエイレネに会いたいからです。会えば気持ちがはっきりするだろうと思っていましたが、拒絶されている。それも当然かもしれません。相手は私を脅迫し、すでに金銭を手に入れたのだから犯罪者です。警察を恐れているのでしょう。これからも会ってもらえる可能性は少ない」

「では、あくまであなたのご依頼は、このデジタルデータの完全消去や脅迫の撤回、エイレネの逮捕ではなく、あなた個人の愛情の実在を証明すること、ということですか」

「そうです」

迷いなどない、というふうにきっぱりと、力強く彼は言い切った。

「エイレネに会って伝えてほしい。私がエイレネを愛していたことは本当なのか。本当だとしたらなぜ私はほとんど覚えていないのか。私は、エイレネがどう思っていたのかはどうでもいい。それはエイレネのものだ。私は私の気持ちが知りたい。それさえわかれば、残りの金額もすぐに支払うと」

太っ腹なのかストーカー気質なのか（おそらく両方）、ボヘミアン・プリンスは重ねて「愛のありか」にこだわっていることを言い置いて221bを去った。

＊

「なんだか、他人事《ひとごと》じゃない気がするなあ。愛していたことを思い出せないなんて」

私はルームソックスを脱いでシャーリーの座るカウチの反対側にあがり、彼女と向かい合った。

「ね、靴下を脱ぐとさ、なんでこんなにほっとするっていうか、楽になるんだろ」

「二秒前に言った台詞の続きはもういいのか？」

「二秒前に何言ったっけ」

「〝愛していたことを思い出せない〟」

「ああーそうそう！」

最近記憶力がとみに落ちてきて、患者の処置をしている間も、傷口に薬をつけたのかつけていないのか忘れるレベルでヤバい私である。この前もこれから縫う予定の傷口にガーゼを当ててしまい、看護師と患者を激しく混乱させる罪を犯した。

ような気がする。

（ちょっとまてよ、そもそも〝ような〟ってなんだ）

ような、というのはどこまでも曖昧で、明確性をはじめとしてあらゆる事実を隠蔽《いんぺい》する便利なワードである。

（何日前のことだっけ）

私が221bに帰還してはや三日。マーヴィンなる夫が失踪し、途方に暮れて愛情が冷め、独身時代の城に舞い戻ったのが本当だとしたら、まともに働いていたのは一週間以上前のことだ。それすら明確な記憶がない。それともその記憶は、マーヴィンに会う前、ここでシャーリーとルームシェアをしながらその日暮らしをしていたころの、アルバイト医としての記憶なのか。

人間の記憶というインターフェースほどいいかげんなものはないという。なのに自白は、今日でも犯罪事件において大きな意味をもつ。一千万ユーロを強請《ゆす》られ社会的地位をめちゃくちゃにされそうになっても、なおも己の恋愛感情にすがりつく男もいれば、結婚した記憶すらあいまいだった私もいる。両者に共通するのは、外部の記録はいくらでもあるのに、それが信じられないという点だ。男は自分自身の記憶というハードディスクを必死にリカバリしようとあがいている。なぜなのか。

（そこにしかないものがあると、知っているから？）

「私の結婚の詳細のことなんだけどさ」

やや唐突に私は切り出した。

「シャーリーとか、ミセス・ハドソンはよく知ってるわけでしょ」

「君が突然、シャーリー、私マーヴィンと結婚するんだ！　と婚約指輪を見せつけながら抱きついてきた日の記憶のことなら、外部ハードディスクに保存して僕個人のリソースからは消去した」

「そんな器用なことができるの。シャーリーってやっぱり、一段階進化した人類って感じだよね」

彼女は驚いたように何度か目を瞬《またた》かせ、

「……何年経っても君の反応は予想外で新鮮だ」

「それって関係性がずっと新鮮で飽きないってことなんだよ。つまり私たちの間にはマンネリがない。きっと私とマーヴィンはお互いに飽きて離れてしまったんだね。それで、結婚なんて大仰《おおぎょう》なことをしたのに、そんなにも早く愛が冷めたのがはずかしくなって、どうにもできなくてふんわりしてる。そうじゃない？」

一年も経たないのにか？　と彼女が彼女にしては人間らしい感想をつぶやいたが、人間関係なんて親子であっても壊れるときは秒で壊れるものだ。そもそもはじめから壊れていることだってある。

「君は、マーヴィンがいまどうしているのか聞かない」

「うーん。気にならないわけではないけど、そもそも相手のことをよく知らないから考えようもないんだよね。いままでもさ、すっごく好きになってばーって盛り上がったけど、シュンって冷めたことってけっこうあったから、特に気にならないのかも」

「彼はウィンブルドンの実家に戻り、弁護士をやとって事実確認をしている。離婚の意志は堅いようだ」

「まあ、そうなるよね。向こうの方が裕福なんだったら、私はかまわないかな。なんにもとられるものなんてないからさ」

持たざる者の気楽さ、身軽さだけが私のいいところである。真のボヘミアンというならば、きっと私のような者のことだ。

「それはともかくとしてさ、ボヘミアン・プリンスの件は不思議だよね。あれから彼らのインスタを遡《さかのぼ》ってみたけれど、たしかにスウェーデンのロイヤルに公開プロポーズをしていたよ。再会はセレブな友人の結婚式っていうのもわりとありがち」

ミセス・ハドソンがリビングルームの天井いっぱいに、彼らが不用意にＳＮＳにアップしたいちゃいちゃ写真を表示してくれた。もしこれら全部がビジネスいちゃいちゃなら、二人ともたいした役者である。

「ボヘミアン・プリンスのほうは、話していたとおり、高級ナイトクラブの経営者だ。一族は代々クロアチアのアドリア海沿岸リゾート地に不動産を所有しており、近年の不動産投機ブームもあって資産は倍増している。彼が一族の商売を継がずに、あえて夜のビジネスを始めて成功したのは、もちろんスイス時代のコネクションもあっただろうが、家族のいうまま安穏とした人生をおくるつもりがなかったからだろう。つまり、彼と彼の家族はある意味緊張関係にあったということになる」

「スウェーデンのロイヤルと偽装結婚するような性格には見えなかったのはたしかだね」

「どちらかというと保守的な家族の方がそれを強く望んでいただろう。彼自身は自分のセクシャリティの事情もあって、本気で友人のスウェーデン・ロイヤルと愛し合っているとは思えなかった。しかし事実はある。世界中が自分たちの婚約を知っている。奇妙に思いながら、君のいう〝ふんわり〟としているうちに変化が起こった」

「エイレネって子に脅迫されたわけだね。インスタでいう moonlight_road333 氏。どういう人なの？」

「エイレネ・フォールは女性の身なりをしているときの通り名だ。アンドリュー・E・アドラー。ボヘミアン氏もそう呼んでいたから便宜上〝彼女〟と呼ぼう。もともと彼女はNYの音楽大学の学生だったころ、ボヘミアン氏の経営するナイトクラブでアルバイトをしていた。大学のオペラ歌手の先生の口利きで、その店は歌って金を稼ぎたい学生が長年入れ替わり立ち替わりしていたらしい。高級クラブならば著名人も出入りするし、歌っていればスカウトもあり得る。ビジネスの世界はとにかくコネクションがものをいう。高級ナイトクラブはそういうコネ作りに最適な場所でもあるだろう」

エイレネはごく短期間、そのナイトクラブに所属した。理由はおそらく、ボヘミアン氏と個人的なつきあいをはじめたせいもあるだろう。

「そこで彼女は、ボヘミアン氏の顧客をすべて暗記し、独自の顧客台帳を作ったのだそうだ」

店に出るだけではなく、恋人としてあらゆるパーティに同伴すれば、交際相手の交友関係はおのずと把握できる。恐ろしいほど頭の切れたエイレネは、そばにいて微笑み、時々セックスの相手をするだけでボヘミアン氏のやり方を学び、あっという間に独自のビジネスを立ち上げてしまった。

「ナイトクラブをはじめて商売敵になったとか？」

「そんなばかなまねはしない。ボヘミアン氏があとから調べさせたところ、どうもセレブ相手のリゾートビジネスをはじめたようだ」

実際は、ロンドン近郊の広大な森にある邸宅（たいていはもともとジェントリの所有だとか、貴族のセカンドハウスだとかで景観も良い）を貸し切って、ヘルスケアパーティなるものを行っていたらしい。

「ヘルスケアとパーティって、地獄と天国ぐらい相反するワードだけど、くっつけちゃうんだ」

パワーワード同士をくっつければ、ギャップによってさらなるパワーワードが生まれる法則。

「セレブがお金をかけたいと思うのって、たしかに健康とリフレッシュとパーティと出会いだもんなあ」

実際ロンドン近郊をはじめとした都市部の周辺には、観光客を受け入れていない手つかずの元マナーハウスや森、元狩り場などが無数にある。それらを一時的に借りて世界中から退屈しているセレブを集め、半強制的にヘルスキャンプを行う。例えばダイエットになるといえば来るセレブはいるだろうし、同じ目的をもった人間が集えば話題にことかかない。そうして形成されたコネクションによって新たなビジネスチャンスは生まれ、恩恵を受けたセレブたちは口コミで友人を呼びふたたび参加する。

「修道院《アビー》キャンプ、と呼ばれているらしい」

「修道院ねえ。みんなそこでは一見質素だけどものすごく高価なヴィーガン料理を食べて、アロマオイルでマッサージされながら生臭いビジネスの話をすすめるんだね。黒焦げのシリアの土地を安く買いたたくとか、アフリカに混ぜ物の多いコンクリートを提供してインフラを整備するフリをしてもうけるだとか、そういう」

「いや、ただのダイエットキャンプではないと僕は思う」

根拠としてシャーリーがピックアップしたのが、ボヘミアン・プリンスがお相手と映っている一枚の写真だった。なんのへんてつもない、どこかのヴィンテージ風別荘の一室で、本物の暖炉の火を背景に二人がワインを飲んでいる自撮りだ。そういえば彼がロイヤルにプロポーズした部屋と同じである。

「これのどこが重要？」

「背景の絵だ」

「ああ、この古そうなやつね」

改めて注目するとなんとも奇妙な絵だった。おそらく古いタペストリーを風景画風に額装したのだと思われるが、いかにも風光明媚な一角、とかでもなく、ごつごつした岩ばかりの山である。

「うーん、なんだか不気味だし、見たことないけど、有名な山なの？」

「スヴァトシュスケー・スカーリだ」

「えっ、スカスカがなにって？」

シャーリーがまた角度にして五度、私から離れた。

「いま君の耳がふるい落としたほかの音のほうが重要だった」

「ワインとか年金とかなら聞き逃さないよ。しかもそれ英語じゃないんでしょ」

「スヴァトシュ岩石群とよばれている。チェコ西部のスラブコフ国有林地帯にある、いうならば有名な岩山だ」

「へー、またなんでそんな山」

「地元では、古くから結婚行列だと言われているようだ。それを妖精が石化したのだと」

心得たように、ミセス・ハドソンが衛星写真を拡大して見せてくれた。結婚行列だと言われればそう見えなくもないが、私に言わせるとただの山だ。岩山だ。そして妖精はいない。

「で、この絵がどうしたの？」

「ここまで言ってもまだ君はピンときていないかもしれないが、チェコは中欧の国でかつてボヘミアと呼ばれていた。確認してみたところ、ボヘミアン・プリンス一族はかつてこの辺り一帯を治める領主の家系で、彼は一度エイレネを連れて行ったことがあるらしい」

ニューヨークのナイトクラブで出会い意気投合し、自分の家系のルーツにまで連れてきたということは、あのボヘミアン氏はエイレネに並々ならぬ愛情を抱いていたのだろう。

（まあ、クロスドレッサーのバイセクシャルで、性表現が男女半々、しかも頭がよく見目もいいカウンターテナーなんて、世界中を探してもそんなにたくさんいないだろうな）

そして、ボヘミアン・プリンスがいままで恋愛関係をゴシップにされなかったのも、自分のストライクゾーンが狭すぎることを十分自覚していたからだろう。

ミセス・ハドソンが世界中のＳＮＳからかき集めてくれた情報によると、エイレネのほうは男装でいるときも女装でいるときも恋愛対象は自由で、女性としてヘテロの女性とつきあったり、男性としてストレートの男性とつきあったり、バイセクシャルとつきあったりと対象に制限はないらしい。むしろアーティストらしい自己表現だともいえる。

「この写真って、最近のものだよね」

「婚約発表時だから、二〇一五年のクリスマスだ」

「プリンスがエイレネを連れてチェコへ行ったのは？」

「二〇一〇年のことらしい」

「つまり彼女は、いま二十代後半ってことか」

学費を稼ぐためにナイトクラブでアルバイトをしなければならなかった少女が、たった五年かそこらで、資産家の恋人からビジネスノウハウを学習し、一部は盗み、ヘルスケアリゾート経営を始め成功した。おそらく彼女にとってプリンスは〝先生〟だったのだ。

（とはいえ、若い愛人にビジネスノウハウを教えることで満足感を得るおじさんは多いし、資金のない女性が得るものもある。時間とセックスが等価交換されるのは、どんなに高らかに倫理観の正常化を声高に叫んでも、きっと未来永劫なくなることはないんだろうなあ……）

「つかぬことを聞くけど、この二人が破局したのはいつなの？」

「わからない」

「わからない!?」

「そもそもつきあっていたかどうかすら曖昧だ。なにしろ相手は交際自体を否定している。あくまで自分は雇用された学生で、相手はクラブのオーナーだったと」

うまい主張だ。これならば二人がどんなパーティに同伴していても、二人きりで出かけていても、本意でなかった理由がたつし、セクシャルハラスメントで訴えることもできるぞ、という牽制にもなる。

「プリンスと別れたあと、エイレネはどうしたの？」

「大学を退学し、いまのリゾートキャンプビジネスを加速させていった」

「当然プリンスのバックアップはなかったんだよね？」

「プリンスの感情や思い出はともかく、ビジネスサイドはきちんと記録が残っている。プリンスは出資した分をエイレネに譲って経営権を手放した。周囲の人間は、二人が破局し、関係の清算としてそうしたのだと思ったようだ。実際、その一年後にプリンスはスウェーデンのロイヤルと婚約を発表している。相手が相手だけに、前の恋人と立ち上げたやや裏サイドに通じる事業を継続させるより、すっぱり縁切りしたほうがいいと考えたのだろう」

つまり、プリンスやエイレネの周辺は、二人の出会いからビジネスのスタートアップ、事業の拡大と破局による経営権の譲渡、プリンスの婚約になにも違和感をもっていないのだ。なぜならば、すべての流れに説明がつくから。

「説明がつかないと言っているのが、プリンス本人だけなんておもしろいよね」

「……おもしろくない」

私は、いつのまにかシャーリーの目が剣呑《けんのん》な光を宿らせながら据わっていることに気づいた。怒っている、というよりは納得がいかなくてふてくされているほうに近いのは、彼女にしてはとても人間らしい。

「僕はおもしろくない」

「珍しい。いつもなら、こういう謎こそ待ってましたとばかりによろこぶくせに」

「だって、君と似ているんだ！」

この世のすべてがおもしろくない、とつかんだものを投げ捨てる赤子のような顔でシャーリーは言った。

「エッ、私と？　スーパーセレブ・ボヘミアン・プリンスが？」

「資産額のことじゃない。愛した相手のことをよく覚えていない、という点だ。プリンスは僕に頼ってくるほどエイレネに執着しているくせに、彼女のことはほぼ覚えていない。覚えていないのに愛していたはずだ、と主張する」

「私はとくに主張していないけれど……」

「そう。君はマーヴィンを忘れている！　離婚する経緯すら覚えていないし、あれほど盛り上がって結婚してここを出ていったくせに、マーヴィンのマの字も口に出そうとはしない。実に奇妙なことだと感じる」

「えっ、でも……、いやたしかに、まあでも恋愛なんてそんなもんじゃ……」

「マーヴィンがどこにいるのか、いま何をしているか、なぜ聞かない？」

言われてみて、そういえばそうだな、と思う程度にしか関心がなかった。シャーリーと叔母、そして相手方と自分の四つ署名をさせてまで手に入れた正式な公的文書だというのに。

「どこにいるの？」

「行方不明だ」

「実家にいるとか？」

「不明だ」

「ミセス・ハドソンをもってしても？」

「……じつは、ちょうど一週間前、ボーンマス駅の改札を出てからカメラに映っていない」

ボーンマスとはなかなか良い選択だ。イギリス一治安がいいと評判の、ロンドンから特急ですぐ行ける南のリゾート地である。

「えーっと、傷心旅行とか？」

「そこまではわからない。マーヴィンがアウトドア派だったことは確認したが、頻繁にマリンアクティビティに通うほどだったかは確認がとれていない」

「分院の相談かなにかかな。ボーンマスに開業したらふつうにもうかりそうだから、とか」

「だとしても、あのそこそこの都会で一週間以上カメラに映っていない。なにかありそうだ」

「そんなに気になる？　マーヴィンが」

法律上はまだ正式なパートナーである私ですら気にかけていない男に、シャーリーがこだわっているのが私にはなんとも奇妙だった。

「マーヴィンがボーンマスに向かう途中に最後に接触したのが、ゴドフリー・ノートンという弁護士の男だ。このメールを見てくれ。これはマーヴィンが気軽に利用しているフリーアドレスへ向けて送付されたものだ。Aという人間に紹介を受けてマーヴィンに連絡した。ぜひ〝土地〟の話がしたいというういわゆるビジネス勧誘メールのようだが、これ以降のマーヴィンの返事がない。このやりとりが続いたのなら、おそらくセキュリティの強いセルフォン上のアプリなどで行われたと思われる。このゴドフリー・ノートンという男、じつは例のボヘミアン・プリンスとも接触している」

発信元はテンプル地区だった。いかにもロンドンの弁護士の居場所といった感じだ。おそらくは事務所だろう。

「そして、ここに事務所を持てるレベルには稼いでいるということだ。彼がエイレネの新たなビジネスパートナーならば、ここがエイレネのビジネスの発信点である可能性もある」

シャーリーが目をつけたのは、この弁護士の経歴だった。

「内国歳入庁《IRS》に入庁後、投資運用会社のジュリアス・ベアでキャリアを積んだ。プライベートバンク時代にスイスに集まる富裕層の資産報告にかかわっていたため、当然ボヘミアン・プリンスの周囲、つまりスイスの寄宿学校《スクール》出身者のコネクションにも詳しい」

またもやここでスイスだ、リッチな話には二つ買うともうひとつついてくるタイプのように自然と現れる不思議の国スイス。

「エイレネがクラブ王をふってやり手のプライベートバンカーに乗り換えただけってはなしのように聞こえるけど」

「僕が奇妙に感じるのは次の三点だ。一、曲がりなりにも世界的ウェルスマネジメントのプロが組む相手にしては、エイレネは小物だ。郊外の屋敷を貸し切ってパーティを開くだけなんて、いくらヘルスケアビジネスでも規模も小さすぎる」

「そこは、ノートン氏がエイレネに惚れてほだされたとかさ」

私がざっくりと科学的に数値化できない話でまとめようとしたせいか、シャーリーが私の素足を蹴って険しい顔をした。

「その二、おそらくマーヴィンに送ったメールは〝土地〟の紹介という名のアビーキャンプへの誘いだと思われるが、なぜマーヴィンのような中途半端な中間層をわざわざキャンプに誘ったのか」

「たしかに。医者とはいえ、スイスにお世話になるほどの資産があれば、ここまで私が忘れてないと思うんだよね」

「非常に説得力のある自白をありがとう」

「どういたしまして。ただ、客としてじゃなくて、キャンプのスタッフとして、医者としてスカウトされたなら納得がいくけど」

それならそれで、〝土地〟を紹介したいなんて妙なメールにはならない気もするが。

「それで、三つ目の根拠って？」

「スヴァトシュスケー・スカーリ」

ボヘミアン・プリンスがプロポーズした部屋にかかっていた、あの岩山の絵だ。たしか花嫁行列を妖精が石にしたという。

「プロポーズする部屋の装飾品にしては、あまりふさわしいとは思えない」

「ボヘミアつながりで、そのへん気がまわらないひとが慌てて見繕ったとか」

「その可能性も考えたが、この屋敷はプリンスのインスタでバズってから人気が出て、ウエディングに貸すようになったんだ。その後何十組かがこの屋敷で式をあげたが、そのどれにもあの絵はかけられていない」

プリンス専用の調度品だったというわけだ。そこまで気を遣っていたのならプロのコーディネーターがプロポーズのお膳立てをしただろう。さすがにスヴァトシュスケー・スカーリの意味を調べなかったとは考えにくい。

「何か意味があって、石化した結婚行列はあの場所に掲げられていたんだ。何らかのメッセージと考えたほうが合点がいく」

プリンスのことを愛していないエイレネ、プリンスとつきあっていたころスヴァトシュスケー・スカーリを見たことのあるエイレネ、そしてプリンスときれいに手切れして、有能プライベートバンカーと事業を拡大したいエイレネ。そしてプリンスはロイヤルのためにエイレネの望むとおりに事業清算し、二人は世界中に知れ渡るレベルの、ある意味後に引けないプロポーズをした。そしてその背景に掲げられていた、石化した結婚行列の絵。

「エイレネが展開していたビジネスは、たんなるヘルスマネジメントを売りにしたクローズドパーティではない可能性が高い」

「むむむ」

私はカウチの上であぐらと腕を両方組んだ。

「もし、プリンスが参加したのがエイレネ主催のヘルスケアパーティだったとして、そこでプリンスがスウェーデンの王族《ロイヤル》女性と出会ったのなら、やっぱりスーパーセレブ同士のマッチングサービスかなんかじゃないの？　実際、今回だってプリンスを脅して大金をまきあげようとしてるわけでしょ。だったら事業自体がうまくいってなくて、それで活動資金に困ってるのかも」

「そのあたりを明確にするために、君と僕とでやるべきことがある」

「やるべきことって」

「潜入だ」

言って、シャーリーは大きく腕を左右に動かして電子マップを広げた。

「ここは？」

「ボヘミアン・プリンスがスウェーデン・ロイヤルにプロポーズしたのは、ここだ。リージェンツパークからほど近い、プリムローズヒルの古いコテージ。ここは所有者がめったに公開しないことで知られている。近年まで荒れていたが、どこかの資本が入って手が加えられ、富裕層向けのレストランとしてオープンした。有名になってしまったため、エイレネはもう使わないだろう。彼女が次にクローズドなアビーキャンプを開く場所を推測してみた。この地価が上がり続けるロンドンで、先祖伝来の土地を持ちながら活用できず、さりとて昔の建物を壊して再開発することもできない面倒くさい資産をもてあましている人間が頼るのはだれか」

「弁護士！　そうか、ゴドフリー・ノートンは不動産専門の弁護士なんだね」

「彼の元にクローズド物件が集まり、エイレネがその商品価値を倍増させる。だれも知らないロンドン郊外の古い秘密のアビーに、健康や休息や出会いや、もっと激しい関係性を求めて集まる富裕層たちは、最終的にはこの土地や建物自体の購入候補者ということになる」

「なるほどなあ」

実際、買い手を探すために物件でパーティを開くのは、高額不動産を売るときの常套手段である。

「ボヘミアン・プリンスもプリムローズヒルのコテージを購入したそうだ」

「愛の記念にね」

ただただ土地の買い手を探すのならば、ロンドン郊外の景勝地ならばなんの苦労もないはずだ。それがここまで手放せないでいるということは、理由がある。すなわち先祖伝来の土地だからこそ「買い手」を選ぶのだ。そして手放す側は、金銭問題以外の理由がほしい。

「あつあつの二人が、出会った記念にこのコテージを買い取りたいと申し出たなら、きれいな理由だよね。売る方も、結婚という祝い事のためならばと先祖にいいわけもつくし、そもそも客がセレブだからいい値で買ってくれる。ご祝儀ものだからね」

そういう商売だとわかっていたとしても、燃え上がった愛には勢いで不動産を買わせるだけの、何か恐ろしい力があるのだ。

(たしかに恐ろしいんだけど、もっと恐ろしいのは、そうであることを十分にわかってて、ほとんどの人がそれに翻弄されたいって思ってるってことだよなあ)

自分が〈マークスアンドスペンサー〉の分厚いタオル地ガウンを撫でるまではそうだったことを思い出し、ちょっとぞっとした。

実のところ、私はいまでもピンときていなかった。本当にいたのだろうか、自分に夫など。本当にあったのだろうか、その夫という人間との間に、愛など。とても信じられない。いくらインスタやiPhoneの写真フォルダに状況証拠を積みあげられようと、この自分が221bを出てシャーリー以外のだれかを選ぶなんて、とてもじゃないが考えられないのである。

きっと、ボヘミアン・プリンスも同じ気持ちなのだろう。一過性の愛に振り回されたあげく、保守的な結婚を望んだが、それでも人は安定した関係より、いつだったか嵐のように訪れて自分をめちゃくちゃにした暴力的な精神行動をなつかしみ、リピートを求める。あの美しい愛をもう一度と願い……、いくつになってもマッチングアプリにぎこちない笑顔と外食の記録を残していく。どうぞ指で飛ばさないで、だれかの心に折り目がつけられますようにと。

(めんどうくさい)

アプリをはじくようにして思考を止めた。

そんなものより、私には素足で上るカウチの対面に美しく白い顔があるほうが大事だ。

「じゃあ次は、エイレネはどこのお屋敷を売るつもりなんだろう。きっとノートン弁護士は次の商売場所のあてもあるはずだ」

「そこで君の夫の出番だ」

「元夫でしょ」

「君がサインした離婚届が存在して、それが正しく役所に届けられていれば」

ああ、と額を押さえて思わず嘆息した。そうか、私はもしかしなくても、そのマーヴィンという元夫を捜し出すことなしには、気ままなシングルの身に戻ることすらできないのだった。

「ノートン弁護士が君の元夫氏にコンタクトをとり、面接をしたということは、君の元夫どのは、つぎのアビーキャンプに医師として参加する可能性が高い。わざわざ新顔をいれたということは、おそらく何らかの事情で、次のパーティではいままで使っていた医者が使えないからだろう。ということは、スタッフ総入れ替えの可能性もある」

　つまり、とシャーリーは彼女にしてはやや結論を急いだ。

「アビーキャンプを支えるスタッフ、給仕や雑用やその他もろもろを管理し運用していたチームもまた、いま人材募集をしているだろうということだ」

　こういうとき、シャーリーはマダム・タッソーの館にいる蠟人形のごとき不動なることをやめて、珍しいパライバトルマリンのような目をいっそう輝かせ、いますぐにでも飛んでいきたいという顔をする。

「わかった。エイレネのキャンプに潜入するんだね。そのスタッフだかなんだかのフリをして。場所は？」

「ハムステッドの最西にある、ブライオニー・ロッジだ」

「ブライオニー荘」

　ハムステッドヒースはロンドンでもっとも標高の高い場所として知られ、多くの富裕層がお屋敷を連ねる高級住宅地だ。もともと、ハムステッド一帯が伯爵領だったが、いまはロンドンにあった旧荘園と同様に切り売りされ、所有者も細分化されている。もっとも公園自体は公共団体が管理しており、キューガーデンとは違って無料で自然を楽しむことができる。大手商社駐在員や海外リッチ層が別荘として使っている家も多いからか、ロンドンのシティとはちょっと雰囲気が違って、とても静かだ。

その一角に、ブライオニー・ロッジと呼ばれる古い邸宅跡がある。そこはさる貿易商が十六世紀に建てた神殿風の庭が見事で、十七世紀にアニリン染料の製造者だったブルックなる者が当時有名だった建築家に設計を依頼したものだそうだ。だが、ハムステッドに鉄道を通す計画が時のギネスビール創設者によって潰されると、鉄道利権に群がっていた人々も見向きもしなくなり、近年は荒れ果てていた、らしい。

「まさにおあつらえむきってやつじゃない」

いかにも、エイレネのキャンプが開かれそうな場所だ。私はシャーリーに負けず劣らずわくわくして、シルクの靴下で二重にくるまれた彼女の足からそれを脱がそうとしたが、めちゃくちゃ嫌そうな顔をされたあげく、軽く蹴られた。そんなルームソックスなんて脱いでしまって、早くブーツの履ける靴下をはこうよシャーリー。

この一年間、私たちを遠ざけていたものが、謎がなかったせいだとしたら、この次の冒険がきっと私たちをいつもどおりのカウチの距離にさせるはず。

「ジョー、君も行くつもりなのか」

「えー、だって、私はシャーリーの助手でしょ。しばらく放っておいたブログも更新しなきゃだし、それに猫の手も借りたいって顔してるじゃない」

「それは……。相手がノートン弁護士とエイレネの二人で、あいにくと僕の体は一つしかないんだ。ノートンの自宅ならすでにおさえてあって、事務所にも簡単な偵察を飛ばしたが、なにしろ二人のやっているビジネス自体は合法でなにも問題がない。問題があるもの——恐喝に使われた写真はデジタルやアナログであらゆる保管がなされているだろうし、部屋をあさっても意味はない。みたところノートンはエイレネの崇拝者ではあるが、恋人関係というほどには関係性は煮詰まってはいないようだ。エイレネはノートンの家で寝泊まりしたことはないし、ノートンがエイレネの現在暮らしているハムステッドのブライオニー・ロッジに泊まることもない。ああ、このブライオニー一帯は五ヶ月前から大規模な改修工事が行われているようで、エイレネは頻繁に様子をうかがいに訪問している。先日ノートンが君の元夫をボーンマスまで呼び出したのも、ボーンマスの似たような邸宅で、同じアビーキャンプを行うつもりだからだろう。不動産専門家らしく次の物件、次の物件とぬけめがないようだ」

「なのに、脅迫なんて、どうしてしたんだろうね」

「問題はそこだ」

エイレネとノートンの商売はうまくいっている。なのにせっかくうまく館を買ってくれた客相手に脅迫をして金銭を巻き上げようとするなんて、無駄にセレブ界の評判を悪くするだけではないのか。

「緊急事態が起きたのではないか、と思う」

「緊急事態」

「つまり、なんらかの予期せぬアクシデントによってエイレネの商売は継続が不可能になった。そのため、急遽資金が必要になった。高飛びをするためか、それとも商売を継続するためか、それはわからない。ただ、本来ならばあのカードは切らずにいたはずだ」

ボヘミアン・プリンスと撮った絶滅危惧種の死体とのスリーショット。あれは、ここぞというときのための保険であっただろうから。

「じゃあ、そうとわかれば食事をしないと。まだ一階でローストビーフサンドは頼めるのかな?」

221bの一階店舗では、ミスター・ハドソンが変わらず〈赤毛組合〉を繁盛させているようだ。世界中に散らばる愛しくかわいらしい赤毛の色が千差万別なように、この〈赤毛組合〉ではあらゆる種類の紅茶を淹れてくれる腕の良いマスターがいる。なんでも地方ではよく知られた名家であるらしいホームズ家に代々仕えた執事だというから納得だ。昼は大中小の順番に積み上げられたハートのパンケーキに、このアパートの屋上で飼育されている蜂たちが集めてきた天然の蜂蜜、それとじっくり煮込んだ七種のベリーソースと、ふわふわにホイップされた生クリーム、お好みでこってりクロテッドクリームに変更可能という名物メニューがあるが、夜は夜で濃い赤毛、すなわち赤ワインの店に変幻する。もちろんワインのお供はチーズと肉だ。そろそろミスター・ハドソンが昨日赤ワインにつけ込んだタッパーとともに冷蔵庫で仕込んだローストビーフが文字通りひもとかれるはずなのだ。

シャーリーは二言目にはなにか食べようか飲もうしか言わない私に呆れたように、

「べつに、君にこの仕事をいっしょにやってほしいといってるわけじゃない」

「でも、やるんでしょ? いっしょに。いつもみたいに」

「……だいたい、君はちょっと前までいなかったから、僕の窮境をこのへんで知らせておく必要があると思って」

「窮境なんてむずかしい言葉、大学の一年目の座学以来だよ」

「とにかく、手が足りない」

「喜んで手伝うよ」

「……言っておくが、君はかつてここに住む前は、ワイン代惜しさに研修医時代を過ごした大学病院の死体安置所で眠る、無職で流しのパートタイム勤務医だったわけだが、いまや夫とともにメアリルボーンに開業する社会的身分がある。それを棒に振る危険もあるわけなんだ。法律に触れることだってするし」

「そんなのちっともかまわないよ」

「捕まるかもしれない」

「いまだって息を吸うように盗聴、ハッキング、スコットランドヤードをぱしりのように使ってきたくせに」

チーンとベルが鳴って、古いダクトを改造した食事供給用エレベーターが、できたてのローストビーフサンドをのせた皿を運んできた。ミセス・ハドソンが我々の会話の内容を正確に把握してオーダーしたのだと思われる。すばらしいＡＩだ。なぜ人類は彼女をSiriのかわりに使えないのだろう。

「どんなことがあっても、けっして僕を止めないという約束は守れるか？」

ローストビーフサンドに心を奪われていた私に、シャーリーはまだ迷いを捨てきれないというふうに視線をややさまよわせながら言った。

「どんな状況に陥っても、計画の邪魔はしないこと」

「それって、潜入先でもシャーリーのことを助けず、中立を守るってこと？」

「おそらくちょっとした不愉快なことが起こると思うが、決して関わらないこと。騒動に巻き込まれてはいけない。もし僕の健康状態になにか起こったとしても、救急車を呼んでそれで終わりだ。助けるな」

「それも計画の一つってわけだね。わかった」

私は急いでうなずくと、皿からきつね色の焼き目のついたローストビーフサンドを手に取り、口の中に押し込んだ。

「わふぁった、ふわふ……（誓う）」

恐ろしいほど用意周到なシャーリーのことだ。必要とあらばスコットランドヤードには情報を提供済みだろうし、提供していなくても情報を完璧に把握している英国中枢のお役人もいる。ロンドン中、マンホールの中も廃駅になった地下鉄《チューブ》までもくまなく忍び込むドローン集団〝イレギュラーズ〟もアップロードされて健在だろう。

「じゃあ、私はなにをすればいいの？」

「僕から目をはなさないでいてくれ」

「なぁんだ、そんなことならさっきも言ったけどお安いご用だよ。いつもそうだしね」

さて、ことあるごとに〝僕には心がない〟と言い張る我が探偵殿は、いったいどうやってこの難問に立ち向かうのか。

（でも、きっとシャーリーのことだから、この抽象的でふわっとした依頼ですら、パーフェクトな解答を用意してしまうんだろう。つまりはそれこそ、シャーリーの心と愛の証明にはならないだろうか）

彼女が口癖のように、〝僕には心がない〟などと言うのは、自分を救った人工心臓研究の世界的権威が、同様にブラックマーケットでも世界的権威であることを気に病んでいるせいだ。表では、身体不自由な人々にデジタルの恩恵を与え、裏では人々の生命を脅かす研究とその売買にいそしむ、現代科学の武器商人。ヴァージニア・モリアーティ。シャーリーはいまだ、その心臓を彼女に握られている。

私はそのことを少々不愉快に思っていた。なぜなら、心は心臓ではないからだ。教科書に書いてあることが事実のすべてではない。実際私は、心臓が止まって三日後に土の中で息を吹き返した死体を複数知っているし、がんが体中に転移しても元気に生きている例も、病院の新生児室に狙ったかのように爆弾が落ちて、その後倍以上の後発的死者を出した例も知っている。生来の拡張型心筋症であり、移植手術も困難であったシャーリーがいまの歳まで生きながらえているのは、そのモリアーティとかいうちょっと狂ったおばさんのおかげではない。ただの偶然なのだ。

人が生きていること、死ぬことはただの偶然で、金持ちに生まれることと貧民層に生まれることと同じくらいコントロールができない。コントロールができないことに名前をつけようとする衝動は理解するが、プログラムのように管理しようとしても無駄だ。

愛もおそらく、その部類だ。

血のように赤い唇から紡ぎほどかれていく数々の、かつて謎であった事象、黒檀のようにつやのある髪が縁取る透けて血色のない肌、まさに現代に生きるスノーホワイトであるところの、シャーリー・ホームズ。はやく彼女がそう吹っ切ってくれたらいいのに。そうしたらもっとケーキは甘く、ワインはおいしく、日々は楽しく暮らせるはずなのになあと、私は、彼女の横顔に性懲りもなくほうっと見とれながら思っていたのだった。

まだ。

＊

「アビーキャンプにマーヴィンがいれば、さすがに君の顔は割れる。先に僕が中に潜入して確かめてくるので、それまで待機しておいてくれ」

というキャプテン・シャーリーの言いつけ通り、私はしばらくの間、仕事に戻るでもなく、221bでぼんやりして過ごすことになった。

もともと勤務していた夫のクリニックはもう半月以上前から臨時休業になっており、パディントン・スクエアの新居にだれかが戻ってきた形跡もなかった。そこはびっくりするくらい簡素で、おそらくどちらかの趣味ではない家具がモデルルームのように設置されており、私のものだけではなくマーヴィンのものもろくに残っていなかった。

なるほど、と私は納得した。私が我に返る前、マーヴィンは先に我に返り、身の回りのものだけかき集めて出て行ったようだ。もしくはだれかに言われてボーンマスへ出張？　いいやそんなわけはない。彼とのWhatsAppの履歴を一通り見たが、三週間前あたりから急に帰宅時間が遅くなることが増えていた。彼は意図的に姿を消したのだ。私とここでけんかをした結果かもしれないし、ほかに恋人ができたのかもしれない。

履歴の最後のほうは、私からのメッセージばかりが、一向に顧みられない訴えのように一方的に縦に並んでいた。そのどれにも既読がついていなかった。

数日前の私はこれを見て、シャーリーの言うとおりまず彼の事故を疑い、次に浮気を疑い、普通の人間らしく混乱し、クリニックに押しかけ、休業を知ってさらに混乱したのだろう。慌てた私が、かろうじてつながっているフェイスブックの知己を頼って、状況を把握しようとつとめている間、彼は次の目標のためにボーンマスに出かけていた。そしていまだ帰ってきていない。電話の電源も入っていないし、意図的な失踪、もしくは私からの逃避だ。

いったいなにがあったんだろう。私とマーヴィンの間に、愛が冷めるようななにかがあったのはわかる。逃げたのは彼だから、自分がなにかとんでもないことをしでかしたのだということは容易に想像がついた。しかし身に覚えがない。

あのボヘミアン・プリンスが、自分がエイレネを愛していたのかどうか知りたいと言ったとき、あかくも愛などというものは簡単に消え失せてしまうのかと、ガラにもなくずいぶんと心打たれたのだった。本人さえ忘れれば、たとえどれだけ映像などの状況証拠がそろっていたとしても、愛があるとは思えない。ボヘミアン・プリンスはそう言ったのだ。私だってそうだ。いくつ結婚を証明するための署名があろうと、派手に結婚式をあげようと、その記録にはなんの意味もない。ネットフリックスで、アマゾンプライムでディズニーチャンネルで、あらゆるリアリティーショーで結婚式は行われているが、もはや映像記録や本人の音声や、跪《ひざまず》いて指輪を差し出す行為にすら意味はなくなっている。

たとえば私の愛について、私とマーヴィンが否定すればそれはなかったことになる。このデジタル社会で、愛ほど形をとどめないものはないのかもしれない。

むしろ、愛だけがアナログなものとして最後に残るのかも。

（実際、私はいま、マーヴィンに対してなんの執着も持っていない。家に帰ってこなくても、連絡がつかなくても、ああまた捨てられたんだなあとしか思えない。どれほど意気投合し、公的文書にサインしたところで、愛を延命できるわけでもなかったのなら、結婚にどういう意味があるんだろう……）

実際のところ、この221bでシャーリーと暮らした日数の方がずっと長い。まったく知らない者同士が意気投合して同居を始め、同じものを食べ、同じ空間で会話を交わし、お互いの一日の報告をしながら日常を共有しているのに、私たちのそれは結婚生活ではない。

「だとしたら、結婚はただのサインで、愛の器ではないんだなあ」

結婚していなくてもセックスはできるし、同居もできる。子供を持たない夫婦だって普通のことだ。なのにいったいなんだって人は、結婚を最上の関係性のひとつとし、それを結ぶことに深い意味があると信じ込んでいるのか、私にはちょっとよくわからない。

（まあ、それももうどうでもいいな。私には221bがあるし）

セント・メアリー病院に電話をかけた。幸いにも私のシフトは不定期で、半年ごとの更新だった。家庭の事情があり、住む場所も変わるので、これから少しの間は休ませてほしいというと、なにを察したのか急に応対が丁寧になって、以降問題がないようにしてくれるという。みな、離婚や別居に対しての免疫力が高すぎる。それほどまでにありふれているのに、まだ信じている。愛を。ばかばかしいな。

これでまた私は無職になった。無職になるのは慣れているので、とくに何の感慨もない。かわりにある感情は、221bにいるのにもう一週間近くシャーリーがそばにいない寂しさと、〝だれかがいない〟ことによる不安に近い居心地の悪さだ。私はどうにも、そこにいるはずのだれかがいなくなってしまうことに極端に弱い。なのに、アフガンに派遣されてまがりなりにも戦場で勤務していたのだから、心情と行動があまりにも矛盾していることこの上ない。

ふとテーブルの上を見た。ミトンの外れたポットと飲みかけの紅茶が目に入る。お昼に一階の〈赤毛組合〉からオーダーしたカモミールティーはもうとっくに冷めてしまっているだろう。渋みまで出きってしまっているポットの中身を飲みほす気にはなれず、視線をさまよわせた。

「なにか、ほかに飲むもの……」

昼間からワインをいっぱいくらいひっかけても罰は当たらないと思い、この部屋の一番日当たりが悪い場所に、一九七〇年代の金庫のふりをして置いてあるワインセラーの前に立った。この中には、シャーリーの姉が問答無用に送ってきた値段を考えたくもないボルドーとともに、私の命の水である〈テスコ〉特売テーブルワインも収まっている。

「あのボルドー、絶対私の血よりも高いんだよね」

なんてことをつぶやきながら、シャーリーが普段は触《ふ》れもしないワイングラスをホルダーから外し、それを水洗いもしないで指の間にぶらさげてリビングへ運んだ。なにもかも手際の悪い私なのに、銃弾を取り出すこととワインの栓をぬくことだけは別人のように器用になる。

　アルコールは生家で覚え、大学で大麻を覚え、アフガンでタバコを覚えた。何カ国語も話せる人間でも、話す言語によってまるでチャンネルが切り替わるように人格も雰囲気も変わることがある。私はまさにそうで、へたくそなダリー語を話しているときは生きるのに懸命な女医となり、そのときそのとき付き合いの深い相手の話す言葉をコピーするようにくせをつけた。私が221bで安定しているように見えるのは、それは安定していることがここでは通常だからにすぎない。シャーリーが毎日摂取する免疫抑制剤は、彼女の体内だけではなく、この部屋にも異物が入り込むことを阻止できるのだろうか。あるいは、私が自主的に抑制されるタイプの人間だったからこそ、ここまでぴたりと古い家具のように収まったともいえるかもしれない。

（シャーリーがいないと、どうでもいいことばかり考えるなあ）

　ワインのすごいところは、水やほかの飲料とそんなに値段が変わらないのにそれなりにうまいという点だ。人に空腹を忘れさせ、労働と孤独による精神のきしみをも鈍くさせる。まさに万能の薬。イエス・キリストが私の血だと思いなさいと言うだけのことはある。神の慈悲だかなんだか知らないが、ワイン造りがこんなにも手軽に提供できる産業として発展してきたことだけには感謝したい。

「ミセス・ハドソン、そういえば、シャーリーをエンジェル呼ばわりする麗しいスパの主は元気なの？」

「デイム・ミシェールは比較的お元気でいらっしゃいます。ジョー様がお戻りになったこともご存じです。ギャスビー・ダンスのステップだけは思い出すように、とのご伝言を預かっています」

「あー、そういえばスパで、そんなことを言われたこともあったなあ……」

シャーリーを愛する人の皮を被った国家生命体の化身であるミシェール・ホームズが、この221bの間借り人として私を選んだのは、私がシャーリーの生命をサポートできる医師の免許を有しており、そして少なからず彼女がもたらす変化や冒険に適応する能力と気概があるからだろう。私がロンドンの一等地で一ユーロも支払わずに、リージェンツパークの緑が見える屋上のルーフテラスで日光浴ができる生活を許されているのも（屋上は緑化され一見都市型養蜂所のようにも見えるが、実際はミセス・ハドソンが操るドローンの基地である）、ひとえにシャーリーの健康状態を見守るためという理由が大きい。

彼女は各国の大使館がかかげる旗がはためくメイフェアの一角にある高級スパ〝ディオゲネスクラブ〟に通っており、噂ではオーナーのひとりでもあるという。ロンドン大空襲に耐えた一角をガーデンごとスパ施設に改造した女性限定のそのスパクラブは、多くの歴史あるボーイズクラブがそうであるように、嗜好品を楽しみ、情報の交換をするためだけの場所ではない。サイレントが基本で、女性は己の体のメンテナンスをすることによって、日常から切り離され真の安心を得ることができる。あの場所を提供し〝ディオゲネスクラブ〟の設立を望んだのが中東の女性王族たちだったというのも、中がハンマーム式になっていることからうなずける。

あの場所で、一糸まとわぬ姿のマイキーは、今日も会ったことのない異国の政敵たちの寿命を、シャーベットをスプーンで削るように短くしているのだ。

よくもあの姉が、私がシャーリーの元を離れることを承知したものだ、と思った。しかしあの姉をもってしても、結婚という愛の力はどうしようもないと悟らせたのかもしれない。あるいはシャーリーのように英明な彼女は、私の結婚生活が長くはもたないことを百も承知で、221bを出て行くことを見て見ぬふりしたのかもしれなかった。

メイフェアの高級ハンマームの、すぐ近くでヨルダンの王女が全裸でオイルトリートメントを受けているという想像を絶する環境下で、私はマイキーにいくつかのことを確認された。そのうちの一つが、ギャスビー・ダンスのステップだった。

「覚えてるよ。思い出したといったほうが正しいけど」

221bに戻るのならば、オーナーの意向通りに任務に戻れ、ということなのだろう。昔から思うけれど、軍や情報局など公《おおやけ》の仕事についていると、やたらめったら暗号の部類が増えて覚えているのにも脳のリソースを要する。

酔いのせいか、ほんの少しだけ空気が揺れた。赤外線が通った程度の微妙な振動でしかなかったが、私は無意識のうちに、いつものひとりがけソファのへりにひっかけてあるだけでろくに使いもしない杖を探した。

その昔、特権階級の紳士はステッキを持つことを許されていた。英国では細く堅く棒のように巻いた傘になることもあった。しかし、それが持ち手の体重や歩行を支えたり、冷たい雨のつぶてから身を守ったことよりも、ずっと数多くだれかをぶちのめすことに使われたのだろうと、私は信じて疑っていない。

危険であることは、素手であるということである。

私はゆっくりと立ち上がり、ワイングラスの残り少ない中身をあおるようにしながら、ひとりがけソファの方へ移動した。かちゃり、と電子施錠が開く音が部屋に響いた。この221bはフラットだけではなくアパートの建物ごとミセス・ハドソンが管理しているはずだ。なのに、来客のアナウンスはなかった。

「こんにちは」

「こんばんは」

私は来客の言葉を無意識のうちに訂正していた。普段はいまが昼だろうが夜だろうが少しも気にとめないたちであるというのに。

「ドクター・ジョー・H・ワトソン」

「いまは無職で、ついでにいうといまは勤務時間外で、ここはプライベートです」

相手が自分に用があって来たことくらいは察しがついた。シャーリーの客であればミセス・ハドソンがドアを開けなかったであろうし、聡明な彼女は、いま私の目の前に立っている来客の持ち物をくまなくスキャンして、目的が私に会うことだと結論づけたに違いなかろうから。

(さて、私に用があるなんてすぐにわかる持ち物ってなんだろう)

わざわざドクターと敬称つきで呼んでいたからには、私が医師であることはとっくに承知で、医師である私に用があるとしか思えない。けれど医者のバイトは専用のサイトで探すし、ヘッドハンティングがまったくないわけではないが、普通は会う前にメールの一本や二本よこすだろう。

そもそも、シャーリーが不在時に私に客……？　私がここに戻っていることを知っている人間なんてほとんどいないのに。

私はひとりがけソファに深々と腰掛け、片手でいつでも杖を握れるよう意識しながら訪問者を見上げた。

思ったよりはるか高いところに人の顔がある。六フィートはあるだろう長身は、まったく混じりけのない純粋なブラックのスーツで覆われていて、仕立てまでもがぴったりと体のラインに寄り添い、まるで完全な人間の完璧な影のようだった。少し長めの袖口から伸びる指先は硝子のように透き通りマニキュアよりも固いジェルで覆われていて、クリスタルのストーンがちりばめられている。そこに光が集まって、奇妙な魔法を使っているようにも見える。

まず顔ではなく指先を見てしまうのは自分の悪い癖だ。死体を見る機会が多かったせいで、爪の間に皮膚片かなにかが詰まっていないか確認してしまうのだ。次に足。スーツなのに細い凶器のようなかかとのロングブーツであることに驚く。そしてぴったりとした下半身とは違い、ジャケットは見たこともないかたちをしている。襟はまるで海軍のセーラーのように大きく広がり、裾が片方は長く、片方は極端に短い。まるで羽根をはさみでばっさり切り取られたツバメの尾のようだ。

「あなたたちの巣を見てみたくて。ごめんね」

そう言って訪問者は片手で、レースが花びらのように広がる、女性用でも男性用でもないフェルト帽をとった。ゆんわりとしたカーブを描く耳のあたりまでの黒髪はどこか金属的な光を放っている。そしてなんといっても目を惹くのは肌の色だ。

黒人・白人・アジアン・ヒスパニック、それらが均等に混じり合った色をしている。黒人というには琥珀色で、白人というよりは太陽の色が強い。どの属性の特色が強いわけでもない完璧なミックス。それがかえって、目の前の存在がもうひとつ種の階段を進化したような錯覚を私にもたらし、思わず見惚れてしまった。

こんな人間は見たことがない。

「シャーリー・ホームズはいないんだけど」

「うん。知ってる」

私は内心舌打ちしたい気分だった。なんと声までいい。そりゃそうか、相手はジュリアード音楽院でオペラを専攻していた技術と才能の持ち主だ。

「エイレネ?」

「そうだよ」

「びっくりした」

「びっくりした?」

「どんな人だろうと思っていたんだけど、思っていたよりずっと」

「ずっと?」

「……次元が違った」

いったいどんな人種がどのタイミングで混ざり合って遺伝子が革新を起こしたらこうなるのか、じっくりとレポートを読みたい気分になった。およそ人の美しさの八割は顔の造作だと思っていたが、自分でもいぶかしむほど私はエイレネの顔を見ていなかった。まずその足の長さに驚き、光を集めている指先をつつむ皮膚の色に驚き、その次に声に驚いていた。

（ああ、足が長いからあああいうモデルみたいな立ち方になるんだな。羽根を持て余す空想上の神獣みたいなしぐさ）

ここは古い古いアパートの一室であるにもかかわらず、彼女の登場と同時に夜の海が満ち、月の光が水に溶けて一本の道を作り出していた。おおよそいにしえの伝説や民謡で語り継がれる、自分たちとは違う能力を携《たずさ》えた上位のものが降り立つにふさわしい情景。そして何物をも黒く塗りつぶす恐怖の時間に、たったひとつ人類に寄り添う高くはてしなく遠い光。月光。エイレネはまさに凡人に人ならざるものの存在を強烈に確信させるのだ。

ボヘミアン・プリンスが見せた写真で顔の造作は確認していたはずなのに、本物を目の前にしてここまで新鮮に圧倒されるとは思わなかった。やはり生《なま》の力ってすごい。ここでもデジタルの限界を見た気がする。

「人の容姿のことを言うのは失礼なことだけど、あなたは素敵ですね」

「どうもありがとう」

きっと私の人生の何千倍もそう言われてきただろうに、まるで初めて褒めてもらえた子供のような顔をしてエイレネは笑う。すごい。これはすごい。てっきり高慢な笑みで返されると思っていたのに。こんな顔をされたら、ボヘミアン・プリンスでなくても一瞬で落ちる。ひっくりかえって腹をみせなければいけない気分になった。

「それで、シャーリーがいないのに私になんの用？」

「ヘッドハンティングに」

「マジで？」

思わずやや美しくない返答をしてしまった。彼女は本当にドクターとしての私を雇いに来たという。思った以上に驚いてしまって初対面の人間に対するガードがおろそかになる。さらにエイレネは、

「ドクター・ワトソン、わたしのことをある程度ご存じのようだから、いくつかの仕事については省略しますね。あなたに手伝っていただきたいのは、文字通り医者の仕事。わたしはクローズド・リアリティーショーの製作をするものです」

「リアリティーショー……」

「あくまでクローズドのね」

なんとここでも、ヘルシーだとかセレブ専門マッチングサービスだとか切り出さず、いちばん身も蓋もない表現をしてみせた。驚きのジャブ打ちだ。思った以上に武闘派であるといえよう。

「出会いという人生の新鮮さがほしいけど、変な相手と関係を持っていろいろ暴露されたり金をせびられて泥沼になりたくはない金持ちが、安全に禁煙したりダイエットしたりヨガをしたりしてさりげなく同じような階級《クラス》にいる金とビジネス目的じゃない人間と、一時的な出会いをきゃっきゃと楽しむ名目上健康キャンプを運営してるんじゃなくて？」

「そういうのをショーって言うと思うんだ」

フラットなため口でエイレネは言う。男とも女とも区別がつかない不思議な声音もあいまって、古

いバラードを聴いている気分になる。

「たしかにショーだ」

「でしょう？」

「で、健康管理のためのドクターが必要？　そこに私の元夫も参加することになにか意味はある？」

「リアリティーショーだから」

にっこりと笑ってみせると、いままではランウェイを歩くモデル然としていたのに、とたんに人間くさくなった。

「ははあ、破局したばっかりのカップルの見本みたいなかんじで？　それって収録されてYouTubeかなにかで流されるの？」

「アビーキャンプは、完全クローズドだから、そこはご安心を」

「元夫も雇われてるってわかってて、なんでそんな居心地の悪い職場に行くと思う？」

「シャーリー・ホームズがいるから」

「…………」

「二人いっしょに来てほしかったのに」

シャーリーがアビーキャンプのスタッフとして潜り込んでいることなど、とうの昔に承知のようだった。私はすぐさま彼女と連絡をとりたくなったが、彼女に決して関わるなと止められていたことを思い出した。彼女は言ったのだ。君の元夫と連絡がつかないことを思い出せ。おそらくアビーキャンプ内は電子機器の持ち込みは禁止されている……

『でも、キャンプって半月近くあるんでしょ。その間に私はなにを手伝えばいいの？』

『クローズドとはいえ、生鮮食品などは外部から都度調達される。そのスタッフとして出入りしてほしい』

シャーリーの目的は、エイレネの主催するキャンプでいったい何が行われているのか、それを確認し記録することだ。しかしながら、会場には当然のことながら通信電波ジャマーが設置されているだろうし、ドローン部隊は近づけない。あのマイキーが管理する軍事衛星ですら屋内で行われていることを詳細に監視するのは難しいだろう。当然、偽名で潜入しているシャーリーも電子機器は持ち込めない。ならば、それを調達し渡すのが私の役目なのだ。つねに外部にいてサポート役に回る。

『もし、危険な目にあったらどうするの。ミセス・ハドソンもいないし、レストレードも呼べないのに』

『いつもの御用達エンバンクメント《スコットランドヤード》ご一行をウーバーイーツすることはできないが、今回は別のエンバンクメントを呼び出す』

どんなに電子機器を禁止してプライバシーを保とうとしても、消防隊を止めることはできない、というわけである。

『いざとなればボヤを起こして、その騒ぎのすきに逃げ出すさ。どんな完璧な世界でも、火事を完全に防ぐことは出来ない』

これから三時間後、私はミスター・ハドソンが焼いたグルテンフリーのパンケーキ三十枚を、キッチンの故障によって旧友にお得意様の依頼をまわした店のトラックに積み込んで、ブライオニー・ロッジに向かう予定だった。そして、そこでシャーリーが指定した、電波を発しないタイプの録音録画機器を手渡し、また何食わぬ顔をしてトラックで帰ってくるはずだったのだ。私はそこで一週間ぶりにシャーリーの顔をみて、この所在なげな不安、夜明けを知らない夜のような状態から解放されるはずだった。

はずだったのに……

「残念だけれど、あそこには警察もこないの。もちろん消防も」とエイレネは言った。「せっかく燃え上がった愛の火に水を差されてしまっては困るでしょ」

内容はよく考えればとんでもなく恐ろしい事実を告げているのに、そうは思えないのは歌のように響くからだろうか。

「消防を呼ぶのは市民の権利だよ。どんなシステムで、そんなことが可能なのかわからないな」

「じゃあ、参加して」

「日曜のバザーの手伝いみたいに言うんだね。シャーリーを人質にとっているつもり？」

「人質なんて」

とんでもない、というふうに首をふる。「プリンスと王女のプロポーズシーンをネットで見たでしょう？　たとえスタッフとしてキャンプに潜入しているシャーリー・ホームズが電子機器を持ち込めなくても、我々が使用していないわけじゃない」

どうしてここまで、シャーリーの手の内がエイレネにばれているのかわからない。私は必死で笑おうとしてうまくいかず、中身が飛び出してふやけたサンドイッチのパンのように崩れた。

「シャーリーが心配じゃないの？　だいすきなんでしょう？」

「…………」

沸点が高い私でも、火のついたたいまつで殴られたような痛みと熱を自分から感じた。息を深く吸って、体の隅々にまで酸素が行き渡るイメージに集中する。しかし、さっき摂取したワインのアルコール成分が指先まで行き渡っているせいか、妙な酩酊感がある。

「心配だよ」

「うん」

「大好きだし」

「そうでしょう」

「現にいま、とてもさびしい」

私は、なぜか本当のことを口にしていた。いま目の前に立ちはだかる、生きた月光のような圧倒的な存在に相対するには、自分にはあまりにもカードがないと感じた。本当のことを言わなければ通用しない。私には本当のことしか、強みがない。

「早く仕事を終えて、シャーリーとここで向かい合って過ごしたい」

「九ヶ月ここにいなかった割にはすごく情熱的だ」

「私たちのこと、詳しいの？」

「だって調べましたから」

「どんな理由で？」

「わたしもだいすきだから」

月がけぶって一瞬うるんだようにぼやけることがある。エイレネはその言葉を発した瞬間に少し震えた。吐息が熱いことがわかる。

「だいすきだから、彼女のこと、知りたい」

「……どうしてシャーリーを知ってるの？」

私は寒気で震えた。

「最初は、彼女がわたしに興味があると知って、興味をもった」一般的な使い方よりもずっと熱の籠もった〝インタレステッド〟の使い方を彼女はした。「わたしのことを知るために、わざわざ給仕係としてキャンプに潜り込むなんて、すごく感動的だった」

それは依頼だから、と喉元まで出かけてぐっと飲み込む。そんな負け犬の遠吠えみたいなこと、口にしたくない。

「とにかく、どんな理由でもわたしは歓迎する。シャーリー・ホームズを。なにを探られても出てはこないと思うけれど、そちらもご承知のとおりお客様のプライバシーの問題がある。社会的に地位のあるお客様にとっては、だれが参加していて、どういう時間を過ごしておられるかすらニュースになる方も多い。だからイレギュラーは困るんだ」

「じゃあ、あなたに正体を見破られたシャーリーは、帰ってくるんだね」

エイレネの口調では、シャーリーがだれからの依頼を受けて潜入調査をしようとしているかもすべて露見してしまっている。ならば、これ以上シャーリーを好きに探らせておかないはずだ。あのシャーリーにとってはまことに手痛い失敗だが、とにかく思うとおりにはいかなかった。いまこのフラットの一階で汗だくになりながら三十枚のパンケーキを焼いているミスター・ハドソンの労働は徒労に終わる。

それでもいい。シャーリーひとりが潜入するなんて、あやうい状況が一秒でも早く終わるのならば。

「彼女は帰らない」

「なぜ？」

「さあ、彼女が言った。夜のうちは、月のたもとにいると」

私は一瞬で、右手に握り込んだ杖の動かし方を復習した。「まさか、シャーリーを捕らえた？」必要ならばあの膨らんだ喉元にキャップをとった切っ先をぶちこんでやる。もうだいぶ長いことこういったものは振り回していないけれど、なぜか軍隊で訓練を受けたことよりも、まだ初等教育を受けていたころからやってきたことのほうが身についている。すなわち、人を黙らせるには次を予測させろ。永久に黙らせるときは心臓の上の動脈か首を、長く苦しませるときは腎臓を。透析を受けなければ死ぬ体にすることはたいへんにたやすい。人から時間と行動力を奪う。狂わせるときは〝外部の装置〟を。人間はだれだって大事なものは遠くに隠すものだ。獲物はそのへんにあるものがいい。ふらついて倒れ込み間違って体につきたてられるシチュエーションはいくらでもある。なかにも外にも危険はありふれている。処分し損ねた木の枝ですら人は死ぬ。そう、私は何億回も明かりのない夜にスプーンの裏を見つめながらやってきたではないか。

「教えて。シャーリーは、いまなにをしているの」

「パンケーキを待っているよ。ハート型にくりぬかれて無造作に積み上げられ、生クリームと蜂蜜で無理矢理溶接された、スイーツだ。まるで結婚生活のようだね」

「あんたに、なんでここまでされるのか、よくわからないな」

私はひさしぶりに、ほんとうにひさしぶりに自分からぼんやりとしてみせた。仲間に入れてほしくて大声を上げて教室に駆け込んだときのように、愛想笑いと作り声で懸命にエイレネの懐にすべりこもうとした。

「迎えにいくよ」

「帰らないですよ」

「シャーリーに聞くよ」

「ではお好きに」

月は沈もうとしていた。彼女の登場とともに足下に敷かれた黄金の道は、私に同じ道を踏ませるつもりはない、私には資格がないとでもいいたげに、光は消え、部屋に暗い潮が満ちていく。

「わたしの行き先は知っているでしょう」

「ブライオニー・ロッジだよね、ハムステッドの」

「そのとおり。シャーリーに会いたかったらいつでもどうぞ。ただし、ドクターとして参加してくださいね。いきなり乗り込んでこられたらお客さんたちがびっくりするから」

おやすみなさい、と彼女は言った。髪をゆらして会釈をし、モデルがランウェイでするように、音も立てず海の上で翻《ひるがえ》る風のようにきれいにターンした。

ドアが閉まり、細いステッキの先のようなヒールが、ヴィンテージものの床を削りながらコツコツと階段を降りていくのを、私は律儀にも十七段ぶん聞いていた。

「……ミセス・ハドソン、後をつけて」

既に、と彼女は答えた。生前のミセス・ハドソンを私は知らないが、きっとこのような簡潔で心地良い物言いをする女性だったのだろうと確信した。

『ジョー様、エイレネ・アドラーと思われる人物は、現在リージェンツパークの入り口あたりでキャブを拾い、北上中です』

「あんなところですぐタクシーが拾えるなんて、わざわざ呼んだウーバーかな」

私はすっかり手の中でぬるくなったステッキの頭をマントルピースに立てかけて、セルフォンでグーグルマップを開いた。すぐに動いてはエイレネの思うつぼだとわかっているのに、体の導火線に火がついていていますぐにここを飛び出したい衝動をおさえるのに苦労している。

（ああ、だめ、だめだ。シャーリーにあんなに強く約束させられたのに）

どんなことがあっても、けっして僕を止めないという約束は守れるか？　と彼女は私に聞いた。私は潜入先でもシャーリーのことを助けず、中立を守ることを承知した。ちょっとした不愉快なことが起こると思うが、決して関わらないこと。騒動に巻き込まれてはいけないこと……

「そうだ、もし健康状態になにか起こったとしても、救急車を呼んでそれで終わりだってシャーリーは言ってた。つまり、ボヤを起こすのは失敗したけれど、プランBを用意してるってこと。つまり急病人をしたてあげて救急車を呼ぶ準備がある……」

私に、救急車に同乗してブライオニーに乗り込め、ということなんじゃないのか、と私はピンときた。本当にそうなのかは知らないが、エイレネは私をドクターとしてリクルートしにきた。セレブ専用クリニックを繁盛させているマーヴィンに声をかけるのは納得できても、その日暮らしの夜勤専門パートタイム医の私をわざわざ誘うはずがない。

彼女の来訪の理由がわからない。いったいなんのために、ブライオニー・ロッジに客を残してまでここへ来たのか。

（わからないことだらけだ。これがシャーリーの思惑通りなのか、それともエイレネの作戦なのか）

「ミセス・ハドソン、ブライオニー・ロッジから999、もしくは112でアンビュランスの要請はあった？」

999、もしくは112は警察や消防と共通する緊急通報のためのナンバーである。エイレネが外出しているすきに、シャーリーがすかさず救急車を呼んでなにか仕掛けている可能性はある。もしそうなら、ミセス・ハドソンがナンバーを捉え、救急車といっしょにブライオニーエリアに紛れ込むことができる。それこそ、医師免許を振りかざして。

しかし、その予想もあっさりと否定された。

「残念ながら、ここ二時間以内の出動要請はないようです、ジョー様」

「そっか。ありがと」

のみっぱなしになっていたワインの口にコルクをねじ込んで、セラーへ戻した。ワイングラスを片付けねばならない。どこへ置いたものかと部屋をぐるりと見渡したとき、いつもシャーリーがM&M

のぎっしり詰まった大きな瓶を置いているサイドテーブルの上に見慣れぬものを見つけた。ピンク色の紙……、いや手紙だ。少し不自然に折れ曲がっていて、いまどきご丁寧に蜜蠟で封がしてある。

私がワインをグラスに注いだとき、このテーブルは確かに視界に入ったが、手紙はなかったように思う。

「ミセス・ハドソン」

「承りました。確認します」

我が家の優秀な叡智が録画を確認している間、私はキッチンの引き出しからめったに我が家では使われることのないナイフ（一階でパンケーキを注文したときはカトラリーも付いてくるので）をつかむと、やや乱暴に中を開封した。手でちぎってやってもよかったのだが、古典的な仕込みを警戒したのだ。

「カード？」

少しごわごわした、いかにも高そうな分厚くピンク色に染められたポストカードには、少々古典的なフォントで結婚式に招待するという文面が印刷されていた。〝ブライオニー・ロッジ内聖モニカ教会にて、結婚式を執り行います……〟

「エイレネ・A・アドラー&シャーリー・E・ホームズ……？」

カードの内容だけを追えば、シャーリーとエイレネの結婚式の招待状だ。だが、私はそのことを注視しなかった。こんなの、私に対する嫌がらせの一環にすぎないだろうし、内容はなんだってよかったはずだ。

問題は別にある。

このカードは、いつからそこにあった？

「エイレネは、このテーブルに近づいてないはず……」

それとも投げた？　いや、私はあのとき彼女の一挙手一投足を食い入るように見ていた。彼女がどんなに素早く手榴弾を投げるプロフェッショナルだったとしても、私の見ている前でそんなことができただろうか。

『ジョー様、カードが置かれたのは、ジョー様の手によってのようです』

「私？　……でも、郵便物なんて受け取った覚えは……」

『221bに届く郵便物はオーナーのご指示通り危険物でないかどうかだけスキャンをした上で、夫がこの部屋に届けることになっています。スキャンしたとき、届け出人の名前は私のデータベースに記録され、随時オーナー様へお知らせします』

「マイキーならそれくらいするだろうなあ」

しかしこのカードは、ミスター・ハドソンが221bに届けたのではなかった。

「私が、いつこのカードを置いたの？」

『〈赤毛組合〉からカモミールティーをオーダーしたときのようです』

私は内心あっと声をあげた。この部屋に侵入するにはドアは一枚しかない。エイレネが登場し、ヒールを鳴らしながら帰って行った、いま私の真正面にあるドアだ。すべての郵便物はそこを通るとき、ミセス・ハドソンのチェックを受ける。差出人さえピックアップできる高性能スキャンが可能なら、カードに印刷された内容を読み取ることも可能だろう。しかしミセス・ハドソンは私になにも告げなかった。

「ポットの、ミトンの中にあったのか」

この221bへ侵入できるもうひとつのルートが、一階からダイレクトにつながっている食事供給用のエレベーターだ。古いダクトを改造して作ったこの部屋専用のもので、むろんその所在はミスター・ハドソンしか知らない。

しかし、エイレネが、ミスター・ハドソンがカモミールティーを用意している隙に、ミトンの中にこのカードを忍ばせたら……？　そして私が部屋で紅茶をトレイごと受け取り、紅茶を飲むためにポットからミトンを抜く。するとカードはミトンの中からテーブルの上に落ちるが、私はポットを注視しているので気づかない。カードが不自然に折れ曲がっていたことにもこれで説明がつく。

（エイレネは、ダクトエレベーターのことまで知っていた。カードを忍ばせられるくらいだから、お茶に毒物を仕込むことだってできたはず）

警告、これは警告だ。警告であり挑戦でもある。221bというマイキーが作り上げた茨《いばら》の城ですら、シャーリーを守れないのだというエイレネからの強いメッセージ。

「……ブライオニー・ロッジに行かなきゃ」

私はコートかけから、雨ジミの残るダッフルコートをとりあげると、急いで袖を通しながら言った。

しかしどうやって中に潜入する？　シャーリーからの連絡がない以上、無用に救急車を出動させるのは医者としてモラルに反する行為だ。いたずらに生命の危機を偽らずに、荘園内に潜り込める方法はないものか……

「ミセス・ハドソン、レストレードに連絡。場所はブライオニー・ロッジ内聖モニカ教会！」

十七段あるという階段をできる限り急いで駆け下りた。

「それから、頼んでいたパンケーキを運ぶトラックを大至急回してもらって！　適当に積んで出発する」

〈赤毛組合〉のキッチンに飛び込んできた私を、ミスター・ハドソンはおやおやという顔をして見た。

「たったいま二十枚焼けたところで……」

グルテンフリーと通常のレシピ大中小、キッチンペーパーをサンドしながら重ねられたハートのパンケーキが、クッション二つ分くらいの大きさのある透明容器にぎっしり詰まっている。「すばらしい！　もらっていくね。お疲れさま！」

あっつあつの一番小さなハートのパンケーキを口の中に押し込んだ。広がる小麦の味が脳に沁みる。セレブの世界ではグルテンフリーがほぼ常識のように言われているけれど、なんと言われようと私は小麦を愛する。なんと言われようともだ。

「ジョー様、トラックが手配できず、代替えのものを用意いたしました」

「代替えって!?」

「ウーバーイーツです」

目の前の道路をややオーバーターンしながら止まったレンジローバーの運転席から、中年男性が手を振っている。「さすがミセス・ハドソン！」

参加している客がウーバーイーツをとることは、いかにもありそうなことだった。どんなにおいしい料理が用意されていても、マクドナルドのポテトを食べたくなる客は必ずいる。我ながらなかなか強引な手段だとは思うが、ここにきてやり方を選んではいられない。

（あのカード……）

エイレネがミトンの中に忍ばせたピンク色の分厚い紙でできた結婚式の招待状。文面は重要じゃない。その裏の写真が問題だったのだ。

スヴァトシュスケー・スカーリ。結婚式をうらやむ妖精によって石化させられてしまった結婚行列だと言われている西ボヘミアの山岳地帯の写真。結婚式の招待状に使うにしてはあまりにも不吉がすぎる。

（結婚式を邪魔しに来いって、私を挑発している……？　いや、そんな単純なことじゃない。あの絵がボヘミアン・プリンスのプロポーズに使われた部屋にあったことを、こちらが確認していることを、エイレネは知っていて使ったんだ。シャーリーがボヘミアン・プリンスの依頼を受けてキャンプに潜り込んでいることも承知で、わざわざ２２１ｂにやってきたとしたら）

ごめんね。シャーリー。あんまり約束は守れそうにない。もともと沸点は低いほうじゃなかったけど、こんなにこんなに冷静に頭にきたことは久しぶりだよ。あのきれいな月光をぶん殴りたい。もしも月に手が届くならだけれど。

自分でもよくわからない理由で２２１ｂを出て行った勝手な私を、あるがままに受け入れてくれたシャーリー・ホームズ。あなたに悪くてずっとおとなしくしていた。言いつけを守ろうと思っていたのにできそうにない。人の言うことを聞くのは苦手だ。だって、大部分の人生は人の言うことを聞かなきゃ生きていけないから。だけど、人の言うことを聞いて手に入れたものは、買い物をしたあとに帰ってくる無意味に少額な小銭のように、意味がないのだ。シャーリー。だから約束を破る。

「ハムステッドへ、急いで！」

「まかせろ！」

ミセス・ハドソンがどれほど事前チップをはずんだのか、レンジローバーは可能な限りの素早さで、古い血管をカテーテルで拡張するようにロンドンを北上していく。

ハーベンパレードを十分ほど走ると、徐々に車が集まってきた。中には爆走している自転車もある。みな、見覚えのある黒いリュックを背負って一心不乱にハムステッド方面へ向かっているようだ。その数十、いや十五。ハムステッド駅へと方角を変えると、まるで鰯の群れのように後に続いた。あの全員がマックのポテトを運んでいると思うと胸が熱い。

（くたばれグルテンフリー‼）

私はこのロンドン近郊でドローンも軍事衛星も寄せ付けぬ不気味なブラックホールと化しているらしいブライオニー・ロッジへと、文字通り超特急で向かったのだった。

＊

結果的に言うと、私はブライオニー・ロッジへの潜入に成功した。いや、それは潜入というよりは侵入、強行突破、不法侵入に近いむりやり感ではあったが、いつの時代も突進してくる牛とウーバーイーツ軍団を完全に止められるガードマンなどいない。

「早く渡さないと冷めるだろ!!　中に入れろ！　ゲートを開けろ！」

ゲート前はものすごい騒ぎになっていた。

「ばかやろう。こっちは次の注文が入っているんだ」

「入れないなら、おまえが渡せ！」

「置いて帰るぞ!!」

長い間手つかずで買い手に困っているようなヴィンテージの荘園なら、入り口だけが最新鋭のセキュリティなわけがないだろうと踏んでいた。そのとおりだった。敷地内がいくら完璧にジャミングされていても、門を守っているのは所詮《しょせん》人だ。ウーバーイーツ隊とロッジの警備員がもめにもめている間に、私はそっと車を降りてその場をうまく通過しようとした。

「通して！　グルテンフリーのパンケーキなのよ！」

いかにもな雰囲気で巨大なタッパーを掲げつつ小さい方の門扉をくぐり抜ける。

「ほいっ、あとよろしく！」

本当に注文が殺到していることを疑っていない警備員にタッパーを押しつけると、私はすばやく敷地の中へ入った。走りながら腕に抱えていた白衣に腕を通す。こういうとき実在する公立病院のネーム入り白衣は便利だ。実際にセント・メアリー病院に籍はあるから、侵入がばれても即座に撃ち殺されることはないだろう。

（暗い……、っていうか、と、遠い‼）

日が長くなったとはいえ、夜も七時近くになるとあっという間に暮れ落ちて、真っ暗な夜の闇がホールケーキのドームカバーのようにロンドンを覆い尽くす。特にこのハムステッド一帯は広大な森なので、昼間でも不慣れな人は遭難するし、道も悪い。専用の警備隊まであるくらいだ。

改めてセルフォンを見てみたが、ジャミングは完璧にほどこされており、たとえ客が本気でウーバーイーツを頼もうと思っても無理な仕様になっていた。今頃、注文した覚えのない運営サイドと配達人の集団とでちょっとしたもめ事が起こっているだろうが、最終的には配達人にはマネーが入るし、ポテトはだれかの腹に収まるはずだ。

グーグルマップが使えないことは予測していたので、アナログな地図を広げて現在位置を確認した。このブライオニー・ロッジには、大きな車道はたった三本しかない。以前、ロンドン市《シティ》はこのエリアに太いルートを通す計画をたてたが、ハムステッドヒースの環境を守りたい住人たちの強硬な反対によって撤回を余儀なくされた。よって、あるのは昔ながらの獣道と、Yの字のかろうじてアスファルトの敷かれた車道のみであり、そこから外れると明かりもない。ひたすら電柱の位置を頼りに進むしかないのである。

完全に懐中電灯と化したセルフォンで足下を照らしながら、私は森に分け入っていった。

ロンドンで暮らしていると、深夜でも完全に暗くなるということはない。街のどこかには煌々と明かりがついていて、眠らない、眠りたくない人々がいてもいい場所があるんだということにほっとする。だからだろうか、こうして土のにおいをかぎながら、じゃりじゃりと音をたてて足下の悪い道を歩いていると、自分が昔、戦地にいたときのような、あるいはもっと昔、経済的に自立できずに仕方なくいた場所に迷い込んだような奇妙な感覚に陥った。ああ、土は嫌いだ。ああ、暗い夜は嫌いだ。ただし、静けさは好きだ。セルフォンを握る手に無用な力がこもる。一歩先にはなにがあるかわからないという本能は、人間が有史以来持ち続けているものだが、それが研ぎ澄まされ、恐怖と暴力衝動を呼び起こすらしい。あまりにも神経が冴え冴えとしていて、今ここで他者の気配がしたら、すべからくそれは敵なのだ、という気さえする。

(土のにおいは嫌だな。この、風が巻き上げる湿気を帯びた地面の……)

じゃり、じゃりっと擦り減ったスニーカーの靴裏が土を削る音が夜陰に響く。

(久しぶりにピリピリしている。田舎でも、ダートムーアにいったときはこんなことはなかった。長らくこの感覚は薄らいでいたのに)

嗅覚が、思い出したくない記憶を呼び起こすのか、それともここに来る直前におおいにあおられたからか。

金持ちはこんな夜景を美しいともてはやしているのか、と思う。都会の人工的な光に邪魔をされない、太古から汚されることがなくありのままの遠い宇宙。星々のきらめきなどといえば聞こえはいいが、彼らがわざわざおもてなし文化の根付いた保養地に星を見に行かなくても、星がきれいに見える場所は世界中にいくらでもある。人が死に絶えた土地だ。

――もう何百年も、何千年も〈ここ〉はこうだからね。

――きっと何千年も、私たちも〈こう〉なのよ。わかるわよね、ジョー。
――私たちは、わかるわよね……？

何十年も前に聞いたきりの言葉が、たった今真横で語り聞かされているかのように再現されて私は吐き気がした。いったいどうなっているんだろう、人間の脳というものは。どのような需要があって、人としての短い生命維持活動になんの必要性があって、過去の嫌な記憶を、本人の意思にかかわらず何度も何度もリフレインさせるのか。

（ああ、もう、だから田舎はいや。早く都会のごちゃごちゃした空気の中に戻りたい。道端で酔っ払いが転がっていても見向きもせずに、犬の糞をかわすようにして先を急ぐ人の群れに紛れ込みたい）

十分間はなにもない道をただ歩いた。ここがロンドンだなんて信じられない深い森の中だ。見上げると星が見える。なんとも思わない。見えるだけだ。

鼻先を土とは違う匂いが横切っていった。なにか植物の匂い。植生が変わったのだ、ということがわかる。目の前に広がる闇の色が薄くなった。明かりがある。建物が近い。

やがて光とともに、感じるはずのない人の気配のようなものの中に入った。古い石造りのつる棚《パーゴラ》がぐるりと塀のようにとりかこんだ先に、白く塗装された鉄門扉があった。柵の向こうにはわずかに車が停まっているのが見える。人がいる。しかも大勢。

こういう、いかにも昔の中流階級上位層《アッパーミドル》が建てた屋敷、といわんばかりの敷地の入り口には、必ず脇に使用人が出入りするドアがある。電子ロックもなさそうなことからそっと手で押すと、あっけなく開いた。

　まるでロンドン・アイ近くのリバーデッキで行われている高級車の展示場のように、アルファロメオ、メルセデス、ロールス・ロイスと有名どころが並んでいる。車止めを避けて、ひたすら裏口を探した。あれだけ入り口に大勢が押しかけているというのに、ゲートのあの喧噪《けんそう》は聞こえない。中でパーティをやっている様子もない。静かだ。

（人がいない……。ここじゃないとか？　まさかね）

　三月の夜のロンドンはまだ冷凍庫の底のように冷える。私はコートの襟をたてて白衣ごと自分に巻き付けるようにしながらぐるりと建物の裏側に回った。小さな教会の尖塔が見える。礼拝堂にしては立派だ。あれが結婚式の招待状に書かれていた聖モニカ教会だろうか。

（シャーリー、どこ⁉）

　ロッジ近辺の敷地内は外よりは明るかったが、不気味なほど人気《ひとけ》がなかった。セルフォンは相変わらず通話不能で、ここにいるゲストたちは文字通り修道僧のような外部から孤絶した生活を強いられているようだ。午後七時。ディナータイムだが、皆食堂にでも行っているのだろうか。そこでヴィーガン料理などをありがたくいただきながら、もう片方の手で大麻を吸っているとか？　それともプールに？

（あっちのほうから声がする、参加者はいるみたいだ）

　ここから見える部屋のほとんどに明かりがついている。どうやらゲストたちは今、館の中の部屋ごとに点在しているようだ。

窓際にワイングラスを片手にだれかと談笑している女性を見つけた。特に着飾っている様子はない。すばやく視線を斜めに滑らせると、別の部屋のカーテンが閉められるところだった。カーテンを閉めなければならないような行動がこれからあの部屋で行われるのだとわかった。二人でか三人でか、それとも健康的にこの時間から就寝するのか、それは知らない。

Cの字形に建てられた建物の内部、外庭に面している部分のうち明かりのついていた部屋は全部で二十室もなかった。そうっと近寄って中をのぞき込んでみると、いわゆるそこは談話室で、ゲストが数名集まって話に花を咲かせている。それぞれのプライベートを過ごす部屋と、こういった共有スペースのことを考えると、参加人数は二十人以下で、すでにプログラムは始まっていると見るべきだ。そう、仲が深まってプライベートな時間を共有する者たちも出ているということは。

（シャーリーが潜入したのが一週間前、ということは、みんなそれなりに〝活動〟を進めている？）

とはいえ何の〝活動〟やら……、まだ皆目見当がつかない。

ボヘミアン・プリンスの言った通り、エイレネがここでセレブのための出会いの場を運営しているのならば、今こそが本番。ほどよくアルコールも入って、よくあるリアリティーショーのようなすったもんだが行われ宴もたけなわというわけなのだろう。これが麻薬パーティならわざわざロンドンでやる意味はないし、ヘルシーさだけが趣旨なら、パンケーキの宅配など行わず、料理人がつきっきりで腕を振るうはずだ。

たった一週間やそこらで関係性が進むのだろうかと思ったが、求めている人間同士が出会えば、話は早い。そもそも今はやりのネット番組は性急なものばかりだ。最近は番組側もトラブルを恐れて、参加者もそれなりに社会的地位も容姿も持ち合わせている時間が惜しいリッチ層からばかり選抜するようになったと聞く。

ロンドン近郊の古い館ばかりを舞台にするのは、参加者の都合も大きいのだろうと思われた。みな何らかの理由で都市部を離れられない、離れたくない忙しいリッチ層……。そして彼らは今、ゲートの騒動が聞こえないくらいには、ここで出会った相手に夢中になっている……。

(そういうこともあるだろうとは思っていたけれど、ほんとにこんな世界があるとは)

閉められたカーテンがいやに目の裏に残る。私ははっとして、スキニーデニムの尻ポケットに突っ込んだままだったあのいまいましい招待状を取り出した。

ウソか本当か知らないが、ここに書いてある結婚式の日付は一週間後だ。ということは、キャンプ プログラムはもう始まっている可能性が高い。

(なんで結婚式なんて……)

嫌がらせにしても手が込んでいる。あの招待状。わざわざシャーリーのサインをまねていた。

(もしかして、シャーリーはエイレネに捕まっているんじゃ)

嫌な予感が胸をよぎる。そのまま不安に足をすくわれてしまいそうで、慌てて私は明かりのついている別の部屋のほうへ走った。なんとかシャーリーと連絡をとりたいと思うものの、手段が思いつかない。ブライオニー・ロッジにさえ行けばなんとかなると思った二時間前の私に文句を言ってやりたい気分になった。

さすがにセレブたちを囲って良い思いをさせるためのキャンプであるだけあって、ロッジの敷地は思った以上に広い。敷地のほとんどが森と庭、公道からもずいぶんな距離があって、建物から少しでも離れるだけで、足下さえおぼつかないくらいなのだ。

（ええと、どっちが入り口だったっけ）

グーグルマップを見ようとして、セルフォンが使えないことをまたもや思い出した。ああ、なんでこんなに見てしまうんだろう。人類は確実に機械に支配されつつある。

とりあえず、どこか入り口を探して建物の中に侵入しなくては。いくら皮下脂肪が分厚い私とはいえ三月の夜の野外は凍え死ぬ。この時期に公立病院に運ばれてくる浮浪者の九割が凍死・低体温症・凍傷のどれかだ。気温を甘く見てはならない。

窓よ開きますように、すべてのドアの鍵よ壊れていますように。あるいはここだけ二十一世紀の施錠にアップデートしていませんように。私は明かりの灯っていない窓を探し、目についたポーチつきの大きな張り出し窓に近寄った。二階部分からせり出したバルコニーがポーチの屋根になっているタイプの部屋で、晴れた日にこの部屋で目覚めて窓を開けたらさぞかし絶景であろうというポジションだ。この部屋の使用者がすでに寝ているのか、ほかの部屋で談笑中なのかはわからない。だが、一刻も早く屋内に入りたい。『ゲーム・オブ・スローンズ』だって一番恐ろしい敵は冬だったし、何千年も前から人類の敵のほとんどは寒さとクマだった。人は未来永劫外気温には勝てないのだ。

（あー、まずい。こうやって余計なことを考え出すのは死からの逃避行動のひとつ）

窓にそうっと手をつき、押したり引いたりしてみたがびくともしない。内側から鍵がかかっているようだ。そう都合良く老朽化はしていなかった。なにもかも楽観的なのは私の美点のひとつだが、確実に今私は愚かである。

（寒い、寒い！　あーもういやだ！　車ごと玄関をぶちやぶってやればよかった！）

だんだんと思考が雑になっていく。私は目隠し代わりに植えられている木々をかき分けてすぐとなりの部屋の庭に忍び込み、同じように窓を押した。だめだ。侵入不可能。

「こうなったら、あのわいわい騒いでいる部屋に飛び込んで、閉め出された間抜けなスタッフドクターのふりでもするしかないか……」

どのみち、私の目的はシャーリーをこの場所から連れ帰ることだけだ。同じロンドンに住んでいても二度と会わないセレブたちになんと思われようと知ったことではない。

（あっ）

声を出すより早く、庭にだれかがいたのが見えた。しかしその人影はたしかにこちらを見ていたのにもかかわらず、私をとがめることもなくその場を立ち去った。警備員が応援を呼びに行った感じではない。一瞬鹿かと思ったが、それにしてはずんぐりとしていたし、おそらく小柄な人間だ。

「ちょっと待って、入り口を……」

人ならば後をついていけば建物の中に入れるはずだ。私は迷わずその影を追おうと茂みから飛び出た。小走りにその場から立ち去ろうとしたそのとき、

「ジョー！」

声がした。それは明らかに私に向けて解き放たれた呪文のような、私の名だった。

「ジョー、上だ。顔をあげてくれ」

聴きなじんだ艶《つや》のあるアルトの声が私を導き、いわれるがままに私は上を見た。ロンドンという世界でも有数の騒がしい大都市であることを忘れるぐらい、すっぽりと底の抜けた宵闇が広がっていた。そして、そこにぶら下がっているクリスマスオーナメントのような三日月と、わずかにぼうっと白さを放つ石造りの外壁。広いバルコニー。

そのバルコニーから、シャーリー・ホームズが私を見下ろしていた。

「シャーリー！」

濃い紫とネイビーを巧みに交差させたような夜に、彼女――シャーリー・ホームズのパライバトルマリンの瞳が、星よりも強く冴え渡っていた。かつて星に導かれて旅をしたものたちのように、私はふらふらと、なにも疑いもせずに彼女に近づき、その真下に駆け寄った。

「シャーリー、ああやっぱりいたんだ。会えて良かった！」

彼女は慌てて部屋から飛び出てきたのか、ガウンも着ていなかった。家ではあまり見たこともないようなレースの白い夜着から、もっと白い手足が伸びて私へ向かっていた。

「どうして来たんだ。約束しただろう！」

「え、でもだって。なんの連絡もなかったし、それに……」

「いいから帰れ！　ここにいてはだめだ」

ざわりと木々が音をたてて、少し待って風が吹いてきた。シャーリーの白い手や首筋を、大きな襟と袖口を縁取るフリルがなぞるようにはためいている。白いレースのナイトドレスがどこか異国の民族衣装に見えて、たっぷりとした器に満ちる夜に浮かんでいた。

まるで人間のようには見えなかった。シャーリー。なんで、どうしてそこにいるの？

「でも！」

「帰れ！」

「いやだよ！」

「見つかったら警察だ！」

「法に触れるようなこともするっていったのはシャーリーじゃない」

今からそっちにいく、そう言いかけて自分のことを心底心配そうに見ている彼女の顔をもう一度見るため、顔を上げた。

なんだかこのシチュエーションに既視感があった。バルコニーといえばイギリス人なら『ロミオとジュリエット』的ななにか。むろんそんなロマンチックな経験は一度だってないはずなのに。

（レースがひらひらして、ほんとうに妖精みたいだ）

はっと気づくと、バルコニーにはだれもいなかった。シャーリーが消えている。慌ててあたりをきょろきょろと見回しているうちに、目の前の両面開きの硝子《ガラス》ドアが音をたてて開いた。

飛び出してきたのは白い妖精。

「ばか、つったってないで帰れ。風邪をひく」

彼女は私に飛びついて、人間のものとは思えないほど冷たく冷えた両腕を首に回した。

「どうして来たんだ」

「それは私の台詞だよ」

私はどこかほっとして、自分より背の高い彼女の薄い体を抱きしめた。もっとよく顔を見ようと少し離れ、彼女の手を取ろうとしたとき、

Couchés dans cet asile（むごきさだめ　身に天降《あも》りて）
Oú Dieu nous a conduits（汝《なれ》と眠る　のろわれの夜《よ》）
Unis par le malheur（胸のうれい　ゆめに忘れん）
Durant les longues nuits（祈らばや　ゆらぐ星のもと）

歌が聞こえてきた。
（知らない曲）

Nous reposons tous deux（夢のまきまきに　あこがれよ　み空へ）
Endormis sous leurs voiles（眠れいとし子よ　眠れ今は小夜中《さよなか》）
Ou prions aux regards（あゝ夢ぞいのち）
Des tremblantes étoiles！（マリアよ守りませ）

私のような芸術に疎い人間でも歌い手の技量が素人の域を超えているとわかる。かろうじてフランス語だということは聞き取れたけれど、呪われた夜、星、夢、眠れ、というワードしか拾えない。

けれど私は姿を見るまでもなく、この声の持ち主、歌い手を知っていた。

（エイレネ）

「シャーリー」

歌い手が、彼女の名前を呼ぶ声がした。

「シャーリー、外は寒いよ」

雲から月が顔を出すように、さっきまでシャーリーがいたバルコニーに人影が立った。漂白された骨のごとき青白さがまぶしく、思わず目をすがめる。白いナイトガウン姿のエイレネだった。

「シャーリー。戻って。もうおやすみをいわなきゃ」

スーツの芯やコルセットで矯正されていないエイレネのシルエットは、明らかに男性のものだった。ぞわりと肌が粟立《あわだ》ったのは決して寒さのせいではない。ナイトドレス姿のシャーリーがいたのと同じ窓から、同じくナイトガウン姿の男性が出てきたことに対する激しい嫌悪感からだった。

「ジョー。今日のところは……」

「また帰れっていうなら、もう言わなくて良い」

私は珍しく怒ったようにシャーリーを言葉で突き放した。否、私は怒っていたのかもしれない。普段はめったに認知しない感情だから、脳と心がうまくつながらず、接触不良を起こしているため、ちょっと鈍いが。

「帰ろうよ」

シャーリーの手を取った。彼女は驚いたように私を見て、なんと困っている。信じられないものを見たと思った。私は思わず唾を飲み込んで、目の前のはかなげな長身を見上げた。困っている⁉　……あのシャーリー・ホームズが！

「エイレネ、ジョーは……」

「心配しなくても、ドクター・ワトソンもここにいていい。部屋も用意する。一緒に寝たいのならどうぞ」

エイレネの声がぱらぱらと雹のように降ってくる。すると、シャーリーはほっとした顔をして、

「じゃあ行こう。ジョー。中へ」

ぐっと私の手を引いた。納得がいかず、その手を振りほどきかけてシャーリーの骨と皮しかないかかとが目に飛び込んでくる。ぎょっとした。そうだ、彼女は素足だ。こんな野外でいつまでも押し問答している場合ではない。

「これは去りし人のもの、来たる人のもの。陽はカシの上、影はニレの下」

すると、シャーリーがなぜかはじかれたように顔をあげた。

「北へ二十歩、東へ十歩、南へ四歩、西へ二歩。そして下、だ。おやすみなさい、シャーリー」

「エイレネ……」

「それから、ドクター・ワトソン。よい夜と昼を」

私がエイレネを見上げたときには、すでにバルコニーにはだれもいず、不思議なことに彼女の残したおやすみの声音だけが成仏できない亡霊のようにその場に漂っていた。

「とにかく中に入って。話をしよう」

私とシャーリーはもつれるようにしてドアから中に転がり込んだ。中は古い館独特の、もう何百年もこの家から出られず漂っている埃と石に混じって新しい家具と建具の接着剤のにおいがした。しかし、それもほんの一瞬だけ。次に深呼吸したときには、高級アロマディフューザーの香りで本能的な違和感すらかき消されてしまう。

（ここに、泊まってるのか）

ぺたぺたとシャーリーの素足が大理石の床の上を歩く音がする。私は彼女の影の位置であとをついていくしかない。手がつながっていることだけが幸いで、ともすれば私は母親から引き離された獣の子のように敵意をまき散らして荒々しく歩くところだった。

「ねえ。どうして帰らないの。帰ろうよ。潜入は失敗したのに」

「失敗してない」

「だけど、あの人、私を挑発しにきたよ」

「挑発?」

「エイレネは、221bに来た」

シャーリーは一瞬立ち止まろうとしたが、すぐに目的地に着くことを優先しようと思い直したらしかった。細々《こまごま》とした人工の明かりだけが灯る廊下、同じ扉が地下鉄のドアのように並ぶなか、ためらいもせずにその中のひとつを選ぶ。

ドアノブを開けると、明かりとともに暖かい空気が私たちを包み込んだ。私の手を引き、すぐにドアを閉めて鍵をかける。

「シャーリー、素足はだめだよ。靴下は?」

過保護な母親のように、私はシャーリーの持ち物を探した。マイキー御用達のチェルシーで百年以上の歴史を持つ靴下専門店で売っているものしか、シャーリーが穿《は》いているのを見たことがない。それでなくても足からの冷えは内臓にダイレクトにダメージを与える。とくに免疫疾患のあるシャーリーにとって、寒さは斬りかかってくるナイフと同じくらい危険だ。

「座って」

部屋の中はセントラルヒーティングのおかげで十分に暖かかったが、私はコートを脱ぐ気になれなかった。ここで寝るとまだ決めたわけじゃない。

ソファは真鍮《しんちゆう》製のテーブルやベッドフレームにあわせてコーディネートされた、見た目からして座り心地の良い新しい家具だった。大きな窓と暖炉に向かってソファとテーブルがL字に設置されており、その反対側の奥まったところにワイドクイーンサイズのベッドがあった。リビングルームよりも少し狭いのは、南側のバルコニーサイドが壁で潰れているからだ。おそらく、バスルーム。朝起きて広々と抜けた森を眺めながらシャワーを浴びるのは最高の贅沢《ぜいたく》だろう。しかも、このロンドンで。

広さ自体はジュニアスイートの六十平米くらい、ホテルでよく見る家具の配置だったが、私はまだ落ち着かなかった。この広さや部屋から見て、シャーリーがただのスタッフとしてこの部屋を提供されたとはとても思えない。

(それに、そんなナイトドレスは221bで見たことがない)

明るい場所で見るシャーリーは、肌の色も着ているものもどこもかも真っ白で、なぜだか強烈な不安感で目がくらんだ。

「なにか着て」

「寒くない」

「いいから着て。ここにミセス・ハドソンはいない」

私のやや強い口調になにか感じたのか、シャーリーはベッドのある部屋へ向かった。そのためらいない行動が、この部屋でもう何日も暮らしていることを表していて、私はますます奇妙に思った。

私はオイルバーナー式暖炉の前にシャーリーを座らせ、ソファの背にかけてあった膝掛けをシャーリーの頭からかぶせた。

「いつからこうなの？」

「潜入三日目だ。もっとも向こうは最初からわかっていたらしい」

「どうして追い返さずに、ゲスト扱いに？」

「理由はいくつかあるが、ボヘミアン・プリンスに諦めてもらうため」

「どういう理屈でシャーリーがとどまるのさ？」

「エイレネ本人も、彼にどうしたらわかってもらえるのか途方に暮れていたから」

彼の要求は、あくまで過去に愛はあったのかどうか確認してほしい、むしろ愛はあったはずなのに、自分はそれを忘れて別の人間にプロポーズした理由を明らかにしてほしいということだった。たしかに、エイレネが途方に暮れていたとしてもおかしくはない。彼女に出来ることは、自身の気持ちを伝えるだけだ。

かくのごとく、いつだって愛の証明は難しい。それが過ぎ去ったものであればなおさら。

「君にも話したとおり、最初は給仕スタッフとして入り込んだ。僕が見たところ、ゲストは十六人。男性八人、女性八人で年齢は三十一から六十四までバラバラだ。全員の素性が判明したわけではないが、数名は見覚えがあるセレブだった。警備員の数は二十ほど。給仕・清掃スタッフが十、撮影などのスタッフが同数いる。サービス自体はありふれていて、シティの高級ホテルのほうがずっと丁寧な扱いを受ける程度だ。食事も特殊なものではなく、彼らにとってみれば並か、やや健康的といったところ。そして提供される娯楽も、東洋占星術などによる相談、マッチングサービス、カウンセリング、ダイエットプログラム、美容整形、有名デザイナーによるオーダーメイドクローズ受注会と特別ここでしか得られないものでもない」

「や、わりと丁寧にポイントは押さえてるとは思うけど」

たしかにセレブたちにとっては、ひとつひとつはお金をかければ不可能ではないサービスだろうが、とにかく忙しく時間がない人間には、ロンドン近郊のプライベート空間に行けば一度で全部済むのは、一般人が思っている以上に便利なサービスではないだろうか。「参加者の半数がリピーターのようだ。開催場所自体が売り物になっているから、ここが売れてしまえば次のキャンプの開催は別の売り物件ということになる。不定期で、マスコミに目をつけられる前に解散し、参加した証拠を残さないサービスということで、すでにセレブの間では評判が良かったらしい。確認したところ、二人ほどはもう三回キャンプに参加している」

「へええ、目的は？　ロマンスの相手を探すため？」

「と、本人たちは言っていた。しばらく行動を注視していたが、積極的に女性にアプローチする様子や、頻繁に占星術師、アドバイザーに相談に行くことから、いわゆる出会いを求めていることは間違いない」

「ボヘミアン・プリンスのように？」

「おそらくそうだろうな。彼らの口ぶりでは、もっと大物や有名人も、このキャンプで出会い、結婚をしたことがあるそうだ」

これだけ嗅ぎ回っていて、エイレネがシャーリーを見逃している理由はいったいなんだろう。隠すところがないから？　それともボヘミアン・プリンスにつきまとわれて辟易《へきえき》しているから……？

「エイレネからの提案は、参加者のフリをしてキャンプに参加することだ。商売の邪魔をしなければ、存分に嗅ぎ回ってくれていいということだった。自分たちのやっていることに違法性はないし、もちろん麻薬などの禁止薬物の売買も授受もない。この世界のどこにでもあるセレブたちのクローズドパーティにほんの少し利便性を加え、趣向を凝らしただけだと。納得したら、ボヘミアン・プリンスに是非伝えてほしいと」

「自分に愛がなかったってことを？」

「そういうことになるだろう」

「……でも、そもそも他人に言われて納得できるようなこと？　だれかを好きになることや愛したことって、自分の中にしかないのに」

「君にしては簡潔な答えだ、ジョー」

シャーリーは苦笑したが、私はますます不安感を募らせた。あのシャーリー・ホームズが苦笑？今さっきのだって普段なら、殺人事件の経緯よりずっと理解が早い、とかなんとか私を皮肉る場面のはずだ。

「やっぱさ、人の愛のことでシャーリーにできることなんて、なんにもないじゃない。帰ろうよ」

こういう突撃的な潜入は、どちらかというと私の役目だったはずだ。叔母キャロルの結婚のときだって、ダートムーアに乗り込んで麻薬を嗅がされたり、妖精郷への扉を開かんとストーンサークルで怪しい踊りを自撮りしたり、とにかく突拍子もない鉄砲玉は私の十八番であって、体力があるとはいえない人工心臓持ちのシャーリーがすべきことじゃない。

キャロルは今、時々思い出したようにマスコミに追いかけられながらも、ハズバンドとともにアメリカとアルスターの二拠点生活を満喫している。そう、夫と言えば、

「そういえば、私の元夫はここにいたの？」

「いる。働いている。血圧を測ったり、食事指導をしたりする以外はバカンスの客そのものだが」

「なんか言ってた？」

「特に何も。最初は僕の姿を見て驚いたようだった。ジョーは元気ですか、と聞いてきたくらいだから、彼の中では君とのことはとっくに決着がついているんだろう」

「……へー」

家を飛び出していくくらいだから予想はついていたが、私だけではなく向こうの愛もとっくに終わっていて、次のフェーズに入っていたようだ。予期してはいたがまったくそのとおりで、大変にウケ

る。

「シャーリーは、ここにいる理由を、なんて説明したの？」

「僕がなにか言う前に、ああ、君はそういえばお嬢様だったねとか、結婚したいと思う年頃だったねとか勝手に理由を作って納得してくれていて手間が省けた」

「ナンパされた？」

「いや、僕はここでは参加者のふりをして単独行動をしている。それに、なにか言われても大抵、臓器移植提供者をさがしているというと相手のほうから消えてくれる」

「……そりゃあそうかも」

私は綿と絹が混じった靴下を、シャーリーの冷えた足に穿かせながら言った。

「じゃあもういいじゃない。エイレネの商売は真っ白で、ボヘミアン・プリンスの思いは勝手なストーカーってことで」

「だが、脅迫の問題が残っている。一体何のためにエイレネは彼を脅迫したのか」

「本人に聞いたらいいじゃん」

「脅迫はしていないと」

「もう一部、お金は支払ったんでしょ。プリンスは」

「それは、対価だと」

ものの値段は自由につけられる。たとえただの一枚のスナップ写真だったとしても、それが何百万ポンドという大金に化けるときはある。たとえ何人が事故で死んでも、プライベートを明かされたことによって何人がメンタルを病んで家庭が崩壊しても、セレブたちのプライベートは金になるのだ。知りたいと思う人間が多ければ多いほど、その情報に価値はある。この世からパパラッチという存在がなくならないゆえんだ。

「商売がうまくいってないから、金をゆすったんじゃないかっていうのは？　お金が欲しいだけなら、エイレネは過去に愛し合ってたって認めればいいだけの話なんじゃないの。それがそんなにいやなこと？」

なぜかシャーリーがエイレネをかばっているように見えて、私は矢継ぎ早に言った。

「だって、実際チェコに二人で行ったわけでしょ。プリンスのルーツにまで行ったなんて、まあどう考えても彼のほうは本気だったんだろうね。そこであの岩山をいっしょに見て、なんでかエイレネのほうがそれを気に入って、インテリアに使ったり、あの……」

結婚式のピンクの招待状のデザインにだって、わざわざ使っていた、とは言いたくなかった。あんなのはただの嫌がらせだ。どこをどうやったらあんな悪ふざけを思いつくんだろう。まったく正気じゃない。シャーリーは依頼を受けて忍び込んだだけだ。なのに調査対象と結婚式だなんて。

「過去に愛があって、付き合っていたけどもう気持ちはありませんっていって、ボヘミアン・プリンスから写真の対価をもらって、それでもう終わりでいいじゃない？　これ以上、シャーリーがなにか探ることなんてある？」

「わからないから」

「なにが」

「愛の」

と彼女の唇から、まったく予想だにしないワードが飛び出したのはそのときだった。

「え……」

「在処《ありか》が」

私は新しい靴下にくるまれた彼女の足から、ゆっくりと視線をもちあげた。シャーリー・ホームズは目覚めたばかりの白雪姫というよりは、今まさに硝子の靴を履かされたシンデレラめいた期待と不安を宿した目を私に向けた。こんなにも揺れている彼女の視線を、私はそのとき初めて見たように思う。

あ、だめだ、と私は思った。よりによって揺れている、なんて。これ以上踏み入れば私は、きっとだめだ。

（聞きたくない）

なのに踏み込んでしまう。傷付くことがわかっていて、痛いことを承知でその心を覆い隠している茨に手を伸ばしてしまう。リスクだとわかっていて行動する。この衝動の源はいったいなんだ？

「もしかして、シャーリーは、エイレネを、知ってた？」

「……ジョー」

「本当は昔からの知り合いだったとか？　そういえばあの呪文みたいなの、なに」

「〝これは去りし人のもの、来たる人のもの〟？」

「そうそれ」

「〝陽はカシの上、影はニレの下。北へ二十歩、東へ十歩、南へ四歩、西へ二歩。そして下〟」

私は今日、見たことのないものばかり見ている気がする。シャーリーの目が揺れている。いつもなにもかもを見通し、わからないことなどなにもないとややすがめられている目が、今、道に迷った子供のように私を見ている。そのくせ、熱を感じる。彼女が自分で寒くないというのは本当かもしれない。それくらい上気して、

「……実は、僕は彼女とはつながりがある」

奇縁がある、という表現であれば私は特に気にしなかっただろう。なのにシャーリーはよりにもよって、つながりがある、と言った。一般的につながりを感じるという表現は、恋愛対象として特別な相手だと直感する、みたいな意味合いだから、一瞬どきりとした。

(いやいや、つながりがある、と言ったんだし。単にコネクションという意味合いなのかもしれないし)

私だって質問に質問で返しがちな意地の悪いイギリス人の一人だが、比喩や暗喩を大量に含む上流階級的な英語表現に、私が慣れていないだけかもしれない。

「へえ、初耳だけど」

「正確には、彼女が彼だったころ会ったことがある。僕が顧問探偵の仕事を始める前、この仕事を始めるきっかけになった事件だ」

ほら、会ったことがある、と言った。私は内心胸をなでおろす。

「事件」

「ある屋敷にまつわる儀式の謎を解いた。エイレネの親戚の家だ」

「へええ、儀式ねえ」

「その家は一六〇〇年代から続く古い家系だった。代々所有する古い屋敷を取り壊して整地するときに、その事件は起きた」

その事件とやらの解説にはいると、シャーリーはいつもの様子に戻った。自分の手柄のところはやや自尊心が見え隠れし、十秒回しのボタンを連続でクリックするように早口で、しかし簡潔だった。

「代々伝わる儀式の詳細を記した古文書がみつかり、……所有者であるエイレネの叔母が屋敷の一部を売却中止しようとした。それは、マナーハウスの敷地内に、財宝を運び込んだ地下室が存在することがわかったからだ」

「財宝」

「君の好きなワードだろう。今回は正真正銘の財宝の話だ」

今まで別のことに気をとられていたのに、財宝と聞けば心が動いてしまうのが我ながら情けないところだ。私は気を取り直して咳払いした。

「エイレネって、イタリア系アメリカ人なんじゃなかったっけ。なのにそんなイギリスの古い家が親戚？」

「ヨーロッパ中をせわしなく動かざるを得なかった民族は少なくない」

そちらの方面にはまったく詳しくなかったので、これ以上の追及はやめておいた。エイレネ自身の外見的特徴を見れば、世界中のありとあらゆる民族の血が等分に混じっているといわれてもおかしくないのだ。

「で、財宝はあったの？」

「あったといえばあった。ないといえばなかった」

「なんだよ、はっきりしないなあ」

シャーリーが言うには、古文書に記された通り、すでに消失したニレとカシの木の場所から三角比を使って求めた場所に地下室があった。そこはカトリックの礼拝堂で、弾圧が厳しくなったころにここに隠れ家を作ったものだった。屋敷のあった敷地を所有するマスグレーヴ家はジャコバイトがカトリックの王として担いだチャールズ・スチュアートを支持し、長らく彼をかくまい保護していたという。

「カロデンの戦いの後、一族の何名かは彼とともにイタリアに移住したらしい。屋敷の所有者はその末裔だ」

「なんでイギリス人がイタリアに？」

「チャールズは教皇の元で幼少期を過ごしたからだ。もっともろくでもない人間でとても王の器ではなかったと言われているが、昔は血統がものを言う。その後マスクレーヴ家の一部はチャールズに従ってイタリアへ亡命した」

（あー、『アウトランダー』のシーズン1あたりの話か……）

いつものことだが、歴史の話になってきた。こうなるとBBCドラマでしか歴史を摂取していない私は形勢不利である。黙って拝聴するしかない。

「〝これは去りし人のもの、来たる人のもの。陽はカシの上、影はニレの下。北へ二十歩、東へ十歩、南へ四歩、西へ二歩。そして下〟。もともとはそこに住んでいる子供が古文書を盗み見たことがあるらしく、そこに住む子供たちはたいてい知っていた。儀式の指南書には、カトリックの王が所持するにふさわしい王冠やそれにまつわる宝石類の扱い方などが記してあった。地下室の場所もわかり、それならさあ明日掘り返そうということになったその日の夜、使用人のひとり、レジーが消えた」

「消えた」

正確には、夜中のうちに先んじて財宝を奪い逃げてやろうと思ったらしい。たしかにそこに財宝があるかどうかは開けてみないとわからないのだから、たとえそこにあった王冠を盗んで逃げたとしても、盗んだ証明は難しい。なにせ二百年以上も昔の話だ。

「その後、中に入ってどうなったの？」

「当時の技術で作られた入り口は、石を重ねて入り口を隠す単純な構造だった。僕はニレとカシの木がおい茂っている森で、この場所だけ大木が育っていないことに着目したんだ。二百年もあればあのあたりはどこからか飛んできた種と脇から生えた枝木でまんべんなく木々が生えているはずだが、この地下室のある部分だけは不自然に木が生えていなかった。中が空洞だとすぐにわかった」

「で、中になにがあったの？　王冠はあった？」

「宝はなにもなかった。古い燭台さえ」

「えっ、まさかの空振り？」

「いや、使用人が持ち去ったんだ。彼はその場にあった十字架や国王しか着用できないマントや王笏《おうしやく》を手に入れた。もちろんルビーや貴金属もいくらかはあっただろう。それらをバックパックにぜんぶ入れて地下室をあとにした。エイレネの叔母の話では、勝手に家のものを盗む癖がなおらなかったので、家の売却を機にクビにすることにしたようで、本人にも通達済みだった。レジーにしてみれば退職金代わりに財宝を持ち去るつもりだったんだろう。だが、結局財宝は、地下室からそう遠くはないところにある池から見つかった」

がらんどうの地下室をのぞき込み、シャーリーたちが発見したのは横たわったいくつかの古い白骨死体だった。死体自体は亡くなって数百年たっているようすだったので、全員が一瞬ぎょっとしただけで終わった。けれど、シャーリーはいくつか不自然な点を見つけていた。地下室への入り口は重いいく枚もの石板で覆われていてとてもひとりでは動かせなかったこと。そして、なにかを引きずったようなあとが残されていたことである。

「僕はすぐに、盗人《ぬすっと》使用人に協力者がいたのではないかと察した。そして、エイレネの叔母から、彼はこの近くの村に住む若い女性とつきあっていたことがあると聞き、すぐにその女性を探した。しかし奇妙なことに、その女性は近くの村から姿を消して両親から捜索願が出されていたんだ。同様に盗人の行方も杳《よう》として知れなかった。僕はこのときある仮説を立てたが、地元の警察には学生のいうことだと聞き入れてもらえなくてね。僕の推理はこうだ。この地下室にはたしかにカトリック王の王冠が存在した。そして盗んだ使用人はそれをいち早く見つけた。だがここで疑問が残る。なぜチャールズ・スチュアートは大事な王冠をイタリアに持っていかなかったのか？」

「うーん、たしかにそうかも……」

当時の状況を鑑《かんが》みれば、チャールズさんはカトリックの王としての自分の正当性を世界中のあらゆるところでアピールする必要があったはずだ。逃亡するにしても王冠は必須アイテムであるようにも思える。

「僕は、チャールズの庶子がマスグレーヴ家にいたのだと考える。そうすればここに王冠を残していった理由も説明がつく。マスグレーヴ家がご丁寧に儀式を現代まで伝え、古文書を大事に保管していたのも、いざというとき自分たちの血統を証明するためだったのではないか」

「だとしたら、王冠はどこへ消えたの？　レジーとその彼女が盗んで、どこかの闇オークションで売りさばいた？」

「地下室の場所を言い当てたのはその場にいた僕だ。盗みを企んだ素人が思いつきでそこまでできるとは思えない。おそらく彼らはまず二人でここを掘り返し、財宝を詰め込んで逃げようとした。しかし、途中でなんらかの突発的な事故が起こって、どちらかが死んだ」

「死んだ!?」

「そう、おそらく死んだんだ。そして怖くなったもう片方は財宝を池に投げて逃亡した。僕の見立てでは死んだのは使用人のほうで、財宝を池に投げて逃亡したのは女のほうだろう。一緒に逃げるはずだった元恋人が死んだのを見た女は、恐ろしくなった。呪いかなにかがかかっていたと思い込んでもおかしくはない。なにせ田舎の迷信深い土地だ。土を掘って埋めるより、池に投げ込むほうがたやすい。実際、警察が池の中を捜索すると、バックパックに詰め込んだ古い王冠が出てきたんだ」

「一人で運べないから隠したってことはない？」

「それなら引き揚げるためのロープやなんらかの手段はこうじておくだろう。けれど、バックパックにはそういう仕掛けは何もなかった。まるで一刻もはやく目の前から消し去りたいという意思のもとに捨てられた……そんな印象だったよ」

「捨てられた……」

せっかく見つけたアンティークの財宝を、そのために真夜中に集合して不気味な地下室まで掘り当てたのに、そんなにすぐに投げ捨てるなんてことがあるだろうか？

「屋敷に通っていたハウスキーパーから、そもそも使用人の浮気癖がひどく、何度もめているのを見たことがあったと証言を得た。つまり、男は元彼女を、呼び出せばすぐ来るたんなる労働力としてしか見ていなかった可能性がある。そして呼び出された女は、おそらく感情の話をしようとした。自分をどう思っているのか、あるいは思っていたのかと。だが、男は自分をクビにしたエイレネの叔母に一泡吹かせてやることしか頭にない。仕事を終えた二人がここで口論になったとしても不思議じゃない」

ここでも愛の証明の話か、と私は改めて驚いた。思えば老若男女かかわらず、その証明のために費やされる時間は人間が思っているよりもずっと膨大なのではないか。

「女がバックパックを奪って嫌がらせに池に放り込み、逆上したレジーが女になにかをした。もしくはレジーと言い争っている間に不幸な事故でレジーが死に、怖くなった女が証拠品となるバックパックを池に捨てて逃げた……、そのどちらかだろうと僕は主張したが、警察は信じなかった。エイレネの叔母も、これから売りに出そうとしている屋敷で殺人事件などあってはたまらないと、それ以上の捜索や追及を望まなかった。当然田舎の警察は、財宝は盗まれたかもしれないが、すぐに所有者のもとに戻ったので、事件性はなしと判断した。だからこの事件は正式にはどこにも記録されていない。その場にいた人間しか知らないことなんだ」

シャーリーは私を揺れた目で見つめた。その目は水面《みなも》のようにいくつもの命と死に近いものを孕《はら》んで、まるで雨がくるまえの一瞬晴れた空のようだった。

「……それで？」

私は自分から禁止ワードを口にしないように注意深く言った。

「だから……？」

「だから、エイレネは……、古い知り合いとも言える」

「だけど、会うまで気づかなかったよね。プリンスの話を聞いていたときも、写真を見てもそんなことは言わなかった」

「それは……あまりにも変わっていたから」

「変わっていたなら、わからなかったのなら、そんなのもう初対面と同じじゃない」

私はできるかぎり怒りをコントロールして、感じていた寂しさを全面に出した。

「帰ろうよ」

「帰れない」

「どうしてさ。まさか、エイレネが私をキャンプにおびき寄せた理由？　うちにこれ見よがしに置いていった招待状になにか関係が？」

シャーリーは自分の手を握りしめていた私の手をそっとほどいた。シャーリーが、私の手を、拒絶したのだ。私は息をのんだ。これからとてつもなく恐ろしい言葉を聞くことになると。

「エイレネの出した条件だった」

「なにが」

「結婚が」

火のようなものが私たちの視線の間ではじけた。けれどそれは物質的な現象ではない。目には見えない。いつの世だって目に見えないものに人は振り回される。

「一週間、僕は好きにキャンプを嗅ぎ回る。それまでに僕が見つけることができたら僕の勝ちだ。もし僕が見つけることが出来なかったら、僕はエイレネの要求をのむ。彼女が望んでいるのは僕との結婚。プリンスの依頼を果たすには、もっと捜査が必要だ」

「なに言ってるの、シャーリー」

「エイレネが君を呼んだ。……、エイレネはそうすべきだと言っていた」

シャーリーは捜査のためだと強調するが、私にはなにもかもエイレネのいうとおりに動いている、そんな気がした。なぜなら、彼女の口から普段は絶対に聞かないワードが飛び出して、私を銃弾のように撃ったから。

「ここにいてくれ、ジョー。エイレネの言うとおり、スタッフドクターとしてキャンプに参加して。僕と一緒に探してくれ」

「何を探すの」

「だから、愛だよ」

愛をさがすんだ、とシャーリー・ホームズは言った。

*

医療スタッフとしてこのアビーキャンプ内である程度の自由を保障されるかわりに、私は足にGPSをつけられることになった。足輪付きなんてまるっきり犯罪者じゃないかと思ったが、ここに乗り込んできた方法からして、危険人物だと判断されてもある程度はしかたがない。

「いっとくけど、シャーリーから離れないからね！」

すでに初対面から気にくわなかったエイレネに対して、私は敵意をかくすことを完全に放棄していた。こうなっては絶対離れてやるもんかと、一方的に今日から五日間はこのキャンプで過ごすことを告げた。

「押しかけ居候だし、シャーリーと同じベッドで寝るのになんの不都合もないよ、お世話様！」

驚くシャーリーの、割り当てられた部屋に乗り込んで、ワイドクイーンサイズのベッドであることを再確認すると、私は次の準備に取りかかった。なにしろここには砲弾のごとく乗り込んできたので、替えの服もなにも持参していない。幸いにもスタッフにはすぐわかるようお仕着せ代わりのスウェットや使い捨ての肌着が支給されていたので、私はこのままここへ居座って勝負の五日間を乗り切ることにした。

（プリンスの依頼も、シャーリーの様子もなにもかもが変だ。実態は、ぜったいカルトキャンプかなにかに決まってる。化けの皮を剝いで、通報しないと）

そもそも、シャーリーの挙動が不審になったのは、このいかにも怪しげなヘルシーキャンプに潜入してからだ。

なにかされたのではなかろうか、と私はとにかく心配だった。スタッフとして潜り込んでいる以上、提供されたものを食べるのだろうし、泊まるのも敵の陣地内だ。食事になにか混ぜられていたのでは、眠っている間になにか嗅がされたのでは……、ロンドン市内とはいえ、ミセス・ハドソンの管理の手が及ばない密室に捕らえられているも同然とあっては、なにもかもが疑わしく見えてくる。

「まるでバチェロレッテパーティみたいだ」

どこか挑発するようにエイレネに言われて、私はめずらしくかっちーんと来た。

（シャーリーは生真面目だから、プリンスの依頼に応えるには、このキャンプの謎を絶対解明しなければならないと思い込んでいる。もともと嵐の目に飛び込んでいくようなたちだったけど、この嵐は危険だ。得体が知れなさすぎる）

というのも、エイレネを見るシャーリーの視線には、いつもの怜悧さが感じられない。もちろん謎を探求しようとするいつもの彼女らしい前のめりな姿勢は変わりないのだけれど、突き放すような無機質感の代わりに宿っているのは、知己への親しみと、そして不安だ。あのシャーリーが不安を感じながら他人を見るなんて！　と私は思った。シャーリーは何故か、エイレネの機嫌を伺っているように彼女を見る。いったいどうして、たった一週間で、と私は困惑するしかない。シャーリーがなにを探りに来たのかエイレネは知っているのに野放しにしている。そして期限付きでその謎が解けなければ、シャーリーに自分と結婚しろとまで言ったのだ。

結婚！　よりによって、私の次はシャーリーが結婚。本来なら喜ばしいはずのワードが、まるで災いのように私たちの周囲に頻発している。おお神よ。よりによって、結婚！

私を挑発するためにわざわざ作ったであろうあの招待状。「バチェロレッテパーティみたいだ」と教会の祭壇でイエスをかき抱いているときのマリアのような顔でそう言われて、私はぞっとするしかなかった。エイレネの意図が読めない。

（まさか本当に、エイレネのほうもシャーリーを、好きとか。いやいやまさか）

これまでのたった五日間で、と笑い飛ばそうとしたが、そもそもここはたった五日間で派手に盛り上がっているカップルばかりがいる、まさに牧場である。笑い話にもならない。

エイレネがシャーリーを見つめる目も気になっていた。愛おしげにも見えるし、慈愛のこもった母にも見える。その先を切り開く強靭なレーザーのようでもあり、敵を打ち倒す刃《やいば》のきらめきのようでもある。彼女の視線は、まさに対象物を照らし出すあらゆる光の結晶だ。

（どうしてそんな目で、シャーリーを見られるの）

私には訳がわからなかった。私だってシャーリーのことが好きだけれど、そんなにもなにもかもを凝縮した熱さで見ていない。たしかにシャーリー・ホームズは美しい。この世にさまざまな価値観あれど、彼女の美について否定するような人間は圧倒的少数派だろう。すばらしく整った顔立ちをしている。病的だが白い肌、痩せているが理想的な頬のラインに船首のごとき尖った顎、かたちのよい唇はそこだけ生命の色を帯びて血の色のように赤い。眼光の鋭さをやや甘くするのに役立つ長いまつげ、そしてなんといっても人工生命体のごときパライバトルマリン色の両眼は観る人を圧倒する。整いすぎて人間らしくないと感じる。教会でイエスのそばに現れる天啓を携えた天使のようだ。

その美しいシャーリーを、美しいエイレネが愛さないわけがない、という結論を出すのはあまりにも容易だった。

（もし、昔の知り合いだったというのが本当なのだとしたら）

さらに、学生時代から知っている間柄というのは、関係性を再構築するうえで人間が自覚しているよりももっと大きな作用をする。つまり、人間は他人との距離感を半ば強制される学生であるときより、社会人となり、他人との距離が遠ざかる時間のほうがずっと長いのだ。そしてすれ違ってしまってからはもう二度と巡り会わない彗星同士のように、人との関わりは年々疎遠になっていく。一度社会を離れると、それはもっと困難になる。ビジネスの世界で同窓というカテゴライズが人に与える安心感は、決して金銭でうめることはできないほど貴重なものなのだ。

だからこそ、人は同郷・同窓など過去自分と同じ環境にあったことを証明できる相手には、心のガードを外す。そうして交わりの第一歩がはじまる。シャーリーがエイレネに、そしてエイレネのほうでもシャーリーに、学生時代に同じ事件を共有したという代えがたい親近感を共有したのなら、

（愛が、生まれたんじゃないか）

私は、硝子に爪を立てるようにして、その推理を進めていくしかなかった。痛い。キツい。聞きたくない。考えるほどに苦痛を感じる。だけれど、これは現実の現象だ。逃げても意味はない。

（シャーリーがエイレネに恋をしたなら、そのせいで、推理のカンが鈍っているのかも。恋は一種の興奮状態だっていうから）

あのシャーリー・ホームズですら、恋をする。恋をして冷静さを欠いている。

エイレネの術中にはまってしまっている。エイレネは、百戦錬磨のあの夜の帝王、ボヘミアン・プリンスでさえ手玉にとったのだ。うぶなシャーリーをたらし込むなんて造作もないことなのだろう。

だとしたら、私がやるしかない。キャンプの実態を暴き、あの美しい夜の化身のような詐欺師から、シャーリーの目を覚まさせる。猶予は五日間。

「思いどおりになんかさせるもんか！」

意気込んだ私は、朝のうちに起床してどこか終始ぼんやりしているシャーリーをつれて、さっそくキャンプの調査を開始した。

広大なハムステッドの森に囲まれたマナーハウスは、夜が明けると目覚めた者たちにその偉大な価値を余すところなくさらけだした。電線や人工物の見えない空はグリーンに縁取られており、窓を開けた瞬間から、朝靄《あさもや》と木々に濾過《ろか》されたしっとりとした空気が肺に流れ込んでくる。

どこを見ても目に入るのは、ただただ緑と空ばかりだ。早くに目覚めたゲストたちは、昨日私がセルフォンの明かりを頼りにおっかなびっくりやってきた道を、朝のルーティーンの一環として散歩しているようである。行き交う野鳥が枝をしならせては羽ばたき、茂った葉が風にこすられて、そこから生まれるざわめきだけが耳をかすめていく中を歩くのは、さぞかし心地良いだろう。完全にプライベートなので、犬を複数連れただれかとすれ違うこともない。このロンドンで暮らしている者の中でも、たとえキュー・ガーデンの年間パスを持っている者でもかなわない夢のような理想的な朝だった。

一方、パーゴラにぐるりと周囲を囲まれた施設内は、あらゆる設備が充実していた。日勤のスタッフが朝七時に起床するゲストたちにあわせ、二時間早くシフトを開始する。とはいえ、ゲストたちは家にスタッフがいる生活に慣れているので、とくにキャンプ側の手を煩《わずら》わせることもなく、朝起きて水分をとり、簡単な散歩、ストレッチやヨガをしてから、新鮮な野菜ドリンクなどの栄養を補給する。

午前中は日々決められたカリキュラムがあり、彼らはカウンセリングや瞑想などで時間を過ごす。ランチタイムは天気がいい日はガーデンで、カップルでとる人たちもいれば、その場の雰囲気で集まった人々が談笑しつつとることもある。その間に運営側は午前中に吸い上げられたゲストたちの不満や不安などを解消するためのスケジュール作りをする。たとえば、今、好意を抱いている相手へのアプローチの仕方や、それが複数の相手だった場合の対処など。そうして、引き合わせたい相手同士が自然と距離感を縮められるよう、アクティビティなどを組んだり、料理などのイベントを提案したりする。この辺りは手厚い恋愛リアリティーショーのようだと私は感じた。

ふと視線を感じて、私は振り返った。一人の背の低い中年男性がじっとこちらを見ていた。まるで小動物が、出くわしてしまった人間に驚き警戒をしているような表情だった。

いったいなんだろうと思っていると、ふいっと素早く姿を消した。白シャツと黒いパンツ姿なので、おそらくここのスタッフだろう。遠目だったがインド系のようだったから、シェフの部下か、キッチンスタッフなのかもしれない。

とにかく、ここで行われているのは、たしかに医療的アプローチを含めた出会いのサポートに間違いはなかった。ゲストたちはみなだれかとカップルになるのを望んでいるのは明らかで、シャーリーの話では彼らのほとんどが、キャンプが始まってすぐに、不思議なほどすんなりと相手が決まり、各自カップルになった相手との行動を楽しむようになったということだった。

「ここに参加をする前にある程度の目星はつけられているのだろうと思う。ほかのスタッフに聞いたところ、声やフェロモンといったサンプルは事前に提出済みで、唾液や血液などによる健康チェックも頻繁に行われているそうだ。信仰のあるなし、家族の意思、相手の好みや条件などの選抜を経て、メンバーが選ばれる」

「つまり、本人たちはもう参加する前から、相手をだいたい決めていて、恋愛関係に進むことを了承してるってこと？」

「そういうことになるだろうな」

むろんのことだがキャンプ終了後にすべてのサンプルやDNA情報の破棄は、ゲストたちおよび代理人の立ち合いのもと徹底されている。有名保険会社が入っており、もし流出したとしても、エイレネの評判はともかく、補償で破産するというセンもなさそう、とのこと。

ゲストたちがそこまで念には念を入れるのも、ひとえに彼らの社会的地位が高く、今までの経験上人間不信の気があり、出会いに恵まれてこなかったがゆえなのだろう。富を得れば得るほど友人は減るといわれているとおり、大富豪のほとんどは孤独を感じており、個人情報の秘匿《ひとく》を法律で縛られている専門家なしの生活を送ることはほぼ不可能なのだという。

「セレブっていってもいろいろあると思うけど、どれくらいのセレブが参加しているの？」

「資産で言うと差がある。当然ながら地上の富のほとんどは、いまだ特権階級出身の年配アングロサクソンが握っているといわれているから、その層から多く出るのは当然だろう。宗教上の理由から中東や一部信仰の厳しい地域からの参加者は少なく、ほとんどが宗教に重きを置いていないゲストだ。ロンドンという土地柄もあるだろう。注目すべきは、このキャンプに、イギリス王族の参加もあるということだ」

シャーリーがちらと視線を流した先に、ある男性の姿があった。六十代半ばくらいで、中肉中背というには少し腹が出ているが、見苦しいほどではない。ファッションはやや古風で選んだブランドも歴史が長く、流行を追っているというよりは、自分の好みを追求しているように見える。首元がゆったりしたタイプのポロシャツに体を締め付けない綿パン。目に笑い皺《しわ》が何本もあるのに首にシミが少ないのは、普段から人の目にさらされていることを表している。あの歳で首までシミをとっている男性はとても珍しい。

「彼は女王の息子だ」

「ええっ」

しっ、とシャーリーは私の驚きを目線でとがめた。

「女王の六人目の末息子、デイヴィッド・ピーター王子」

「なんか、そんな名前の王子がいたような、いなかったような……」

王室のことになど普段から一ミリも興味がないせいで、子だくさんの女王が子供以上の数のコーギーを飼っているというくらいの知識しかもちあわせていない私である。もっともイギリス国民の大半はそうじゃないだろうか。

「彼はいろいろ噂があった人間だ。実際、兄はアメリカの有名な映画プロデューサーから児童買春をしたとして実刑を受けている。その際、弟も同席したのではないか、という疑惑はつねにあったが、どういうわけか弟のほうはいまだおとがめなしだ」

「彼、結婚したんじゃなかったっけ」

そういえば確か、数年前に同年代の子持ちの大学教授と結婚して、それを女王が祝福して爵位のかわりに妻の職場に多額の研究資金を寄付したことで話題になったはずだ。

「たしか三回くらい離婚してるよね」

「正確にいうと婚約破棄が二回、結婚が一回。子女はなし。ニュースになったのは、妻になった大学教授が移民出身だった上、子供も父方が中東系であったために、王室内での称号のあるなしや、ロイヤルの血を引いていない連れ子の扱いはどうなるかなど、全世界が注目した」

結果的に言うと、王子の妻はすべての称号を辞退し、連れ子も王室メンバーとして扱われることがないかわりに、アカデミーシップへの寄付という形で結婚祝いを贈ったことで、女王や王子夫妻の株は急上昇したのである。

「あの王子夫妻の仲をとりもったのは、エイレネだろう」

「えっ、じゃあ、つまりこのキャンプで?」

あの中高年王子の再婚がどこかの職場で話題になったとき、看護師たちとアイスクリームを食べながらインスタの動画を見た記憶があった。たしかあのときも、王子のプロポーズシーンの動画がネットにあがっていて、世界中の人間がその情報を共有していたのだ。動画をあげたのは妻となった大学教授の教え子で、王子がプロポーズしたのは彼女の職場のキャンパスだったことがニュースになり、その後、現場のリーズ大学の敷地には、同じようにプロポーズしたい不法侵入者が相次いだという。

「そういえば、結婚騒動というか、フィーバーがあって、彼の買春パーティ参加疑惑もうやむやになったんだっけ」

たしかに、再婚相手が同年代のシングルマザー、しかも有名大学教授、移民階級出身とくれば、お堅い保守派からの反発はさておき大部分の大衆からは支持されるだろう。自身も児童買春疑惑を払拭できるし、女王はブレグジット問題で揺れるイギリスの多様性のありかたについて、王室の長として一定の理解と受け入れを示したことになる。結婚祝いが爵位の代わりに研究資金というのもパーフェクトだ。

「あのころはみそぎ婚とかいわれてたよね」

「王室の専門家が仕掛けた絵としてはとてもよかった。よすぎて、マイキーの関与を疑った」

「たしかに……」

意識しないようにしても、どうしても視線が庭の芝に寝そべって日光浴をしているおじさん王子のほうへ向いてしまう。

「今、王子が相手を探してここにいるってことは、つまりもう破局したってこと？　それとも、もともと愛のない結婚だったとか？」

妻のほうは研究資金ほしさで、夫のほうは疑惑解消のために、女王は王室の名誉回復のため、三方よしのプロジェクトをだれかが主導した、といわれても不自然ではない。そういうことを平気でするイメージが、政府や王室にはある。

「似たような声は結婚当時からあった。いわゆる現代的な政略結婚だとね。だが、パパラッチも次第にとりあげなくなった。どんなに彼らが張り付いて撮っても、王子夫妻の生活は、ある程度歳をとった人間からすると理想的なものだったからだ」

「写真を撮っても使いものにならなかったんなら、実際、二人の間に愛はあったってこと？」

「そうなるだろうな」

とはいえパパラッチとてプロだ。諦めもせず何年も張り付いて、夫妻が偽装結婚だったことを証明しようとするだろう。このロッジ一帯がドローンをも寄せ付けぬ強力なセキュリティに守られている理由がわかった気がした。

「でも、愛を得たはずの王子がなんでまたキャンプに？」

「それを聞き出すのがジョー、君の仕事だ」

エイレネは、私が医療スタッフとしてキャンプに参加することを認めているらしい。ならばカウンセリングの時間にさりげなく彼に近づき、理由を聞き出すことは可能かもしれない。

「こういうときネットが使えないのは痛いな。僕のほうは、なんとかゲストの照会ができないか、外部との接触方法を探ってみる」

「わかった」

シャーリーと離れるのは少々心許なかったが、調査を進めるに当たってはいつまでもくっついているわけにもいかない。私はエイレネの配下であるほかのスタッフたちからの視線を避けるように、さりげなく用意されたスタッフ証を首から提げ、挨拶をしてまわった。

「ああ、聞いていますよ。ドクター・モースタンの奥様ですよね。急なヘルプだったとか。よろしくお願いします」

と、当たり障りなく挨拶されてしまい、意気込んでいたぶん、やや面食らった。

（そういえば、ここには私の夫さん……もいるんだっけ）

いまだに自分に夫がいたことが実感できない私は、これはもうさっさと本人と話をつけるべきだと思い、シャーリーからの指示を脇に置いて、当のマーヴィン・モースタンを探すことにした。

ブライオニー・ロッジは、敷地こそ広大で雰囲気はキュー・ガーデンに似ていたが、老朽した母屋は解体し、離れだった建物を今はメインにしているということで、こぢんまりと現代人の暮らしにフィットした大きさになっていた。とはいえ、もともと温室だったところは改装して硝子張りのプールになっており、礼拝堂がワインセラー兼レストランに、使用人の寮だった別棟はプレイルームにと大幅に手を加えられている。外観は歴史ある石造りをキープしたまま、内装や配管は現代的な快適さを味わうことができる。もっともこれは、セレブな物件だけではなく、古い住居のメイクオーバーにはつきもので、中には骨組みも残さず上層階だけを解体してしまう家もある。

とはいえロンドンでこれだけの敷地を持ち、かつ歴史あるマナーハウスを維持していくには並大抵の財力ではおいつかない。市の条例などもあり、切り売りすることもままならない中で買い手を探すのも一苦労するだろう。そこに、多額の仲介手数料と、戦略的結婚マッチングをあわせたビジネスをからめさせ、成功させたエイレネはたしかに先見の明がある。

不動産と結婚は、その場限りのビジネスではなく、うまくやれば必ずその次につながるといわれている。つまり、買い手は数年後売り手になり、結婚は親戚を増やす。コネクションがすべてものをいう富裕層ビジネスの中で、これほどまでにポジティブな顧客層を併せ持つものはない。

（エイレネは、年齢不詳だけど、プリンスの話からするとせいぜい三十代ってとこか。コネも金もない無名の音楽大学生が一人でのしあがるには、プリンスのような男や弁護士をパートナーにするしかないのは、わかる）

ゲストのひとりとのカウンセリングを終えたマーヴィンは、待ち伏せしている私にすぐに気づいたようだった。まるでレストランで料理をシェアするような気楽さで、私に軽く手を振った。

「やあ、ジョー。元気にしてた？」

「……うん。わりと」

「悪いね、急にドクターに欠員が出たみたいで、まさか君に連絡がいくなんて。……前の妻もドクターだとノートンに話したことがあったんだ」

エイレネのビジネスパートナーの弁護士のことだ。もっともビジネスなのか、悩殺された都合の良いパートナーなのかは今の時点ではわからない。

「手伝ってくれるんだって？　そういえば、キャンプには君の元シェアメイトの彼女もいたなあ」

「シャーリーはゲストじゃないよ。親に言われていやいや参加しているだけ」

「ま、いいとこのお嬢さんだとそういう話もあるみたいだね。なにもかもがつりあった相手を最初から用意してもらえるなんて、うらやましいかぎりだ。まあ僕らはキャンプのシナリオにしたがって、科学的根拠のある相手を順番におすすめしていくだけさ」

なるほど、そういう話になっているのかと私はあっさり納得し、とくに元夫と再会したことに対する感慨などもなかったので、さっさと肝心要の用件を切り出した。ああ、そういえば愛は急に冷めて、出会う前よりも冷静に冷淡になるものだったと、心のどこかで感じながら。

「メアリルボーンのクリニックはどうしてるの？」

「ああ、後輩にまかせているよ。会員がいっぱいになってしまって、今、別の場所に新しく開業する準備に入っているんだ。どこかリゾートや保養地にと考えていたら、いい出会いがあってね。ノートンは優秀な弁護士だ。以前はスイスで働いていたんだ」

エイレネのビジネスパートナーの弁護士は富裕層にコネクションをもつコンサルタントだ。急な欠員から頼まれたというマーヴィンの話に怪しい点は感じない。「そういえば、前にも話したことがあったよね。四十までに早期引退《FIRE》して、ボーンマスあたりでゆっくりしたいって」

「したねえ」

「次の医院は、海を眺めて自分でやれる場所がいいと思ってるんだ」

「毎日波に乗りたいって言ってたもんね」

「君だって、南に行きたいって言ってたじゃないか。内陸部じゃなかったらどこでもいいって。とにかく適度に人のいる場所で、人の入れ替わりもあって、田舎だけどリゾートがマストだって」

「そんなこと言ったっけ」

お互い子供は必要としていなかったから、恋愛の炎が消えていなかったころは、早期リタイアの話ばかりしていた。私はとにかく明るくて海が見える南部に行きたくて、都会育ちの寒がりのマーヴィンもそれに同調してくれた。それは私たちだけの話ではなくて、勤務医なんて一度や二度は体を壊しているから、年がら年中理想のリタイアの話をしているものだ。

残念ながら、我々の愛は朝が来て霧が晴れるようになくなってしまった。今はそれを寂しいとも思わない。どうかしていたんだ、とは思う。それはお互い同じだろう。『真夏の夜の夢』のように、妖精にからかわれていた。きっと大昔からそんな恋や結婚はそこら中にあったのだ。

「ああ、つぎのお客様だ。話を聞いて、普通のカウンセリングでいいから。僕らはクリケット練習場の壁のようなものさ」

「うん、わかった」

「ああ、そうそう、パディントンの家のことだけど。片付けないといけないよね」

我々二人の関係が壊れてから、ただの干からびた過去の残骸の物置と化している家について彼は言及した。私も気になっていたことだったので、そうだよね、とうなずいた。

「僕の荷物はそのままにしておいて。そのうち引き揚げに行くから。そういってもたいしたものはないんだけど。契約が残ってるから、あと三ヶ月のうちにやれればいいと思う。無理しないで」

「ありがとう。なるべく早く動かすよ。忘れちゃいそうだから」

「こうなってしまって残念だけれど、君と出会えたことに感謝している」

言って、マーヴィンはスタッフルームの方へ去って行った。私はすぐに医師のスイッチをオンにして、「おまたせしました。ドクター・ワトソンです」と挨拶をし、だれもいないがらんとした、元は礼拝堂だったというレストランへゲストとともに入っていった。

食事時ではないレストランでカウンセリングをするのは、だれのアイデアだか知らないがとても効果的だと思われた。吹き抜けの高い天井と、かつて祭壇があったらしき場所の上方のステンドグラスが、訪れた悩める人間にどこか神を意識させる。その一角のソファ席に、私はゲストと向かい合った。

「昨日はいかがでしたか」

「すばらしい一日だった。私の時代にはとても考えられなかったが、おすすめどおり全身脱毛をしてトリートメントを受けたよ。今の若い人は十代から男女問わず脱毛するらしいね。抵抗はあったが、ほかのゲストにも勧められて思い切ってやってみたのさ。おかげで女性たちとも一日話題に困ることなく会話ができてよかった。リラックスもできているよ。とくにここに来てから毎日入る炭酸バスの効果は抜群だ」

朝、一通り施設の設備を見て回ったときに驚いたのだが、ここのバスタイムは、日光浴ができそうなほどの大きな窓からグリーンと空を眺めながら、純銅製の大きなバスタブに満たされた天然の強炭酸温泉につかるという贅沢なものだった。バスタブも湯も、スパの語源になったベルギーの温泉リゾート地SPAからすべて空輸しており、かの地と同じサービスとトリートメントが受けられるよう、フランス人の専門のスタッフが部屋にひとりついていた。ゲストはこのサービスのことを友人に聞いて、それを楽しみにキャンプを訪れたのだと言った。

「最初は、ロンドンのマナーハウスで癒しと出会いなんて、悪徳詐欺かなにかかと思っていたんだ。

でも友人はそれで恋人を見つけてね。僕も彼女に出会って、素敵な女性で、夢のような二年を過ごしたよ」

ゲストは、ここで一度素敵な人と出会ったが恋は終わった。またあの素晴らしい時間を味わいたいから参加したのだ、と楽しげに自分の夢を語った。

「別れることになってしまったけれど、彼女とは今もいい友人だよ」

午前中の診察はどれも似たようなものだった。だいたい四十代後半から六十代の男女が私の元を訪れて、昨日一日体験したアクティビティや会話の様子を語ってくれた。ある六十代の女性は、年下の男性とのマッチングがうまくいきそうだと終始上機嫌だった。半日、テニスをして過ごした相手の男性とは、家族構成や信仰、そしてライフスタイルが似ていて、一緒にいてとても楽であると同時に、出会った瞬間スパークのような恋の始まりを感じたのだという。

「お互いに身上調査も済んでいるから気が楽でガードが下がるのよね。子供たちにも言われるの。お母さん、くれぐれも財産を食い潰すような悪い相手に出会わないでねって。でもここにいる人たちはみんないい人たちばかりで、最初はだれでも素敵だって思ったわ。でも今は彼が一番」

彼女のカウンセリングの大半は、目下のお相手とののろけ話であったのだけれど、私はその中から抽出するように情報を収集した。

「お相手は、どのようなところに、一番惹かれましたか」

「そうね。ハグしたときの感触かしら。事前にフェロモンテストは受けていたけれど、結果は聞かされないから」

聞いていたとおり、キャンプに参加する前にさまざまなテストを受けていたようだ。そのデータは、当然ながら私には一切渡されていない。専門家がほかにいるということなのだろう。

(じゃなかったら、私みたいなのにバイトなんて気軽に頼まないか)

「ええと、このキャンプが終わったら、どうされるご予定ですか」

「まずはお互いの家を訪問して、気に入るライフスタイルを探そうと思っているの。今はちょうど、家を探したいと言っているところよ。彼はマルタに別荘を探しているし、私も若い頃住んだことがあるから、そこでゆっくりね」

何人かから話を聞いたが、やはりここではエイレネが中心となって、新たにできあがったカップルのために家を探しているという。では、彼女のビジネスはやはり、仲人仕事の副産物としての不動産販売なのだろうか。

富裕層向け物件はエージェント手数料だけでも数万ポンドをくだらないというから、こんなめんどくさいキャンプを開催しても十分元がとれるというわけか。

診察のシフトが終わったので、ランチのサンドイッチをもらって屋敷の外に出た。美しいパーゴラはこの季節早咲きのバラが柱に巻き付いていて、きちんとガーデナーによる手入れが行われているのを感じる。しかしパーゴラの外に出ると、足下の舗装されていない土に薄紫色の小さなわすれな草が群生し、道の両脇はガーデンよりもぐっと彩りが減る。目につく花らしい花は黄色のキングサリの大きな樹と、津波のように生い茂る葉の緑を割って現れるサンザシだ。

——こうなってしまって残念だけれど、君と出会えたことに感謝している……

マーヴィンが自分にかけた言葉が、まるで足下のわすれな草の作用のように、頭のなかにリフレインした。そういえば、そんな台詞をさっきたくさん聞いた気がする。気のせいだろうか。

樹齢百年はくだらない大きなシイの木の下に手頃なベンチがあったので、座ってグルテンフリーのフィッシュサンドとやらを食べた。なんとトリュフテイストだ。トリュフの味が強すぎて、パン生地（と思われるが小麦粉の代わりに何を使っているのか知らない）や魚がはさんであることを忘れそうだ。

そういえば、マーヴィンと意気投合したのも、〈BELAZU〉のナッツミックスの中でトリュフ味だけがどの店舗でも売り切れで、見かけたら買いだめするという話題からだった。医師はとにかく時間がないので、ランチは抜くか、食べても最悪自販機でインスタントヌードルなんてことがよくある。さすがに体に良くないので、鍛えている人はナッツやドライフルーツを持参しているが、味に飽きるとセント・メアリーの当直バイト中、よく産科スタッフと話したものだった。

（そもそもマーヴィンがシャーリーに依頼した内容はどうなったのだろう）

トリュフバターが口の中にまだ残っている。名残惜しくてコーヒーを飲むのもためらわれる。いや、今、自分が感じているのはトリュフの味じゃない。マーヴィンへの違和感だ。

（あれほど力をいれていたクリニック。借金もしたはずだ。あんなにあっさり手放せるなんておかしい。親の遺産が入ったとか？）

さすがに親に不幸があったのであれば、名ばかりの妻とはいえ私にもなんらかの連絡があったはずだ。イギリスでは正式な結婚をすると離婚がしちめんどくさい上に、弁護士代もかかる。形式上はプロテスタントでも中身はカトリックというややこしいイギリス特有の事情もあって、今では同性間だけに運用されているシビル・パートナーシップを異性間にも広げようという議案が話し合われているという。たいていの結婚は長い婚約期間を経てからで、十年婚約したまま子供をもつカップルなどなんらめずらしくもない。

私たちの結婚は、これらをすっとばした、スピーディでリスキーなものだったといえる。登記所から許可を得た聖職者がたちあえば、正式な結婚が認められてしまうからだ。こうなっては、あとは、弁護士をたてて事務処理をすすめるのに、一年以上はかかる。金も手間も時間もかかるので、なかなか正式な結婚にいたらないのだ。

マーヴィンはあたりさわりのないように私に接した。だが、そこに金が絡んでいたら？

そもそも私とマーヴィンが出会ったのは、父親の遺産をほのめかすメールが届いたことがきっかけだったはずだ。アンダマン諸島関連の遺跡のデータと鏃《やじり》の謎。

（もしかしたら、父親の元上司と連絡がついて、遺産の一部を受け取ったのでは？）

こんなに短期間で人間の気持ちが変わるなんて違和感しかないが、もし私にも親にも言えない金を受け取ったら、それが違法な資産だったとしたら、人はどうするだろう。やはりそっと隠して運用したり、ロンダリングを考えるかもしれない。

マーヴィンが私と距離を置いたのも、この資産を私に分与したくないからだというのは十分に考えられることだった。もし自分が、表には出せない財産を受け取ったなら、犯罪と財産分与、両方の面から隠し通し、結婚を解消できるまでひたすら愛想笑いを続けるだろう。

金は人をあっけなく変える。私はとくにショックを受けていなかった。変わる人は、変わらない人間よりもずっといい。

サンドイッチを食べ終わると、急にシャーリーの様子が気になった。午後のシフトは三時からで、まだ十分に時間がある。部屋に戻ると、シャーリーが221bでしているように長ソファに足を伸ばしてじっと考え込んでいるところだった。

「シャーリー、マーヴィンの依頼は結局、どうなったか知ってる？　アンダマン諸島関連の遺跡のデータと鏃の謎は？」

「なにもなかったと聞いている」

「ウソじゃないの？」

「ウソだろうな。彼はちょうど一ヶ月ほど前にクリニックの借金の一部を返済している。全額ではないし、表向きは不動産投資で得た金のようだが、あまりにもタイミングが不自然だ。まるで」

「まるで？」

「支払い能力を、銀行に見せつけたような」

「なんのために？」

「新たに借り入れるため。つまり、もっと自分には支払えるという自信があるのだろう。でなければ、分院など考えもしないはずだ」

シャーリーの推理のキレはいつもどおりのようだ。昨日の夜のような迷いや揺れは、目の中にはない。

そういえば、エイレネは昨晩から姿を見ない。スタッフに任せておけばいいということか、それとももっとべつにやることがあるのか。

（私たちになにをかぎまわられても問題ないってことか）

裏をかえせば、このキャンプ自体にエイレネが隠しておきたい事実はないということなのかもしれない。

ここにはないもの。そしてどこかにあるもの。

（エイレネが隠している、彼女にとって不都合な事実とはなんなのだろう）

「彼女が昼間、どこに行ってるか知ってる？」

シャーリーは首を振った。

「朝、五時に車ででかけるようだ。夕食の七時きっかりには帰ってくる」

「つまり、決まったタイムスケジュールで動いているわけだ」

「だが、彼女のビジネスの実態はわからない。このままここにいる意味がないなら、弁護士の事務所のあるテンプルへ行くべきかもしれない」

「じゃないと、負けを認めてエイレネと結婚することになる？」

私の言葉にやや棘《とげ》があるのを認めたのか、彼女は顔の前で合わせていた両手をほどいて、ちらとこちらを見た。

「僕は負けない」

「だけど、エイレネの正体はまだつかめていないじゃない。プリンスの依頼の答えだって、エイレネに煙《けむ》に巻かれたままだ」

「……手は打ってある」

こんなとき、シャーリーはその打ってあるという手の概要すら私に教えてはくれない。信用がないというよりは、私が知ることによって行動に制限がでるのを防ぐためだろうと思われる。

「エイレネが僕に求婚した理由は実に単純だ。プリンスの思惑に対抗するためだろう」

「つまり、あの毛深いクマみたいな大柄な男が好みじゃなくて、シャーリーみたいなスノーホワイトがタイプだとわからせるため？」

「…………そんな、ペーパーバックが誕生してから星の数よりも繰り返されているソープオペラの話じゃないんだ、ジョー」

しかし、愛とはそういうものなのではないか、と喉まで出かかった言葉をようやっと飲み込む。今の状態の私が愛とはなどと語ってもシャーリーに一ミリも響くとは思えない。

「ソープオペラは、刺さる人間の数が多いから多用されるんだよ。ま、それはともかくとして、惚れた腫れたの話じゃないなら、プリンスはいったいエイレネになにを求めているっていうの？」

「そのなにか、が、問題だ」

「もったいぶらないで教えてよ」

「なぜ、今なのか、ずっと僕は考えている」

再びシャーリーは顔の前で左右すべての指を合わせ、その間の空間をのぞき込んだ。まるでそこに見えない真実が姿を潜めているかのように。

「今って？」

「結婚トラブルを抱えたボヘミアン・プリンスが、僕にエイレネの調査の依頼をした。素直に、こういう女に脅されている、彼女のビジネスの正体を探って欲しいと言えば僕はそうした。だが、僕ごときが調査に乗り出すよりも、経済界にもセレブにも顔の利くプリンスが自分で動けばもっと簡単なはずだ。つまり、プリンスはエイレネの正体を知っている。そのビジネスの内容も、からくりも。知っていて僕には明かさず、謎めいた愛の正体を探れなどという答えのない依頼をふっかけた」

言われてみればその通りだった。プリンスはエイレネと写真を撮られ、脅迫されているのである。そしてそのデータを買い取るために金の一部は支払った。全額支払えるのに、もったいつけているのか、一部しか払っていない。そして、おそらく彼以外にはどうでもいいことを知りたいとだだをこねている。

愛が、そこにあったのかどうかを。

「依頼されてすぐに、ロンドンで、アビーキャンプが開かれた。あまりにもおあつらえむきじゃないか」

「プリンスは、知ってた？」

つまり、アビーキャンプでスウェーデンの王女と出会って幸福な結婚をするはずのプリンスが、なぜかアビーキャンプが次にいつどこで開催されるか知っている。

「まだ、彼は顧客だからだ」

「エイレネの、本当のビジネスのほうの、だよね」

「そうだ。そしてプリンスは僕に、エイレネの正体をすべて話さなかった。うわべだけ話せば、僕はこのキャンプに潜り込み、そしてこう結論づけるだろう。エイレネの正体は不動産エージェントで、郊外のヴィンテージ不動産を買ってくれそうな富裕層のリストを作り上げ、回すことが目的であったと。実際は少し違う。表向きは富裕層相手のマッチングサービス。もう一段階掘れば不動産エージェントという顔がでてくる。不動産は、価値のはかりようもない古城や田舎の土地」

私はそのとき、アメリカの有名な起業家が、無一文で縁もゆかりもない土地に放り込まれ、一ヶ月かそこらで一億円を稼ぐというドキュメンタリーの中で言っていたことを思い出した。曰く、もっとも安く仕入れ高く売れるのは中古住宅の転売だと。実際に、線路脇に捨てられた業務用中古タイヤをネットで転売して軍資金を作った彼は、公的機関のスタートアップ支援を受けるために、古くてぼろい家を買い素早くリフォームして転売。それを幾度か繰り返して、クラフトビールのスタートアップの地固めをするのである。

まったく無価値か格安であるものを、少し手を入れることによって高額で転売する。値付けに根拠はなく、記念品であるというお気持ちオプションがつくように丁寧に設計されたビジネスモデル。そこに隠されているのは、ロンダリングに最適な環境だということだ。

つまり、表に出せない金を洗浄したい輩《やから》こそが、エイレネの真の顧客なのだ。だとしたら、彼女が手がけているビジネスのマーケットとは……

「暗号通貨！」

私は叫びそうになって、あわてて自分の顔をクッションに押しつけた。

「だよね!?」

「ごくたまに僕は君が、まがりなりにもイギリスの医師国家試験をパスした秀才であることを思い出すが、それが今だ。まさしくそうだ。ノートンは富裕層の資産管理が専門の弁護士だ。しかし富裕層と言ってもいろんな富裕層がいる。彼の上得意が、もし、表に出すことははばかられるが現金をもっているリッチだとしたら」

「洗浄して、表に出せるお金に換える。そのために暗号通貨資産を買って」

「それをさらに不動産に換える」

「その不動産はだれが買う？」

「キャンプの客だ」

「愛の記念に買ったのならば、不自然なほどの早い売却にも理由がつく。だれも疑わないしだれにも損はない」

もし、この推理が妥当なら、エイレネのキャンプは巨額の資金洗浄を行うためのツールのひとつにすぎない。エイレネが私たちをあっさりキャンプ内に引き入れたのも、そこにこの事件の本質がないからだ。

「だからプリンスは僕をエイレネに差し向けたんだ。自分から資金洗浄にからんでいたとは言えない」

「じゃあ、プリンスは、本当はなにを探ってほしかった？　なぜ愛なんてあいまいなものを探ってほしいと依頼をしたんだろう」

「秘密保持契約にサインをしたなら、暗号通貨については話せないはずだ。けれど彼にはなんとしても知りたいことがあった。例の写真にからむことなのか、それとも……」

私は窓から中庭の温水プールで楽しげにいちゃつくカップルたちをじっと見下ろした。プリンスの知りたいことはここにあるはずだ。おそらくプリンスは自身の経験から、ここがネット環境のない閉じられた空間であることを知っている。どんな人間が集って、どんなふうにマッチングされるのかも。たしか、プリンスもここと似たような隔離された古城で、スウェーデン王女にプロポーズしたのだった。ということは、エイレネはもう似たような城をいくつも売っているということだ。そもそもプリンスがプロポーズした古城は一躍有名になってどこかのセレブが買ったという噂だし、イギリスの王子がリーズ大の教授と出会ったハウスはありえないほどの値段でシンガポールの華僑に買われていった。

多くの愛が生まれ、愛の数だけ多くの城が売れる。見目麗しい素人が寄り集まってスターになることにやっきになるリアリティーショーより、よほど運営側は実入りがいいだろう。

「待って。そもそもなんでプリンスは、エイレネのキャンプに参加したんだろう。彼はスウェーデン王女とのマッチングなんて望んでいなかったよね？」

私はたまにシャーリーがするように、部屋の中をせわしなく歩き回った。

望んでマッチングされたのなら、今更エイレネとの過去にこだわったりはしないはずだ。既に次の恋、次の出会いに意識がいっていることになるからだ。

（いや、過去に未練がありつつ、次を探す人間もいるな……）

このキャンプにまつわる愛について考えるたび、どうにも奇妙なひっかかりを覚えるのは私の思い過ごしだろうか。

「人の気持ちをいくら推測しても、結局本人の中にしか答えはない。もっと別の面からこの事件を探ってみようよ」

「ふむ、たとえば？」

「うーん、医者をやってて思うのは、気のせいかなと思いかけたことが実は気のせいじゃないってことがあって、それは同僚とかとよく話すんだよね。ひっかかったことはそのままにせずに再検査すべきだって。だから、もやもやの正体をつきとめることが謎解きには必要だと思う」

プリンスの考えていることや彼の思う愛についての定義はできないが、私が自分自身の立場でひっかかることがある。

「それは、マーヴィンに会ったことだよ」

こんなことある？　と私は視線をソファの上のシャーリーに向けた。

「九ヶ月で結婚生活が破綻して、愛情がなくなったのはまあいいとして、いやよくないけどいいとして、彼は私の知らないところで借金を返して、分院を作ろうとして、自分のクリニックはほったらかしてなんか怪しげなキャンプに参加してる。そんな元夫に、シャーリーを追って突撃した先で再会するなんて」

「いいカンだ。その死すらも逃げ出す第六感でつっぱしってみた結果、君はどんな推理を？」

「マーヴィンは、父親の遺産を仮想通貨で受け取ったのかも」

あの謎の鏃や、アンダマン諸島の画像はその暗号通貨がなにであるのかのヒントやパスワードなのかもしれない。なにしろ今は仮想通貨バブル、仮想通貨の種類は増えに増え、世界中のあらゆる場所で新通貨のスタートアップやお披露目が行われているのだ。

「その根拠は？」

「今、価値があるものじゃなくて、これからはねそうな新しい通貨で遺産を受け取ったとしたら、マーヴィンはなにをすると思う？」

「価値があがるまで待つだろうな」

だから、彼は一部しか借金を返さなかったし、銀行は彼に分院の出資を約束した。それだけの資産が彼にはあったのだ。ただし、一つ間違えれば紙くずにもならない、ブロックチェーン上の数字として。

「それで彼は、アフガンで財を成したショルトーとやらからどうやって受け取った？」

「専門家が橋渡しをしたんだと思うんだ。お父さんの元上司が盗んだアフガン財閥の資産って、結局は見つかっちゃいけないものでしょ。なら、受け渡しは電子化されているのがいいんじゃない？」

つまり、仮想通貨に換えて、マーヴィンに受け取らせたプロがいる、というわけ。

マーヴィンの父が受け取るはずだった財宝を、隠し持っていたショルトーがすでに洗浄していても不思議ではない。そして、なぜかマーヴィンに連絡をとり、マーヴィンもシャーリーの推理からヒントを得て、無事父親の分け前にありついた。

「なぜだろう。なぜショルトーは今更、マーヴィンに分け前を？」

「そこが謎なんだよね。意味ありげな画像なんて送ってこなければ、マーヴィンだって一生忘れてたかもしれないのに」

結局のところ、百年前の女性作家の作品にありがちなシチュエーションで、思いもかけない遺産を受け取った彼は、私を捨てて、クリニックも放置して、

「今、エイレネの手伝いをしてる……？」

シャーリーが珍しく表情をはねさせた。私たちは顔を見合わせた。ほぼ同じタイミングで、まったく同じ結論にたどりついていたのだ。

「エイレネのビジネスは、仮想通貨のスタートアップだ！」

代表的な仮想通貨が二〇〇九年に登場したビットコインだ。とはいえ二〇一三年まではたいして注目された市場ではなかった。とくに二〇一四年にビットコインの交換所であるマウントゴックスが閉鎖されると、仮想通貨への信頼感も急降下したかのように見えた。だが、わかりやすい、もっともらしい理由とともに下落したものはだれかの仕込みであることがある。

この仮想通貨という新しいマーケットがこのまま見捨てられないことは、二〇一五年にイーサリアムがローンチしたことで決定的になる。今年に入っては、ビットコインの価値は百四十億ドルと、二〇一四年に三十八億ドルだったときに比べて四倍近い拡大ぶりをみせる。

「彼女が手がけてるのが新規の仮想通貨なら、たしかにこのマッチングビジネスは納得だよ。だって、リッチ層の今の最大の関心は暗号通貨ビジネスの波に乗ることだもの」

ただただ愛を求めるだけのマッチングサービスや、古いマナーハウスの売買は、エイレネ自身の信

用問題やコネクションの形成のために行われているのだ。すべては、彼女の仕掛けた新しい仮想通貨購入をうながすために。

「ノートンと組んだのは、そのためだったんだ。だからプリンスは捨てられた」

「もしくは、最初、プリンスは出資者のひとりだったのかもしれない。別れ話でこじれたのか、それとも手放したのか」

マーヴィンがのこのこキャンプでバイトなどをしているのも、ノートンに借りがあったからだと考えれば納得がいく。彼はノートンに違法資産をロンダリングすることを依頼、そしてノートンは洗浄のためにエイレネの仮想通貨を利用する。マーヴィンはノートンに頼まれ、急遽欠員の出たキャンプに参加、そして偶然私と再会した……

偶然、ほんとうに偶然なんだろうか。私の中の木々が生い茂る夜の森のような部分がざわざわと音をたてる。そんな偶然がありえるのか。ロンドンは広い。医者だってそれこそうなるほどいるというのに、別れたばかりの夫婦が、こんなハムステッドで。

「アンダマン諸島の写真と、あの鏃が鍵……」

シャーリーは今、マーヴィンと話した会話を正確に思い起こそうとしているようだった。ここが221bなら、ミセス・ハドソンがすぐに録画を再生してみせてくれていただろうに。

「なんていう仮想通貨なんだろう。今はまだ、エイレネの名前も表に出ていないよね」

「これからローンチするはずだ。ミセス・ハドソンに聞けば、表に出ていなくてもすぐにわかる」

「プリンスが出資者だったとしたら、どうして仲がこじれたんだろう」

もしくは二人の仲はもっと早くに終わっていて、ただのビジネスパートナーとして続いていたのなら、なぜ写真を出して脅迫するような展開になったのか。

「スウェーデンの王女《ロイヤル》と結婚するからだ」

「ああ、そうか。たしかにそうだよね」

つまり、王家にふさわしい相手かどうか身上調査が入るのだ。だから、プリンスはエイレネのビジネスから手を引かざるを得なかった。なにしろ、エイレネは限りなくブラックに近い資産のロンダリングをして資金を集めている。そういう人間をビジネスパートナーにしていることが、王女の婚約者としてふさわしいかどうか問われれば、プリンスは諦め、エイレネと手を切り、売却するしかない。

「だけど、彼は諦めきれなかった」

「そのようだ。エイレネとビジネス、両方を。そして彼女にとどめを刺されたんだ。あの写真を使って」

逆に言えば、エイレネはいずれこうなることを見越して保険をかけていたということになる。

「用意周到、すぎるよね」

「プリンスの故郷にまで旅行した仲にしては、少々手が込んでいる」

あの写真を突きつけられ、これ以上深入りするなと言われて、プリンスは疑ったに違いない。もしや自分とつきあったのも、すべてビジネスのためだったのかと。彼の社会的地位や身分、財力、そしてコネクション、ビジネスのやり方を利用し尽くすためだけで、それ以上の感情はなかったのか。

そこに、愛は。

（また愛だ。結局はそこに戻ってくる）

エイレネのビジネスが仮想通貨のスタートアップだったとしたらと考えると、怖いぐらいにぴたりと符号があうのに、なぜか一抹の不安が残るのだ。この違和感。無視するなと私の奥深いところが警告する。

「やっぱり、鍵は愛なんだと思う」

ネットが使えなくてただの時計と化している私のセルフォンのアラームが鳴った。午後のシフトに戻る時間だ。ゲストたちの話をにこにこと医者として聞くだけで、セント・メアリーの産科で夜当直をするのの倍時給が入るという夢のようにおいしいバイト。これが事件がらみでない、サンドイッチのハムのように挟まった日常の出来事だったらどんなにかよかったことか。

「ジョー、君はできるかぎりゲストたちのキャラクターや背景を調べてくれ。渡された資料にないことを聞き出しても違反にはならない」

「シャーリーはどうするの？」

「ジャミング装置を調べる」

彼女が言うには、このキャンプほどの敷地にまんべんなくジャミングを敷くには、専用の装置をある程度等間隔に配置しておく必要があるという。そして森の中までカバーするには、装置は充電式の設置が容易なものになるだろうと。

「バッテリーを抜けばジャミング網に穴があく可能性もある。僕たちの行動はＧＰＳによって記録されているから、あくまでバードウォッチングの散歩のふりをしてみよう」

夕食時に、と彼女は言い置いて、足早に部屋を去った。午後七時には、エイレネが帰ってくる。それまでにある程度の情報を集め、シャーリーと再度、共有しておきたかった。

午後のシフトはあっさりと二時間ほどで終わり、私は特にすることもなく、さりとて水着姿でゲストたちとプールに入る気にもなれず、スタンドから水とトリュフナッツの缶だけもらうと、ぶらぶらと森へ出かけた。

（前も思ったけど、なんてでっかい森だ。でも昔はこれが当たり前だったんだ）

人は極度のストレスを感じたとき、自然にふれあえる環境にあるかないかというだけで鬱症状を引き起こす確率に大きな差が出るという。つまり、都会に住んでいても豊かな緑がプライベート空間にあれば、それだけでライフマネジメントに貢献しているというわけだ。これだけの自然豊かな場所を独占できるということには、計り知れない価値がある。ごく普通に狭い部屋で安いプロテインバーをかじり、サブスクで与えられる刹那的な娯楽で時間をとられ、週末はバーでそれなりに楽しく過ごす都会暮らしをしている大部分の人々は、月額のアマゾンプライム会員料金よりも大きいダメージを受けている。

ブライオニー・ロッジの東の端は、古い石壁と鉄柵に囲われていた。その鉄柵の上部に取り付けられた、一見すると装飾のように見える部品は、防犯装置だ。そこから境界沿いに赤外線が張ってあるのがわかる。つまり、この鉄柵を越えるしか中に侵入するてだてはないが、上ろうとすると赤外線装置にひっかかるというわけだ。

道なりに来た先に、小さい家が見える。漆喰壁と石だけでできていて高さもない。白雪姫に出てくるこびとの家のようだ。古いが白い漆喰の壁に、すぐそばまで迫ってきているキングサリの黄色の花が映えてそれだけで絵本の中の世界を思わせた。とこれはゲートキーパーの家だ。これだけのマナーハウスなら、森の管理人を雇い境界線を見はらせているのも当然だろう。

鉄柵の向こうは、富裕層の家が建ち並んでいる。赤い提灯のようなものが門の前にぶら下がっているから、あれは中国系の人が住んでいるのだろう。このあたりも住人ががらっと変わった。昔は日本人の駐在員ファミリーが多かったが、最近の日本は不景気のようで、セントジョンズウッドあたりの狭いアパートメント（それでも高級住宅地だ！）に押し込められているんだと、マーヴィンのプライベートクリニックにくる患者が話しているのを聞いた。

富は一ヶ所にとどまり続けることはない、流動性が高い価値だ。なぜなら人は必ず死ぬからだ。富豪たちはおのずと、この富の流動性にあらがうには、己が健康的にあるしかないと悟る。

スタッフの夕食は、ゲストたちと同じホットミールが用意されていて、手厚さを感じた。彼らは待遇の良さで一時的に雇われたようだが、厨房スタッフはほぼ固定で、いかにもこだわりの強そうなインド系の男性が、中華や日本食をとりまぜたフルコースをてきぱき作っていた。彼はずっと忙しくしているので話を聞くすきまがないが、通いのランドリースタッフで、キャンプに参加するのは三度めだという四十代の女性が話しやすく、カフェに誘ってあれこれと聞き出すことに成功した。

「アビーキャンプのスタッフはとにかく待遇がいいし、次もあれば参加したいと思ってる。うちの会社にずっと声がかかるわけではないみたいだから、いくつか候補があるんじゃないかしら」

「ヨガやピラティスのトレーナーも、前と違う人が来ているみたい。噂だと、ここのゲスト目当てで参加したがってるトレーナーもいるそうよ。だってみんな結婚したいお金持ち《リッチ》なわけじゃない」

なるほど、と感心した。どうりでスタッフもそれなりに見目麗しい人ばかりだと感じたはずだ。もっともサービス業は外見からというのは、どこの世界でも道理である。

（あ、レンジローバー）

ボディだけではなく細かな部品まで真っ白なレンジローバーは珍しい。ファミリー用にレンジローバーを買う女性は多いが、気持ちはわかる。あの大きくてごついタイヤは私も無条件で好きだ。

（エイレネだ。本当に七時きっかりに帰ってきた）

彼女がここまで時間通りに動く理由があるはずだった。私は急いでホールに向かった。ちょうど彼女がスタッフのひとりから報告を受けているところに来合わせた。彼女は私を見ると、雲の隙間から顔をのぞかせた月のように微笑んだ。

「いかがですか、いいところでしょう」

私は言い返す言葉を、そうですねしか持たない自分にいらだった。なんでこんなに引け目を感じるんだろう。彼女となにかを争っているわけでもないのに。

「これからお客様たちのヒアリングの時間なんです。あなたも人生を楽しんで。では失礼」

立ち去り方まで堂に入っている。私はあっけにとられるしかなかった。彼女がいなくなったあと、急に照明が消えたかのように感じたからだ。生けるムーンライト。まさに彼女は月光だ。

ゲストたちは各自の部屋で夕食をとっているようだった。エイレネはその部屋すべてを順に回って、今日一日の報告を受けていた。驚いたことに、すべてのゲストがだれかと夕食をとっていた。始まってまだ一週間もたたないのに、もうみんな意中の相手が決まっている。やはり事前のサンプリングと検査が徹底してあり、ゲストの方もそれを了承しているのだろう。どの部屋からも楽しげな声が響いていた。

（そんなことがあるんだろうか。いや、あるんだろうかっていっても、実際目の前で起きているからあるんだろうけどさ）

まるで、花びらがどれも均等な大きさで等間隔に開くように、整っている、そう感じた。ここにはなんの問題もなく、だれもが上機嫌で、目の前の相手を愛し始めていることに満足している。次の日になると、カップルの距離は前の日よりも縮まっていた。

中でもシャーリーが注目していたのが、やはりゲストの中でもセレブ中のセレブ、女王の六人目の息子、デイヴィッド・ピーター王子だった。

「エイレネは昨日、彼の部屋で三十分以上話し込んでいた。ほかのゲストの倍時間をとっている。彼への対応が特別なことの表れだろう」

「そりゃあ、なんといっても王子だから」

私に渡された資料から、王子の新たなお相手はすでに判明していた。なんと年上の医者でアイルランド人。環境対策支援運動でもリーダーシップをとっていて、関連NGOの理事も務めている。子供あり。前の相手とはまた違う意味でもパーフェクトな相手だった。

「私が話を聞いたわけじゃないけど、見ている分には幸せそうだよ。うまくいってる雰囲気がある。

まあ、私の目はわりと節穴だけどさ」

あたりまえのことだが王子は完璧なロイヤルぶりで、エスコートされている彼女のほうも終始恥じらいながらも楽しげだった。いかにも老いらくの恋のはじまりといった感じだ。

このキャンプが終わったら、おそらくどこからともなくパパラッチが王子の最新のお相手を暴露し、前と同じような騒動が繰り返されるのだろう。たった三年で終止符を打った前の夫婦生活はさんざんほじくり返されるだろうが、それもおそらく双方にとって痛手にはならない。ロイヤルは離婚できないとされていたのももう何十年も前の話で、たとえばそれが若い高位王族ならそれなりに賛否両論あっただろうが、ナンバーシックスとちまたでは呼ばれている問題児の末王子、しかもすでに老年の域に入ったしわくちゃの小太りの男など、ロイヤルでなければゴシップ誌は見向きもしなかっただろうから。

「王子のことはわかった。ほかのゲストについてわかったことがあれば教えてくれ」

「うーん、そうだなあ。まあどれもよくある話なんだよね。たとえば、A氏なんかは三度結婚経験がありどれも五年程度で離婚、都度訴訟が泥沼化して、自分の見る目がないことがショックで鬱になったらしいんだ。それでも両親が亡くなって兄弟とも疎遠になり、老後ひとりで暮らす寂しさを考えて、友人のすすめでこのキャンプに参加した」

ここに来て私が最初にカウンセリングを行った男性である。彼は以前のキャンプで知り合った女性と婚約・結婚し、それでも幸せだったと繰り返していたが、それは離婚が泥沼化しなかったという意味らしい。

ミズBはあらゆるお見合い仲人を雇って相手を探したが、どれもうまくいかなかった。理由が自分の容姿や体型であることはわかっているし、ダイエットに励んで胃の半分も摘出した。それなりに相手はいたものの、だれも自分のお金目当てで、自分と同じような社会的地位や財産をもった相手とマッチングできないことに不満をもっていた。

そんなミズBは、今までの好みやポリシーをうまく返上して、自分と同じやや太めな体型のエジプト系イギリス人とマッチングした。彼はドラッグストアチェーンの二代目で、ここ十年でそのチェーンを急成長させたやり手だという噂。

参加ゲストの中でも比較的若めの四十代のC氏はトルコ系のDJで、最近自分の脂肪を注入する人工シックスパックをつくる手術を受けたばかり。マッチング相手は十歳年上の美魔女で、彼女は親からの財形信託で暮らす、労働を知らない階級出身だ。相続や財産分与的な意味から正式な結婚をしなくてもいい相手を望んでいる。

（いるところにはいるんだなあ、いろんな種類のセレブが）

敷地内にずらりとならんだ高級車のごとく、ゲストそのものがリッチピープルの品評会のようだった。

「昔だったらいちいち驚いたかもしれないけど、マーヴィンのプライベートクリニックでも似たような話は聞いたからね。親はいつも子供の結婚相手の心配をしていたし、歳をとっていても恋愛話は多かったし、患者同士でくっつくこともあったし、セレブでない人間はすぐにわかったかな」

プライベートクリニックの利用者は大きく分けて二パターンだ。一つはある程度のインカムがあって国民医療制度《NHS》施設の待合室で待つ時間が惜しいパワー市民。ここに会社がある程度の保障をしてくれる駐在系の外国人家族も含まれる。そしてもう一つが、働かなくても暮らせる階級に生まれ、おそらくそのまま死んでいくセレブ。このキャンプにはそのどちらのタイプもいる。

「なにか、話を聞いているうちに気づいたことはないか」

「たいしたことじゃないけど、キャンプの噂を聞いて参加したくて一年以上待った人が多いみたい。まあ、サンプルをとって、相性なんかを細かく見てからマッチングするみたいだから、自分に合う相手がいなければ参加もできないってことなんだと思うけど」

「なるほど」

「スケジュールを見ても、セレブにありがちな現代アートのオークションでもやるのかと思ったけど、そんないかにも税務当局に目をつけられそうな洗浄対策をしてるわけでもなさそう。このまま、ハッピーマッチングで終わるみたいだね」

資金洗浄といえば現代アートに高級花に高級鑑賞魚。それぞれのマーケットは当局が目を光らせてはいるものの、追い切れていないというのが現状だ。特に最近アジア圏で活発な高級花や高級魚の取引は、隠蔽が簡単で、枯らしたり殺してしまえば物証が残らないし、処分する理由があるから追及が難しい。アートとおなじで、買収された専門家の鑑定書があり、これは珍しい薔薇なのだと皆が口をそろえて言えば、それなりの値段がついてしまう。最近ではここにデジタルアートが台頭してきている。

ロンダリングの対象はあくまで不動産。そして愛という付加価値がつくので、値段が跳ね上がっても不思議ではないというからくりつき。エイレネの商売の実態はこのあたりが妥当なんだろう。

「あと、古くさいけど、全員が通常体温よりやや高くて、呼吸回数が多いみたい」

「興奮状態というわけか」

ある意味恋愛中ならほとんどの人間がそのようになる。とくに不自然なわけではない。

「シャーリーは、どうだった？」

エイレネは朝早くに真っ白なレンジローバーで出かけ、夜まで帰ってこない。彼女と接触していないことはわかりきっているのに、さぐるように聞いてしまう。あと三日で、エイレネの正体がつかめなければ、シャーリーはエイレネと結婚する。

結婚。ここでも結婚だ。話が仮想通貨やロンダリング、高額不動産転売の話に及んでも、なぜか月が一ヶ月かけて地球を巡るように、ぐるりと同じワードが返ってくる。結婚、そして愛。

（……どうして、エイレネはシャーリーと結婚したいんだろう）

ふと、そんなことがぽんと頭の中に浮かんだ。

（勝負の条件なんてなんでもいいはずなのに。婚約でもつきあうでも、お金でも）

たとえば、見た目からしてシャーリーの外見は美しいし、エイレネの好みのどまんなかであった可能性はある。たいてい人間は一目でぴんとくる相手に惹かれることは統計学的にも古くから実証されていて、あの生きとし生ける月の光の化身であるエイレネですら、生身の人間に惹かれることだってあるはずだ。

だとしても、まずは交際から始めるのがものごとの順序ってものじゃないだろうか。

（なんでいきなり結婚？　プリンスの追求から逃げるため？　でも本気ではなかったことを証明するにしたって、ただの交際で十分だよね）

シャーリーのほうが、自分自身の調査能力を過信するあまり、売り言葉に買い言葉で結婚を承諾したとしても、エイレネにはシャーリーと結婚したい理由がほかにもあった、と考える方が妥当だ。

「シャーリー、ちょっと手をかして」

私は長椅子の上に足を伸ばして、私の言うとおりどこもかしこも保温されている彼女に近寄った。いちおう同意を得てから手に触れる。

「なんだ」

「いいから」

のぞき込むように目を見ると、目の中が揺れた。ああ、まただ。彼女は私をまっすぐに見られなくなっている。

先に視線を外したのはシャーリーのほうだった。

「心配しなくても、ジョー。君の杞憂に終わる。エイレネの正体は仮想通貨のスタートアップを成功させたい野心家だ。ここでマッチングさせたセレブたちに出資を募り、ビットコインにとってかわろうとしている。あと三日、キャンプを終えたらすぐにミセス・ハドソンが僕を探し出すだろう。あの静かなる神殿にさえダイブできれば、彼女の手がけている新通貨の名称や今回のゲストたちの詳しい背景もわかる。本当にあともうちょっとなんだ」

「エイレネと結婚はしないと？」

「するわけがない。僕が勝つ」

それはいかにも、シャーリー・ホームズらしい言い方だったし、いつもなら私は安心してそれ以上の心配をやめてしまうのだが、今回ばかりはそうはいかなかった。もし彼女の推理が間違っていたとしたら？　プリンスの依頼は、あくまでエイレネとの過去に愛があったのかどうか、だ。人類の叡智をもってしてもいまだに明確に出来ず、極めてあいまいなまま人間に多大な影響を及ぼしている愛について、シャーリー・ホームズが言及できるとは思えない。あのシャーリー・ホームズをもってしても。否、あのシャーリー・ホームズだからこそ。

「そういえば、ジャミング装置のほうはどうだった？」

シャーリーはこのブライオニー・ロッジ内の敷地に設置されたジャミング装置を確認するために、今日一日を費やしていた。とにかく、ネットさえ一瞬でもつながれば、ミセス・ハドソンに今の危機的な状況を伝えることができるのだ。

「意外なことに、このロッジ内には電力供給ポイントがかなり多い。もともと軍の通信所があった場所らしく、設置も容易だったようだ」

「じゃあ、バッテリー切れは期待できないってこと？」

「そのとおり。たしかに敷地は広大だが、網の目のように周囲を包み込んでいる。ちょうど有線でつながっているガーデンランプのように、電線のない場所にも張り巡らされていた。ならばいくつか一時的に故障させせればと思ったが、どうやら僕には監視がついているらしい。背の低いインド系の男が見張っているのが見えた」

「あっ、その男知ってる。私の方もちょくちょく見てるよ。エイレネの監視要員ってことだよね」

「そのようだ」

「でも、警備員にしては武装している様子もないし、私が見ると小動物みたいにぴゃって逃げるんだよね」

警備員というのは、えてして存在を誇示して余計なことをするなと威圧してくるものだが、あの男からはそういう雰囲気を感じない。

「どっちかというと、なんかビクビクしてる」

「僕たちを監視しているのにか？」

「そう。だからプロの警備員じゃないと思う。エイレネの身内とか？」

自分で言っておいてなんだが、エイレネは六フィート近い長身でスタイルもモデル並みだ。シルエットだけで言うならあの小男とは似ても似つかない。だが、どこか、なにかが似ていると感じる。いったいなにがそう思わせるのだろう。男の声を聞いたわけでもなく、視覚から得た情報、すなわち見た目はまったく異なるのに、ほかのどういう条件から二人に共通項を見出しているのか。目に見えない。わからない。なんだかずっと、目に見えないもの、定義されていないものにふりまわされている気がする。ここに来てからずっとだ。

そして、約束の日はしあさってに迫っている。

「彼女の正体は、仮想通貨詐欺師ってことなんだよね。科学的に相性のいい相手を選んでマッチングさせ、恋愛させることによってリッチたちを興奮状態においこみ、その勢いで不動産と仮想通貨を買わせる。法律的にはギリギリグレーだから、だれも追及できない」

「そういうことだ。あとはエイレネの扱っている仮想通貨の銘柄さえ指定できれば、彼女が売り逃げしようとしているのか、それとも資産価値が数百倍になることを見越して、プリンスを写真で脅して資本から手を引かせたのかが証明できる」

だが、すべては推論にすぎない。いつもならミセス・ハドソンが息を吸うようにデジタルの海をかき分け裏付けをとってくれるのに、シャーリーの一番得意な戦法を見事なまでに封じ込められている。

はたして、これは偶然なのか。

（得意な……、戦法……。エイレネの、正体……）

私は二日前、ここへ無理矢理押し入ったとき、バルコニーの上でエイレネが歌っていたことを思い出した。知っている曲でもないし、歌詞もよく聴き取れなかったが、彼女がジュリアード音楽院でオペラを専攻していたこと、プリンスの口利きでイタリアやボヘミアの劇場で歌ったこともある歌手であることは確かだ。

「ねえ、あのとき、何してたの」

「あのとき、とは？」

「私がここに来た夜だよ。同じ部屋にいたよね。おそろいのガウンで」

シャーリーは私が強調したい部分を誤解したのか、実になんでもないように、

「歌を聴いていた」

とだけ簡潔に言った。

「エイレネの歌を聴いていた」

「どうして？」

「さあ、でも子守歌だと言っていた」

「あの曲はなんていう曲？」

「『ジョスランの子守歌』だ。作曲者はゴダール。よくゲストの前で歌うらしい」

「フランス語で、よくわからなかったけど、どんな歌詞なの」

「〝ここは安らぎの場所だ、二人きりで隠れてゆっくり休もう。

つらいことばかりがあるこの現世《うつしょ》でも、二人でいれば、
天瞬く星々の加護があるだろう。

だから今は、夜というベールの下で、二人きりで眠ろう〟」

私は何度も目をしばたたかせた。

「ほんとにそんな内容なの？」

「ほんとうにそんな内容だ」

子守歌なんてうそだ、と私は思った。どう内容を鑑みても、ベッドに誘ってる歌じゃないか。

「なんだってそんな状況に……」

いいかけた私の言葉は、ドアベルの音にかき消されて、中断を余儀なくされた。訪問者がいる。

「エイレネが来た」

嵐の到来を察知する野生動物のような仕草でシャーリーが顔をあげる。

「待って、私が行く」

ドアを薄く開いただけで、私は静かに息をのんだ。私より遥か高い位置にあるエイレネの顔に、知っているにもかかわらず見惚れてしまったからだ。

「こんばんは、お嬢さん方」

ほかにだれもいないようだったので、私たちは彼女を部屋の中に招き入れた。彼女は平べったくて大きな箱を二つ両手に持っていた。

「愛しいわたしのシャーリーに」

「これは？」

「開けてご覧なさいな」

シャーリーは分厚い紙の箱に手をかけ、蓋を引き剝がすようにして開けた。中に入っていたのは白くてふわふわとしたレースの……

「マリアベールだよ」

そうして、私たちがエイレネの来る直前になにを話していたのか承知しているがごとくに、私がはじめてここへ来た夜に歌っていたオペラの歌曲を歌った。

「〈天使が君の夢の中で紡いだ金の糸だ。

これを着けた君はきっとなによりもすばらしい。

眠れよ眠れ、人生はほんのまたたく間。

マリアよ、僕らを見守ってくれ〉」

「っっ、なにが天使の糸だよ、勝手に……」

「ジョー、オペラの歌詞にそうあるんだ」

言われて、フランス語に疎い私は返す言葉を完全に失い、もごもごと濁すしかなかった。

「今回も多くのカップルが生まれるだろうけれど、結婚式は私たちが一番先だ。みんな祝福してくれる」

「それは、僕が負けたらという条件だ」

「残念ながら君は負ける」

「エイレネ、あなたの正体はもうわかってる」

「だけどなにひとつ証拠はない。この神に見守られたベールの中ではなにもできない」

「いずれ夜は明ける」

「ただし長い。不幸なものほど。君はただゆっくり眠るだけでいいんだよ。主がわれらをお導きになったのだから」

「結婚したら、あなたがそのベールになるのか」

「そうだね。君の夢の中で、金の糸を紡ぎしずくを垂らす……」

(ふたりとも、なに言ってるんだ)

あまりにもポエティックな会話の応酬に、私は完全についていけない。おそらくなんちゃらの子守歌とかいうオペラの歌詞を使って言い合っているのだろうけれど、私にはその基礎知識がない。むろんきっとこれからもない。

「では、失礼するね。おやすみなさい」

エイレネが去ったあとの部屋は、光量はそのままなのに、なにかが欠けたような空気があった。それがいつも私はくやしく、いったいなんなんだろうと歯がゆく思う。

「ベールなんか持ってきて……、こんなの意味ないよ！」

てっきりシャーリーも同調してくれると思ったのに、彼女はなぜか、ベールを箱から出して椅子にかけた。

「ほっときなよ、そんなの」

「しかし、結婚式には使うんだろう。エイレネも同じベールを使うと言っていた」

「えっっ、ちょっと、結婚するつもりなの⁉」

私は驚いてシャーリーの手からベールをひったくった。

「エイレネの正体は見破ったはずだよね。証拠だって、ここを出ればすぐにわかる……」

「するのは結婚式だけだ。まだもうすこし時間を稼ぐ必要があるし、……それにプリンスは既に知っている」

スタートアップする仮想通貨が何であるのかなんて、依頼主のプリンスには興味がない。彼はあくまで、なぜエイレネが自分を拒絶したのか知りたいのだ。

「ジャミングが解かれ一時的にミセス・ハドソンと協力できても、エイレネとの約束の期限に間に合わない。だけど、最終的には僕が勝つ」

「勝つって……」

「プリンスの疑念を完璧に晴らす答えと事実をつきとめてみせる。この深い森から立ち去ればおのずと明らかになるだろう」

「なに悠長なこと言ってんの。結婚だよ!?」

私は可能な限り乱暴にマリアベールを床にたたきつけた。

「あのエイレネが、パートナーシップや婚約で満足するはずがない。サインをさせるんだよ。正式な結婚！　こんなに短い間に」

「だけど、ジョー。君も結婚した」

シャーリーのパライバトルマリンの両眼が、どこか憂いをたたえて私をじっと見つめた。

「………っ」

「君の体感的にはどうだったのかは知らないが、まさしくハリケーンのようだった。あっという間に君たちは出会い、デートを繰り返し、そのたびに計画が積み上がっていって、君はあるとき誇らしげに指にリングをして帰ってきた。大きな南洋真珠の婚約指輪だったと思う。そして言ったんだ、〝シャーリー。私、結婚するね〟」

私ははっと息をのみ、自分の左の手のひらを見た。薬指に指輪はない。たしかにマーヴィンにもらった指輪はある。パディントンの家を出るとき、彼の部屋の机の上に置いてきてしまったが。

（売れば良かった）ぶんぶんと首を振る。（いや、そうじゃない。そういうことじゃない）

私自身の結婚のスピードがあまりにも速すぎたから、シャーリーはそれを、珍しいことではないと思い込んでいるのだろうか。だとすれば私にはなにも言う資格がない。資格はないけれど、戯言《たわごと》なら

言える⁉

「じゃあ、こういうことだよ。先達《せんだつ》から言わせてもらう。スピード婚なんてろくでもない。私みたいになるよ！」

本当はこう言いたかった。けれど、恥知らずが服を着ている私ですら、シャーリーの決断に口を挟める立場でないことぐらい理解している。彼女だって私が恋に浮かれて結婚を決めてきたとき、きっと同じようなことを私に言おうとしてくれていたはずだ。愚かな私は、その気配すら気にとめてはいなかったのだけれど。

（このままじゃだめだ、なんとかしないと）

私は、自分がたたきつけたベールを拾うと、椅子の背にかけて部屋を出た。

シャーリーにとって、結婚はたいした意味をもっていないのかもしれない。彼女にはプリンスに依頼された謎を解くほうがずっと重要であり、そのために自分の身を犠牲にしても、たとえ結婚という契約を結ばされたとしても、一向にかまいはしないのだ。彼女には資産はなく、いざとなれば姉という強大な保護者がいて、たとえ国教会が発行した婚姻証明書ですら一瞬で紙くずにしてしまえるだけの力をもっている。

（シャーリーにとって、結婚とはただの紙切れだ。だけど、エイレネは？）

エイレネは、なぜシャーリーとの勝負に、わざわざ自身との結婚を条件にしたのだろう。

（シャーリーに惹かれているにしても、こんなに急ぐ必要はないはず。プリンスへのあてつけなら、シャーリーでなくてもいいはず）

そのまま別の部屋で眠る気にもなれず、私はうすぼんやりと明かりがついている階段のほうへ足を向けた。この下に飲み物やちょっとした食べ物がおいてあるパントリーがある。

階段の踊り場に、巨大な絵がかかっている。こういった古い邸宅にはいつの時代のものだかわからない住人の肖像画が飾られていたりするものだが、コンセプトに沿わないからそういったいかにもヴィンテージっぽい絵はない。今風の現代アートやパネル、よくわからないがいかにも高そうな金属オブジェや人工グリーンを使い、モダンで統一している。だからだろうか、その踊り場の一枚が目についた。

(この絵……)

険しい山と切り立った崖、木々を割るように隆起した岩肌は、何万年も前に急激な地殻変動によってつくられてから、今もなお植物の根を完全に拒絶して、巨大なナイフのように青く冴え渡っている。

(なんだっけこれ、たしか、スヴァトシュスケー・スカーリ……)

ボヘミア地方にあるという、石化した結婚行列。妖精によって石に変えられてしまった、世にも幸福な人々のパレード。

(この絵、前にも見た。たしかプリンスが王女にプロポーズしたインスタ動画に映ってた……)

あのキャンプに使われた邸宅はここではなかったはずだ。だとしたら、エイレネはこの絵をわざわざあそこから運ばせて、ここに飾っているということになる。

「なんで、こんな山の中の絵を……」

私は言葉もなく、そして階下に移動することも忘れて、じっと絵を凝視し続けた。

ふと、視線を感じて私は一階を見た。だれかがこちらを見ている。

（あの男だ。エイレネに似ている小男！）

視線が合うと、おびえたような目をしてすぐに闇深いほうへ消えた。またあの男が、見ていた。私の居場所は足輪のGPSによってすぐにわかるから、部屋に戻っていないことを不審がられたのかもしれない。

スヴァトシュスケー・スカーリ。結婚式の招待状にも使われていた写真。

（シャーリーを結婚なんてさせない。ぜったいぶち壊してやる）

エイレネがこの絵に固執する理由がぜったいにあるはずだった。石化した結婚行列。ボヘミア。意地悪な妖精の魔法。森の中。いったいどんな秘密が隠されているというのか。

（この事件はプリンスの来訪から始まったんじゃない。さあ原点に戻るんだ。ジョー。そもそも私が変だった。あんなサインを私がするはずがない。結婚になんの幻想ももっていなかった私が、〝結婚した〟のがおかしなことだったんだ！）

絵の中に表現されている極めて原始的な原生林の様子が、私のいやな過去の記憶と結びついて、ヒーティングの入ったモダンなお屋敷ではなく、もうとっくの昔に抜け出したはずの、土臭い湿った泥と油と古い布にこびりついたシミのような曇天の中に私を閉じ込める。

私の生まれた場所。私が育った家。泥の家。泥で煮ていたなにか。おはよう。こんばんは。もうおやすみ。私が捨ててきた過去。ここは新天地だ。安心して良い。粘土質と油の浮いた泥の中から半分骨になった腕が伸びてきて、子供たちを引きずり込んだりはしない。

（子供が現れたり消えたりはしないし、赤ん坊の声が聞こえては消えたりしない）

おお、そうだ。捨ててきたといえばすべてそうだ。私は遠く遠く歩きさまようのが人生だった。腐った土地から逃げてコンクリートに覆われた街へ行ったのに、そこはアルコールと犠牲と人身売買と麻薬と暴力、支配支配支配、どれかに魂を売り渡した人々が価値もないことに時間を費やすだけでなぜか成り立っていて、……そう、なぜか成り立ってしまっていて!!　たいして良い場所ではなかった。あそこに比べればここロンドンはすばらしい場所だ。人々はネットというあいまいな電波でしかつながっていないし、職場は無数にあってすぐにいれかわったし、人々は他人が去ることに対して興味をもたなかったし、正体不明の神よりテクノロジーが信仰されている。

ロンドン！　ロンドン。すてきな都会。今はもう朽ち果てて泥に沈んだ私の家から脱出するために、叔母のキャロルはリバプールの老人の家に愛人代わりに引き取られ、私は軍を選んだ。ロンドンに来たばかりのころ、初めて住んだウエストケンジントンの半地下の部屋は、いつも部屋のどこかから水がしみていて、湿気とカビと、すぐそばを通るＡ４号線からの排気ガスでろくでもなかったが、私はその狭い狭い部屋を女三人でシェアすることもぜんぜんいとわなかった。だってキャロルだってそうしてリバプールから〈家〉に帰らずに済んだのだ。私はあの半地下のすぐ近くにあるトルコ料理店で、ひたすらケバブの塊から肉をそぎ取るバイトに明け暮れながら、店の電話で彼女と話したのだ。だいじょうぶ、ここはガンジーも若い頃住んだし、飛行機を改良した十九世紀の軍人の家もあったらしいよ！　ブループラークがいくら貼りまくられていても、今はこの街を脱出して郊外に庭付きの家を買うだけの金と幸運に恵まれなかった老人ばかりが、かわらず排気ガスを吸いながら暮らす介護付きの住宅群だけれど、私の部屋を見たときだって、キャロルはあのテンションで私を抱きしめたのだ。おめでとうジョー。きっとやりきれるわ。ああ、どこもかも建物っていいわね。遠くってとってもいいものね。だれも私たちのことなんて知らないのって、すてきね！　やりきれるわ！

ロンドンに来るためには軍の奨学金を受けるしか手段はなかったが、本来なら軍という入れ物もあまり好きではなかった。ただ任務で遠くに行けることだけは歓迎した。生まれ故郷と似ても似つかない乾いた死とがれきの大地は、たとえそこで何人死のうと、仲間が、だれが死のうと、爆弾が雨のように降ってこようと、異国の言葉を話す小さな子供が人を殺すことにためらいがなかろうと、私にとってはまったく恐怖の対象にはならなかった。知らない言語や土地の風習ですら、それが知っている世界とかけ離れていればいるほど私をひどく安心させた。だって、ここは遠い場所ってことなんだから。

（すてきね。やりきれるわ）

同じ部隊に配属された兵士たちは、自分たちがいる地域の治安の悪さにいつも作戦の転換を願っていたが、私はトマト缶をぶちまけただけと言われても納得のスープを口にせっせと運びながら思っていたのだった。十年後にはきっと、ここもブループラークが貼られるだろうね。壁が残っていれば。

永久に帰りたくなかったし、帰国が決まったときはがっかりした。やることがなくなってしまったら、私はどうしていいかわからず余計なことをしてしまうたちなのだ。モルグで寝泊まりすることを選んだのは、大学生のときシェアしていたウエストケンジントンの部屋に戻れなくなったからだった。

いつのまにか知らない男が住み着くようになっていた。ばかなシェアメイトのだれかがひっかけて、依存し合ってコカインまでシェアしたのだった。

〈家〉、時々グラスゴーのタワーブロック、ウエストケンジントンの半地下、バーツのモルグ、そしてアフガン。221bという奇跡を経て、今はハムステッドのお屋敷に立っている。私、メアリー・ジョセフィン・H・ワトソン。だけどもうメアリーという名前は使わない。正式な書類上に残った私のブループラーク。

（くそくらえだ）

初めて出会った相手だとばかり思っていた。私にとってのマーヴィン、シャーリーにとってのエイレネ、そしてエイレネにとってのプリンスや、プリンスにとっての王女。けれどそれがそうではなかったとしたらどうだろう。

そもそも出会ったばかり、という状況は、お互いにとって情報の提供がまったくされていないということだ。だから、これをひっくり返せば、お互いの情報が十分に得られている状況だったとしたら……。

（逢ったことがないのに、お互いの情報が十分に得られている状況って、なんだ）

眠れずに過ごす夜なんてことは、私にはそうそうない体験だった。戦場の爆弾が降ってくるキャンプでだって、隣の部屋でドラッグパーティが行われている家でだって私は睡眠を大事にしていた。しかし時間がない。考えるための、手段をひねり出すための時間が。私を構成する意識の中の、冴え冴えとした思考の砂漠で、私はずいぶんと久しぶりにシンプルに生存のためだけの取捨選択をした。ここにくるのは何年かぶりだった。生きるために、単純に心臓を動かし続け、生き残るためだけに、さあ、だれを刺そう？


ブライオニー・ロッジにやってきて五日目の朝が来た。

ほんの少しだけ私は眠り、起きて顔を洗っていつものようにカウンセリングルームでゲストたちを迎えた。今日の夜八時、ロッジ内聖モニカ教会で、エイレネとシャーリーの結婚式が行われる。すべてはサプライズの予定で、キャンプに参加したゲストたちを盛り上げ、ライブに注目を集めるためのショーだ。それまでは、いちおう割り当てられた仕事をする。

もうキャンプも残り一日とあって、どのゲストたちもこの時間を名残惜しく思い、そして新しく得たパートナーとの、ここから出た後のすばらしい未来について心弾ませていた。

「では、お仕事はしばらく休まれて、二人きりで？」

「そうだね。こんな幸せなときになにも仕事なんてしなくてもいいと思うんだよ」

と、五十代半ばくらいの男性ゲストは言った。

「これで、娘さんたちも安心ですね」

「そうなのよ。とにかく私に幸せになってほしいってずっと言っていたからね。娘たちも彼との結婚に賛成してくれると思うわ。だってとても素敵な方なんですもの」

四十代後半のご婦人は終始目尻を下げ、頬を紅潮させて、さらに私が聞いていないことまでもぺらぺらと喋り続けた。

なるほど、なるほど。からくりさえ見えればうまくできているものだ。聴診器をあてれば面白いほどに人間の考えていることがわかってしまう。さりげない質問に彼らがどう答えるか、それが本心かウソなのかは脈を診るまでもなく明らかだし、なにより彼らの意識は自分をさらけだしたい、知ってもらいたいというダイレクションをとっている。こういう時、人は一番隠し事ができなくなるものなのだ。

朝五時に家を出て、夜七時に帰宅するエイレネはいったい何をしているのか。単純な答えだった。ゲストたちから得たあらゆる情報を売り買いしているに違いない。彼らの素性を知っているのはエイレネたち運営スタッフだけだ。だれとだれが結婚し、あるいは婚約し、親密になり、現在の彼らのポジションをさておいてパートナーと休暇に入ることは、イコール彼らが、現在のビジネスを一時的にでも手放すことを意味する。社会的地位の高い彼らがビジネスの場を離れることは、マーケットを左右する事件になる。たとえば、パートナーを得て仕事を休むといっていたあの男性ゲスト。彼が恋愛に夢中になっている間に得をする人間が必ずいるだろう。母親に恋愛をしてほしいと願っていた娘たちは、もしかしたら母親からなんらかの権利を譲渡されることを期待しているのかもしれない。あるいは、婿たちが。

そして、なによりもここで重要なキーを握るのが、女王の末息子だ。彼が新しいパートナーを得たという情報は、確実にイギリスのメディアを数年間賑わせることになる。それによって得をする人物たちが、エイレネのスポンサーの一部でもあるのだろう。

愛は無料で得られるように見えて、実はなによりも高くつくのかもしれない。愛だけがこの世に残されたアナログな価値観だというのは、実はデジタルに支配された大衆の最後の信仰なのかも。だとしたら、エイレネが作ろうとしているのは、愛という名の新しい信仰だ。

(結婚行列に向かいながら、石にされてしまった人々って、そういう意味なのかな)

我々だ。なにもかも支配され情報を抜き取られて、愛さえ売り物になる。我々こそがスヴァトシュスケー・スカーリだ。

(ばかばかしい、そんなの早くぶち壊そう)

私は、昔そうしていたようにひとつひとつ武器を操る手順のリハーサルをはじめた。手術の前は必ず医者はそうするだろうし、殺し屋も戦争屋だってそうするだろう。まずはこのジャミングという網に囲まれた危険な帳《とばり》の撤去だ。私はこの数日間ただの時計と化している私のセルフォンを見た。ここへ来る前にひとつ、アラームを設定しておいた。そのアラームが鳴るまで、あと二時間。

ここが敵の本拠地であることなんて、来る前からわかっていた。もちろんネット使用不可であることも、シャーリーがなぜかエイレネにらしくなく翻弄されていることも。だから私なりに、いざというときのプランBとCを仕込んでおいたのだ。その一つが、一時的ジャミングの解除である。

たとえば二〇一五年、イギリスのエネルギー大手SSEは五月二十日、イングランド北部にあるフェリーブリッジ発電所を廃止すると発表した。続いてスコティッシュ・パワーもスコットランド中部のロンガネット発電所を停止すると発表。火力発電への課税制度のせいで、石炭火力発電の採算性が悪化しているというのが両社の言い分で、それ以降も次々に石炭火力発電所が閉鎖されていくだろうと思われた。それによって起こるのはなにか。

停電だ。もちろん緊急停電は珍しいことではないが、すでに電力が足りていないことがわかっているのなら、政府が講じる策は計画停電である。その日を今日に設定できる権力を持っている人間を、私はただ一人だけ知っていた。

連絡手段はない。服を着た国家機密である彼女の電話番号を知っている人間はごくわずかだし、シャーリーとてミセス・ハドソンを通じてしか連絡できないようになっている。私はといえば、彼女に雇われたシャーリーの家の門番その二であるから、むろんそんな特権はもちえようがない。しかし、彼女の行動範囲についてはヒントを与えられている。シャーリーの姉ミシェール（マイキー）は、時間きっちりに行動し、週に一度立ち寄る場所がある。スパであるディオゲネスクラブだ。会員制であることから電話番号は公開されていないが、場所は知っているから時間があればそこで逢うことができるだろう。あるいは、伝言で。

緊急の場合、もしくは私がディオゲネスクラブまで出向けない理由がある場合は、〈ハロッズ〉前の〈ハリーズドルチェヴィータ〉というレストランカフェに言付《ことづ》けるという最終手段があった。マイキーは〈ハロッズ〉のすぐ近くのペントハウスに住んでおり、そこで食事をとることが日課なのだ。

『ミセス・ハドソン、私がシャーリーを連れて一週間後までに帰宅しなかったら、マイキーに連絡して。〝ダンスのステップを忘れたから踊れない〟って』

そもそも、シャーリーをミセス・ハドソンの管理外に行かせるなどという危険行為を、あの過剰な過保護妹溺愛姉が放置しておくはずがない。ということは、マイキーはなんらかの手段でキャンプを監視しているか、あるいは――

（エイレネを知っている。知っていて、放置している。彼女がシャーリーに危害を加えないという確信があるんだ）

マイキー公認の他者が自分のほかにもいるなんて想定外でしかなかったが、今となってはそうとしか考えられない。エイレネとは学生時代からの知り合い、もしくはエイレネがマスグレーヴとかいう名家の出身というのも、あながちウソではなさそうだ。

あらゆる点が不利であることは明白だったけれど、唯一私に自信を与えてくれることがあった。なぜ、そもそもエイレネとシャーリーの結婚式にマイキーは来ないのか。招待状がマイキーにも届いているなら、彼女がこんな茶番を許すはずがない。

マイキーは、エイレネの意図を正確に把握しているのだ。わざわざシャーリーを手の内に捕らえ、結婚という手段をとろうとしている彼女を見過ごす理由とは……

（あと十五分！）

ギャスビーステップの件がマイキーに伝わっていたのなら、彼女はなんとしても計画停電の日を今日の、この時間に設定するだろう。元々決まっていた停電の日程を動かすことくらい朝飯前のはずだ。

（エイレネのビジネスを、マイキーが見逃す理由がわからない。エイレネにとって、シャーリーとの結婚はたしかにメリットがある。プリンスの思惑をかわし、マイキーの身内として英国政府の庇護を得られる。つまり、エイレネは現状、英国政府の敵から狙われているということ、なんだろうか）

セルフォンを見る。時間はあっという間にむさぼられて消える。

（あと二分！）

私は自室に戻り、エイレネから大きな箱が届いていることに気づいた。開けずとも、それがブライズメイド用のワンピースだとわかった。くっそ、絶対着るもんか。食い入るようにセルフォンの画面を見た。早く、早く立て。4Gの柱。生命の階《きざはし》。神は言われた。光あれ。

（戻った！）

ふっとどこかで照明が消えたのがわかった。この時間は夕方とはいえ、まだ日は長く十分に明るいが、室内は常時明かりがついている。それが消えたのは、停電したということだ。

（ジャミング用の本体機器はさすがに直接電源をつないでいるだろうから、そこがシャットダウンすれば、いくらほかの杭がバッテリー式でもどうしようもないはず）

マイキーはこちらの依頼通り計画停電を実行してくれた。多くを語らずとも、私ごときの考えることなど、APIを消費することなくわかってしまうのだろう。さすが英国政府の間脳。時間きっちりにやってくれることで、シャーリーの結婚への強いNOという意思を感じる。そうこなくちゃ。

あらかじめ用意していたテキストをミセス・ハドソンに投げる。窓の外をふうっと大きな虫のようなものが横切った。見間違いでなければ、あれは新型のイレギュラーズ、超小型のドローンだ。すでにゲストたちの姿をとらえ、即座に身元を割り出しているに違いない。

ピロンピロン、と音をたてて、私のセルフォンが次々に情報を受信し始める。そろそろロッジのスタッフたちは、停電によってジャミングの効果がなくなったことを知るだろう。エイレネの元にも知らせが届いているかもしれない。むろん知ったことじゃない。私がなにか失態を犯したわけではないから、秘密保持契約に反して訴えられることもない。勝手に政府が、停電させたのだから。

「ああ、やっぱりあのおじさん、女王の末息子なんだ。奥さんとは離婚していたんだね」

ミセス・ハドソンからの情報はほぼ正確に近いはずだ。王子夫妻はとっくに愛情期間が終わり、別居が始まっていた。一年かけて弁護士による調停を行い、なにもかも更地にするのだろう。とはいえ、次の相手を探すにもいささか性急すぎる気がする。どうせ叩かれるんだったら、要素は少ない方が良い。きっちり離婚し終わってからでも遅くはないだろうに。

送られてくるゲストの情報は、どれもこれも私のざっくりとした推測の域を出ていないレベルで、つまりみんなセレブだった。王子ほど特筆すべき人物はいないが、銀行のオーナー一族、鉱山所有財閥、ジューイッシュ系財閥、シンガポール華僑と皆様バックボーンがたいへんに華やかだ。

本日のおすすめメニュー程度に流し読みして、私は肝心の情報が送られてくるのを待った。エイレネの手がけるローンチ直前の仮想通貨の名称だ。ミセス・ハドソンなら、難なく探り当ててくれるはず！

「来た！」

〝ブラウニー〟という通貨の詳細が、私のセルフォンの画面を、なにかの汚染物質のようにあっという間に黒く染めていく。

「妖精、通貨……」

その名称のあまりのらしさに、思わず笑いを禁じ得なかった。なんとエイレネは、仮想通貨を「妖《ブラ》精《ウニー》」と命名していたのだ。

チョコレートケーキのことではない。イギリス人なら知らない人間はいない、家の守人《もりびと》ブラウニー。家主がいない家で働き、家をきれいにする妖精だ。なぜそんな名称になっているのかは、続々と送られてくるレポートを読めば明らかだった。妖精通貨は世界中のあらゆる土地と紐付けされている半仮想通貨で、つまり担保があることが特徴だった。ある日突然暴落して紙きれも残らないデータではなく、現物があるのだ。

私は投資や不動産に詳しくはない。ハドソン・リポートに隅から隅まで目を通しても百分の一も理解できるとは思えない。しかし、概要はわかる。

送られてきたデータの中に、今後百年の気候変動についての詳細なレポートがいくつもあった。どれも極秘扱いで取り扱いに気をつけるよう警告が重ねて加えられていた。ただの不動産取引であれば、このような気候変動についての世界中のシンクタンクの調査結果は必要ないはずだ。

(紐付けられているのは、気候変動で価値が変わる山林や砂漠だ)

今はほぼ無価値とされ、うち捨てられている土地は、気候変動が進めば金を生む豊穣な畑になる可能性がある。砂漠には水が戻り、あるいは手つかずの原野や豊富な水資源が再評価され、資産になる。そのような地域がいくつかピックアップされ、エイレネの妖精通貨に紐付けられていた。

(ああ、だから、エイレネはあの絵にこだわったんだ。すべての発端が、プリンスがエイレネを故郷に連れて行ったときのあの絵から出発している)

その推論はしっくりくるにもかかわらず、私はまだ奇妙なひっかかりを覚えていた。あの生きる月光、古い時代を置いて早くに進化した生き物が、そんなセンチメンタリズムだけでこの額絵にこだわるだろうか、ということが。

「もっとほかに理由がある、気がする」

たとえば、本当にあの場所が気候変動によって価値が上がるんだとして、その場所を描いた絵を場所と紐付けて取引しているアートオークションならば話はわかる。いかにもありそうだし、結婚などというなにかあったときにめんどくさいマッチングビジネスを続けなくても、売ったらおしまいのほうがよほどビジネスとして割が良いはずだ。

けれど、プリンスがプロポーズした動画に映っていたのもたしかにこの絵だった。この絵、この場所だけがエイレネには特別なのだ。

そもそもエイレネにとってなにが一番大事なのだろう。シャーリーとの結婚を持ち出してマイキーまでも巻き込み、彼女は一体だれから逃げ、なにを求めているのか。

(このエリアの停電時間は三十分、もう時間がない)

セルフォンを使用できないゲストたちは、停電に気づいていない者も多くいるようだった。私は急いでシャーリーを探した。部屋のドアを何度もノックしたが、返事はなかった。私が無理矢理中に押し入ると、ちょうど部屋の中でどこかで見たことのあるような光景が展開されていた。

なんとエイレネがシャーリーの前で跪《ひざまず》き、リングケースを開けて許しを請うていたのだ。

(プロポーズだ!)

私はまさに妖精に魔法をかけられ石化したようにその場で動けなくなった。

「ジョー……」

シャーリーはすぐに私を見て、少し困ったように、そしてなぜか悲しげに眉を寄せた。その表情から、私はシャーリーがこの勝負に「負けた」のだとわかった。

「彼女は〝間違えた〟」

エイレネが、歌曲の一節のように言った。

「間違えた？」

私は慌てて言った。

「残念ながら、シャーリーは、わたしとの勝負に勝利することはできなかったよ」

「こんなのばかみたいだ。結婚なんてする必要ないよ！」

「でも、そうする約束だった。勝負にわたしが勝ったら」

「シャーリーの答えは？」

私はとにかくプロポーズを一秒も先へ進めたくなくて悪あがきをはじめた。

「だいたい、不公平だよね。エイレネがプリンスのことをどう思っているのか、なんて、当の本人ならいくらでもウソがつけるじゃない。たとえその通りだったとしても、エイレネが否定すればそれでまかり通る。そんなの勝負といえなくない？」

「シャーリーが言った。自分の心臓は自分のものではないが、エイレネの心臓はエイレネのものだと。時は巻き戻らず、たとえエイレネが自分と結婚をするために何度証明書にサインをしても、プリンスとの時間はなかったことにはならない。愛は石にならないと」

「……っっ」

私は言いくるめられたわけではなく、自分がジャミングの隙間を縫ってミセス・ハドソンとあれこれやっている間に、二人がそんな意味深な会話を交わしていたことにまずショックを受けた。そんなことない。シャーリーの心臓だって、シャーリーのものだ。だけど、そんなプライベートな極秘事項を、シャーリー自らエイレネに伝えていたことのほうが衝撃は大きかったのだ。

「残念ながら、答えになっていない。ヴィル・プリンス・ボヘミアの依頼は、〝そこに愛はあったのかどうか証明すること〟。そうでしょう。ドクター・ワトソン」

「……愛の証明がそんなに大事なら、私がしてあげるよ」

完全にはったりなのだが、私はそう言うしかなかった。ここでストップをかけなければ、シャーリーがあの指輪を受け取ってしまう。そのときの私はまるで、真夜中の海で津波を前にした遭難者だった。たったそれだけのことで、私の命が追い詰められていたのだ。

突然の乱入者を認め、場を仕切り直す必要性があったのだろう、エイレネはリングボックスを手にしたまま立ち上がった。

「証明、できるの？　あなたが？」

「……プリンスの質問の意味。たしかに愛はあったはずなのに、愛はどこにいったのかってことだよね。あったはずなのに消えた。あるいは見えなくなった。否定された。忘れ去られた。過去になった」

「ジョー、待て」

「〈魔法〉、なんだよね」

言葉の駆け引きなんてできないし、シャーリーがすでに推理を披露して否定されている以上、私ができることは時間稼ぎにすぎない。エイレネにだってその意図はとっくに読まれているだろう。

「あんたはスヴァトシュスケー・スカーリの絵にこだわりがあるよね。わざわざこのハウスにも持ってきているし、プリンスのプロポーズシーンを撮影した部屋にも同じ絵があった。ボヘミア地方にある観光地だっていうけど、実際そんなにメジャーじゃないし私も知らなかった。そんな絵にこだわる理由ってなに？　石化した結婚行列、妖精によって石に変えられてしまった、世にも幸福な人々のパレードってどういうことかなってずっと考えてた」

キャンプに集まる、出会いを求めているセレブたち。

暗号通貨が本業らしい富裕層専門の弁護士。

怪しく美しい主宰者エイレネ。

挙動不審なシャーリー・ホームズ。

愛の冷めた夫マーヴィン。

そして愛の冷めた妻である私。

愛が冷めたと言えば、ゲストもだ。女王の王子ですら、私のように愛が冷め、また新たな愛を求めている。

（おかしなことばかり、だって、愛が冷めた人間が多すぎるんだ！）

「愛はあるけど、〈魔法〉なんだ。そういうことだよ。あんたはそれを売り物にしてる。どんな方法だか具体的な技術はわからないけれど、あんたには〈魔法〉が使えるんだ。『真夏の夜の夢』の妖精のように」

シェイクスピアのことは詳しく知らなくても、『真夏の夜の夢』が、魔法にかけられた男女が愛し合うことで生まれるドタバタ劇だということくらいはわかる。

「いっつも思っていたことなんだけど、あんたたちみたいなインテリセレブやシャーリーやマイキーみたいに生まれもアッパーミドルクラス以上だと、自分のハンドルネームを付ける時すらバカになれない病にかかってる。ふつうにアイラブストロベリーパイだとかホープファイアービーチライフとかにすればいいのに、どこか自分を高く賢く意味深に表現することにこだわってしまう。インスタのアカウントですらね」

moonlight_road333に凝縮されたエイレネの本心は、ここではないどこかに行きたい願望と降ってわいた幸運だ。プリンスはムーンライトロードを見るのが好きなエイレネのために世界中を旅したと言っていた。

「あんたのような人間は匂わせですら高尚ぶっちゃうものなんだよね。『真夏の夜の夢』だとわかりやすすぎる。でもスヴァトシュスケー・スカーリなら？　あんたはこのキャンプで生まれた愛が茶番で、いずれ石になることがわかってる。その答えを示すためにあの絵を飾ってる。そしてあれはSOSでありメッセージだ。それにプリンスは気づいたからこそあの絵が今回のキャンプにも飾られていたかどうか知りたくて、シャーリーをキャンプに送り込んだ。シャーリーから報告を受けたプリンスは確信するはず。自分が幼なじみの王女にプロポーズしたことは、妖精パックの惚れ薬のせいだったと。そして、私もそうだよね」

はったりを口にしていたはずが、だんだんと言葉を進めていくごとに、妙な確信にかわっていった。そうだ、私だってその惚れ薬の被害者だ。マーヴィンと私は妖精の惚れ薬によってまがいものの恋に落ちた……

「もしかして、はじめから目的はシャーリーだった？　私が邪魔で、221bから追い出すためにマーヴィンを利用した？」

体のどこからか、怒りにも似た熱が急激に湧き上がってきて、私の足をシャーリーのほうへ動かした。私は彼女の元に早足で駆け寄り、エイレネとの間に立った。

「私がいなくなったあと、シャーリーに近づいて、結婚をする。そうすれば公的な立場を得てマイキーの保護を得られる。そのためにはプリンスが邪魔になった。それで私とおなじようにプリンスに魔法をかけて……」

後戻りができないように、わざわざインスタライブを流させ、相手にスーパーロイヤルを選んだ。エイレネの目的がはじめからシャーリーを手に入れることだとしたら、プリンスが自分の急激な心変わりに戸惑い、疑惑を抱いたことへの答えにもなる。

「でも、どこかしらに愛情は残っていたから、ヒントを残した。それがあの絵だよね。あんたは自分がやったことに少しは罪悪感をもっていたんだ。だから、スヴァトシュスケー・スカーリだった。意味がわかるのはプリンスだけでよかったから、わざとあの絵にした……」

「ジョーが正しい」

耳のすぐそばで声がした。シャーリーは私の横にやってきて、私の手を握った。冷たい。彼女らしい、いつもの彼女の体温だ。妙な熱に浮かされてはいない。

「ジョーの言うとおりだ。エイレネ、あなたは助けを求めている。恋《こ》うているのは僕の愛じゃない。その指輪も……」

エイレネがプロポーズし損ねてにぎったままになっていたリングボックス。そこに収まっていたのは大粒のつやのある真珠の婚約指輪だった。

「僕への愛の証じゃない。SOSだ。伝えたいのに言葉にできない。ジャミングされているのは僕たちばかりではない。あなたもだね」

「えっ、なになにどういうこと……?」

私は先ほどの強い怒りのような意思はどこへやら、あっという間にいつもの挙動不審な私に戻って視線をきょろきょろさせた。

「当初、プリンスを出資者として始めたマナーハウス売買ビジネス、そして不動産に紐付く仮想通貨のスタートアップだけなら、僕と急いで結婚をする必要なんかない。プリンスを脅してまで出資から手をひかせ、まとまった金まで手に入れたのは、君自身が危険を感じているからだろう。おそらく途中でビジネスの方向が変わった。だれかほかに黒幕がいるはずだ」

「シャーリー。そんなこと考えてたの?」

「……君は僕が、エイレネに入れあげて彼女の言うとおり、望むままいいなりになるとでも思ったのか?」

「だって……」

実際、シャーリーの脈は速くいつもより体温も高く、目の中は揺らいでふわふわしていた。心臓移植のせいで日頃から薬漬けで半電脳世界に生きているとはいえ、まるで麻薬常習者のようだった、と言いかけて慌てて飲み込んだ。冷ややかな視線を返されることが明らかだったし、ここはまだ敵陣のど真ん中だ、余計なことは言うべきではない。

「君もまた、だれかに脅迫されている。一刻も早く高飛びしたいところなのに、この茶番劇をつづけなければならないなにか重大な理由があるんだ。僕はそれが知りたい。知りたくてたまらない」

「そのために、プロポーズも受けるつもりだったの⁉」

なんでもないことのようにシャーリーが肩をすくめる。

「指輪が欲しかった」

「シャーリー⁉」

「僕に指輪をくれるか？　エイレネ。さあ続きを」

なんと、シャーリー自ら、私がわざわざ中断させたプロポーズを再開しようとしている。私は思わず叫び出しそうになった。というか実際叫んだ。なんてこった。

「何バカなこと言ってるの。指輪をもらったらどうなるか」

「結婚するんだろう？　教会で。そのためのドレスもさっきもらった」

「もらったって！　そんな他人事みたいに」

シャーリーは片手でドアでも開けるように私を押しのけ、エイレネとの距離を詰めた。そして自ら左の手を彼女に差し出す。

「結婚式に流す曲は、あの曲がいい」

「『ジョスランの子守歌』かな?」

「いつも安息の地を求めている君にぴったりだと思う」

「そうだね。じゃあそうしよう。今夜は君のために歌うよ」

私の見ている前で、エイレネは再び優雅に膝をついた。長い長い旅をしてきた黒鳥が羽根を閉じるようにして跪き、月光を煮詰めてつくられたかのようなひとしずくの真珠の指輪を取り出した。

「シャーリー・ホームズ。どうか、わたしを受け取って」

そこはまさに夜、月の光に照らされた二人だけの空間で、私はその天然のスポットライトから完全に除外されていた。

シャーリーはそれに何も答えず、黙って指を差し出すままにしていた。エイレネは承諾だと受け取ったらしい。指輪をシャーリーの薬指にはめた。そのプラチナの指輪は吸い込まれるように薬指の付け根にぴったりと収まり、私はなぜかシャーリーの心の隙間が埋まった気がして泣きたくなった。どうして、なぜこんなことになるの。

「さあ、あとは祭壇の前にいくだけだ。好きな格好で来てくれてかまわないよ」

「もらった服で行く」

「うれしいな。君のために選んだんだ。似合うと思って」

私は素早くテーブルの上に無造作に置かれたままの箱に視線をやった。愚かな私にはそれがどんなブランドのものか、どこの店のものかわからなかったが、なんか高そう! ということだけはリボンの光沢から察した。ロゴだけで見分けている私の限界である。

「着付けのためのスタッフは呼んである。わたしはシンプルな白のスーツだよ。花も白で」

「なんでもいい」

「それじゃあ、あとで。教会で待っているね」

エイレネはシャーリーの手に光る真珠に口づけると、私の方を一顧だにしないで部屋を出て行った。

「なんで」

私が異論を口にする前に、シャーリーが視線でそれを押しとどめた。

「ジャミングを止めた？」

「あ、う、うん……」

「ミセス・ハドソンと連絡は」

「えーっと、とれた。停電は三十分間だったから、もう復活してるけど。でもゲストの顔と経歴と背景の照会は終わったし、エイレネのスタートアップも」

「妖精通貨のことは重要じゃない」

すでにミセス・ハドソンとやりとりを済ませているらしいシャーリーは、私が四苦八苦してジャミング網を破ったことなどまったく意に介していないようだった。

「えっ、それだけ？　ジャミング解除するの、たいへんだったんだよ!?」

「君のことだ。ここに来るまでにできる限りの手は打っておこうと、マイキーに頼んで停電時間を指定したんだろう？　今のロンドンの電力供給状態は不安定だ。我々は情報から遮断されているから気づかなかったが、ＢＢＣニュースにもなっていたから、市民はいつものことだと思うだろうな」

「……そ、そうだけど」

この世につながっていない海はない。ゆらゆらと意識を電脳の海に沈ませ、一瞬でこの世界の情報を得ることができる電気クラゲのようなシャーリー・ホームズ。彼女にとっては目に見えていない範囲でも、私の行動などお見通しのようだ。

「まさか、本気でエイレネと結婚するわけじゃないよね」

私は彼女の左手の薬指をにらみつけながら言った。

「フリをするだけなんだよね。サインはしないでしょ」

「婚姻証明書にサインをするのが、結婚だと認識しているが」

「そんなのだめ！　そもそもシャーリーがどうして結婚するのさ」

「目の前で見ていなかったのか。僕が望んだ」

「そん……」

「君もそうだった」

私は後頭部を銃身で殴られたときのような衝撃を受けた。まあ、なぜ銃身かというとそういう経験があったから。鈍器で殴られたことはなくても。

「……それは蒸し返さないで。あれはきっと、なにか理由があるから」

「君が言っていた〈魔法〉か」

「こんなにも都合良くみんな恋に落ちて、結婚までつっぱしって短期間で別れるなんて、そんなことある？　いや、あるかもしれない。みんな求めていることだから、実際に自分の身に起こったら、脇目も振らずに暴走してしまうのかもしれない。でも変だよ」

「なにがおかしい」

「なにもかもだ！」

私は、自分たちの上に張り巡らされた目に見えない網をぶち壊そうと声を張り上げた。そんなことをしてもネットはもう使えなくなっているし、〈魔法〉の正体がわかったわけではない。

「どうしてエイレネと結婚するの。たとえ、エイレネのビジネスに黒幕がいて、さっきシャーリーが言ってたみたいに彼女がだれかに操られているんだとしても、シャーリーがどうしてそこまでしなきゃいけないの」

「したいんだ、僕が」

私はシャーリーのパライバトルマリンの瞳をじっとのぞき込んだ。不思議なことに、ここへ来たときに水面に映った月のように揺れていた眼球は、今はぶれもせずはっきりと私の目を見つめ返していた。

「エイレネが望むなら」

「わかんないよ！　なんでさ」

それが愛だから。それが一瞬で落ちる恋の、途方もない原動力だからといわれれば、人類にはもう否定するすべはないにもかかわらず、私はスーパーでおもちゃを買ってもらえず転がるだだっ子のように首を振り続けた。

「たかだか結婚だ」

「いやだよ！　絶対にいや。どうせシャーリーにはすべてわかってるんでしょ。私がジャミングを破ってミセス・ハドソンにデータをもらって悦に入ってる間、もっと重要な情報を分析してたんだ。だけど、これが私たちの策略だって気づかせないように、エイレネのプロポーズを受けようとしてた。人があっけなく他人を愛する〈魔法〉の正体だって、きっとわかってるんだ。プリンスの依頼も、エイレネの正体も、エイレネを動かしている黒幕も、わかっているけど、まだ知的好奇心が満たされなくて、それで情報がほしくて、確証を得たくてエイレネの望むショーに付き合おうとしてる。ただそれだけなんでしょ。エイレネを好きなわけじゃない。結婚したいほど愛してるわけじゃない。なのに、なんでそこまで……」

「君が！」

シャーリーの指輪をしていないほうの手が、とっさに私の二の腕をつかんだ。それがいつもは非力な彼女にしては思いのほか強く、痛みを感じるほどで、私は驚いて口をつぐんだ。

「君が、言ったんだ。ジョー！　君が……!!」

彼女の顔が、息がかかるくらい私の目の前に近づいた。

「私が？」

「君が、僕に、心があるなんて言うから……っ」

一瞬、彼女の言葉が知らない異国の言葉のように感じられたのはなぜだろう、と私は思った。その次の瞬間には、私の脳は正確に彼女の発した英語を分解し、意味を正しく理解して吸い込んだと思う。

「僕にだってできると思うじゃないか。どんなものなのか、知らないことを、知りようもなかったことを。僕から君を奪ったものを……」

彼女が吐いた息を、私はそのまま吸い込んで、肺をすべて満たしてしまいたいと思った。つかまれた腕が痛いのではなく、もっと痛がっている部分はほかにあった。息を吐いても、吸い込んでも苦しかった。罪悪感で打ちのめされて、何度も蘇生されては心臓をナイフで突かれているようだった。

「シャーリー……」

彼女が私の腕から手を離すのと同時に、一歩後ろに下がった。私は自分の頬が上気しているのを感じた。生きるため微増築を繰り返した自分自身の組織の中で、一番古くてきしみのあるドアが、本当にひさしぶりにうっすらと開いた音がした。

「今日の結婚式を最後のイベントに、アビーキャンプも終わる。ゲストが帰れば状況も動くだろう。今は敵の出方を見るときだと僕は思う」

帰ってくれ、という意味を込めて、シャーリーは私から視線を大きく外した。それと同時に部屋にノックの音が響いた。エイレネがよこしたヘアメイクと着付のスタイリストだろう。

私は黙って、彼らと入れ替わるように部屋を出た。かろうじて動いている頭で時間を確認する。午後六時。結婚式は七時からだ。ブライオニー・ロッジ内、聖モニカ教会にて。

——君が、僕に、心があるなんて言うから……っ
「う、っぷ……」

軽くえずいた。口の中に、毒と同時に甘くて生きるために必要な情報がねじ込まれる感覚。思いも

寄らない情報の波にのまれて処理できない。エデンで最初にリンゴを食べたとき、二人はきっとこんなふうだったに違いない。

あるいは白雪姫は、愛を知りたくてリンゴを食べたのかもしれないと思った。

＊

ロンドン停電はなにごともなかったかのように終わり、ブライオニー・ロッジは再び見えない金の光の網で覆い尽くされた。

とはいえ重要な情報を十分に得ていた私は、この先どうすべきか、どう動くべきかを私の部屋に届けられていたブライズメイド用のワンピースの箱の上に尻を下ろしてじっくりシュミレーションしていた。

肝心要《かなめ》のシャーリーが、エイレネとの結婚を大事《おおごと》だと受け取っていないこと（書類上のことだと思っているふしがある）。エイレネに対してなんらかの興味があり、それが自身の婚姻状態よりも優先されることなどから、このまますんなり結婚証明書にサインをしてしまう可能性が高いこと、など。

（そうはさせるもんか。絶対阻止してやる！）

どんな手を使っても結婚式をぶち壊す意志を固めた私は、支給されたブライズメイドのワンピースではなく、こんなこともあろうかと、例のゲートキーパーの小屋経由でミスター・ハドソンに届けてもらった、着慣れたユニクロのデニムレギンスにハイネックのセーター、愛用の拡張機能型タクティカルベストを装着した完全戦闘スタイルに己を仕上げた。アフガン任務のために支給されたいくつかのボディーアーマーのうち、私が特に気にいっていたのがこれで、リドカインも止血のためのチューブも輸液パックもぜんぶ収納できるすぐれものだった。そこに注射器を収納する。ドクターとして支給された医療用器具のうち四本ほどくすねておいたのだ。

（さすがに相手を切り刻むわけにはいかないし、今日はこれだけでもいいか）

これ、とはキッチンで盗んだディナーナイフである。私は普段、足を負傷して以来の友である伸縮式PR‐24Xサイドハンドルバトンを護身用に持ち歩いているが、当然ながら武器のたぐいはなにひとつロッジ内に持ち込むことはできなかった。あの、ペンのように収納できるが頭部分を親指で押さえながら振り下ろすと長さを四倍にまで伸ばすことができるバトンは最高に便利なのだが、とりあえずこの粗野なナイフでしのぐしかない。

こと十九世紀に入ってから科学の進歩はすさまじく、すべての発明は後に人殺しのために資金が投入される。人類の歴史はすべからくそうだ。スタンガンの威力は信頼できるし自分でも便利だとは思っている。が、しかし、やはり昔から扱い慣れた物理攻撃用の武器は手になじむ。訓練が必要な複雑な機械より、どの家の食卓にもあるものが、最も弱者を救う武器となるのだ。

息を吸う。靴紐をもう一度結び直して、私は部屋を出た。すでにゲストたちは敷地内のウェルカムスペースに向かったようだ。聖モニカ教会とは、どうやら私たちがカウンセリングを行っていたあの元礼拝堂のことらしい。「あと百九十秒」

カランカランと控えめなベルの音がなった。午後七時。とはいえまだ空は明るく、やや黄昏《たそがれ》がかった程度の夕映えが、祝福をする天使の黄金のベールのごとくハムステッドの丘陵《きゅうりょう》を包み込んでいる。天使、天使ね……

「あと百六十秒」

やや早足で礼拝堂に向かう道すがら、ゲストにシャンパンとフルーツを振る舞っていたスタッフが、私の姿を見てぎょっと目を見開く。そんなことにはおかまいなしに私は片手でシャンパングラスをむしり取り、一口で中身を飲み干し、玄関ホールに用意されていたウェルカムフルーツの中からブラムリーアップルをつかんでかじった。甘さよりはすっぱさが口の中に広がって、これから行おうとしている行為をより明確にさせる。さあ、行くぞ。やれ、ぶちこわせ、狂った結婚式を、ショーを。そのために聖なる儀式がスキャンダルになっても望むところだ。

「あれ、ジョー、どうしたんだい？　その格好は……」

私と同様式へ向かおうとしていたらしいマーヴィンが、血相を変えていた私を認めて慌てて駆け寄ろうとした。私はそれをぶつかってくる鳥でも避けるようにして躱《かわ》し、口の中で残りの秒数をカウントダウンする。あと百三十秒。百二十五秒、百二十秒……

礼拝堂の扉は大きく開けられていた。この日ばかりはゲストたちもセルフォンを返還され、堂々と動画の収録を行いながら、今から始まるリアリティーショーのクライマックスについて興奮ぎみに話していた。驚いたことに、その場にいた結婚式のゲストは、キャンプの参加者たちだけではなかった。今日のこの日のために、エイレネは外部からおそらく彼女のビジネスに好意的なインフルエンサーたちを呼び、場を華やかなショーにしたてあげていたのだった。おそらくボヘミアン・プリンスのプロポーズシーンが都合良く中継されたのも、こういった最新の仕込みのおかげなのだろう。

（ああ、わかるよ。あなたたちの指がこれからどんなコメントを書き込み、どんなハッシュタグをつけていくかが）

『式が開始されましたら、ネット環境を解放いたします。ゲストの皆様はご自由にライブを配信してください』

エイレネはシャーリーとの結婚式をライブ実況させることによって、ある種の既成事実を世界中にばらまこうとしている。それは、彼女の命を狙っているだれかに、自分の伴侶の後ろには英国政府がいるぞとメッセージをつきつけるためなのか、それとももっとほかに意図があるのか、そこまではわからない。

（このタイミングでネット環境を解放するってことは、もしかしたらエイレネは計画停電のこともお見通しだったのかもしれない）

知られてもいい情報をもったいぶって隠すのも戦略だ。私はまんまと彼女の手のひらで転がされていた。そしてまだその手の内から出ていない。

（賢い人間と賢さで渡り合おうとしたって無駄だ。そんなことは知ってる）

私は自然と、標的からは視認できないが、こちらからは動向を確認できるポイントに身を潜めていた。礼拝堂は古い石造りの回廊にぐるりと取り囲まれ、薔薇と藤と蔦《つた》に包まれた緑のトンネルから西日が差し込んでいる。ここがバージンロードだ。そしてその回廊の奥、靴が沈むほどの白い薔薇と木蓮の花びらで埋まっている先の祭壇までよく見渡せる。

（エイレネ）

思わず息をのんだ。

黄昏時の礼拝堂。昼と夜の境目では時間の流れがあいまいになるのか。降り注ぐ光のたもとにエイレネが立っていた。なんと全身スケルトンレースのイブニングコートを身にまとい、トレーンがたっぷりあるマリアベールをかぶっている。レースの下はおそらく素肌で、ほとんどの部分で肌が露出しているにもかかわらず上品さを感じさせるのは、デザインと、彼女自身のもつ抜群のスタイルのよさから来るのだろう。

彼女がむき出しのまま握っているのは数本の真っ赤な薔薇。石肌をも染める強烈なまでの金色の光の中で、ただその赤だけが生々しく、生命の脈動を感じさせた。

私は腰に手を当てて、いくつか深呼吸をした。式が始まる合図を見逃さぬよう、自分の心臓の鼓動からも意識を外した。あと六十秒。

今までざわついていたインフルエンサーたちが黙ったのは次の瞬間だった。

（あ、またこの曲）

音楽が聞こえる。エイレネの声だった。いつだったか、忌まわしいまでの深い夜に聞いた歌曲だ。『ジョスランの子守歌』。なぜだかその歌にふたりがこだわっているように思えて、ミセス・ハドソンに情報を求めた。フランス人が書いた、フランス革命のオペラで、今はもうほとんどの人に忘れ去られ、上演されることのなくなった演目だということくらいしかわからなかった。私が引っかかったのは、あの歌曲のどこか死を思わせる不穏な歌詞と、安らぎへのあまりにも強い羨望《せんぼう》だった。オペラの主人公が聖職者で、あらゆる税金特権のあった階級への攻撃がやまなかったフランス革命から命からがら逃げ出した逃亡者の物語だと知ったとき、その意味がなんとなくわかった気がした。

偉大なる神の安らぎのたもと　人々の喧噪からも逃れて
まるで聖なるしずくがゆっくりとたゆたうように
私たちは日々を過ごした　だれかに助けを請い願うこともなしに

エイレネの声が響き渡ると、今までおしゃべりに興じていたゲストたちが、号令がかかった兵士のようにぴたっと口の動きをとめた。金色の帳《とばり》に満ちる荘厳な賛美歌ならぬ、忘れ去られた子守歌。緑のトンネルをくぐって、花嫁が現れる。エイレネと同じレースの色。ドレスというよりは修道女の服のシルエットそのままにレースで仕立てたシンプルなラインに、ベールはなく、髪に花冠をかぶったシャーリー・ホームズだ。遠目から見ると、マリアベールをかぶっているエイレネのほうが花嫁に見えるかもしれない。

もし、これがシャーリーの結婚式ではなかったら……、私がただの浮かれた参列者で、ゲストたちと同じようにインスタライブ実況を楽しむ側だったのなら、これぞ現代にふさわしい聖なる儀式の新形式だとでも言い表し、褒め称えたことだろう。どちらも伝統的なスタイルでありながら華やかで、白で統一され、性別を示す小物を交換することで、人の器をまとって生まれることではめられてしまう型から逃れ、あらゆる境界線をあいまいにしている。

茨《いばら》と花の王冠をかぶりバージンロードを歩いてくるシャーリーは、この私でも思わず見とれてしまうくらい美しく、生命の輝きに満ちていた。ゲストたちの視線と、視線の代わりにいっせいに持ち上がるセルフォンと、せわしなく動く指。紡《つむ》がれる＃《ハッシュタグ》シャーリー・ホームズ。＃ウエディング。世紀の結婚。あっという間に埋まっていくコメント欄。なんて美しいの。お似合いのカップル。トランスジェンダー差別反対！　幸せを祈る！　どうせやらせだろ。くだらない。まさにリアリティーショー。ひどいスキャンダルだ。今時ロンドンで結婚なんて。イメージ戦略。探偵の売名。あのドレスどこで売ってるの。メイクが素敵。なんでもいい、続きを見せて!!

シャーリーはひとりだった。笑顔もなく、花束もなく指はからっぽで、文字通り身ひとつだった。彼女がだれからも引き渡されなかったことで、私は改めてマイキーがこの場にいないことの意味をかみしめた。エイレネがマイキーにあの招待状を送っていないことなどありえないし、マイキー側でもこの結婚式の存在を察知していないわけがない。つまり、マイキーは知っていて、一緒にバージンロードも歩かないし、かといって止めもしない。

（ただ、私のお願い通り、停電時間を動かしてくれた。結婚には反対だけれど、それを表立ってシャーリーには言えない理由が、マイキーにもある）

エイレネが捧げる歌が終わり、シャーリーは祭壇の前で彼女に向き合った。なんとも美しく完璧な一対。月と電気。夜の中の昼。進化した人類と半電脳探偵。今日限りで役目を終える生花の飾りと、ロンドン大空襲を生き延びたステンドグラス。なにもかもが相反する中で生まれた強烈な引力の結果、人はそれを結びつけるための儀式を生み出した。それが結婚。

けれど、そこには招かれざる客だっている。私は今こそ、幸せな結婚行列を魔法で石に変え、何千年も見世物として雨ざらしの中においた残酷な妖精になろう。

（誓いのキスなんか、ぜったいさせない）

なにごとも計画通りに行われるわけではないし、これはそもそもロケット打ち上げでも軍事作戦でもない、私が考えたおおざっぱな妨害だ。だから、予定時間を過ぎても計画通りの事態にならなかったことに対して焦りはしなかった。プランAがだめならB、BがだめならCがある。私の人生はつねにプランDで、選択肢があることだけでラッキーだったのだから。

（あと十秒！）

「こんばんは。シャーリー・ホームズ」

エイレネが言った。あいかわらずなにをしゃべろうと歌のように魅力的な声だった。

「もう一度出会えてうれしい。心の底から。本当ですよ」

「聞き覚えのある声だと思った」

それは、今から聖なる儀式を執り行おうという祭壇で交わされるにしては、奇妙な会話だった。

「よく、あのときのわたしだと信じてくれましたね。前に会った時とはまるで違う姿だし、芝居にも慣れている。なにもかも変わってしまっている」

「僕にとっては、さほど重要なことじゃない」

ベールをかぶったエイレネのほうが背が高いというのに、シャーリーはあくまで冠にふさわしく、この場の主だった。

「ただ、今がすべての十字路だと思うから傍観者でいることをやめたんだ。これは対価だ」

ふたりの間の会話はなぞなぞのようで、参列者たちにもいまいちぴんときていないようだった。ただ、人というものはすべての情報ではなく都合の良い部分だけをピックアップしてつぎはぎする能力に長けているので、きっともう一度出会えた、とか、傍観者でいることをやめた、とかいう、ロマンチックなワードだけを額面通り受け取っているのだろう。

「なにもかも夢かと思える」

「夢を見ていたのは僕だ」

「そうだね。出会っていた。ずっと同じものを共有していた」

ふたりの口が、まったく同じ動きをして、同じ単語を紡ぎ出した。

「『ライヘンバッハで』」

今思えば、それがすべての〈トリガー〉だった。

「ちょっと待った――――!!」

私はこの不可解な状況を中断する人間ジャミング装置になるべく。その場で声を張り上げた。一斉に人々が声の主をさがして視線ではなく、棒付きのセルフォンを右に左にゆらし、妨害電波であるところの私を探す。

「結婚反対！　絶対反対!!　だれになんと言われようと反対!!」

ゲストたちのセルフォンが一斉に私のほうを向いた。ああ、見ずとも彼らのライブのコメント欄が見えるようだ。#だれか来た　#探偵の助手だ　#ジョー・ワトソン　#シャーロック・ホームズの作者、まさかの相方の結婚式に乱入　#X登場　#やっぱりふたりはカップルだったんじゃない!?

「ジョー、なにをしている」

本気で私がこの場に現れた意図を理解していないらしく、シャーリーはどこまでもきょとんとした顔のままで、あまりにもシャーリー・ホームズらしいと感心した。

「それはこっちの台詞だよ。いいかげん、こんな茶番につきあうのはやめて」

「僕は結婚する」

「だめだよ！」

「自分から望んで、ここにいるんだ」

「だから、それは愛の在処《ありか》なんかじゃないってば！　シャーリーには心があるけれど、それは必ずしも愛の証明になんてならない」

「愛の証明は必要ない」

「だったら、なんでそこにいるのさ」

「確信を得たいからだ。僕の、生の」

生存の、と彼女は言った。確かに。しかし、その言葉は思いもかけない騒音によって他者に伝わることなく、さりとて私が次のアクションに移る暇もなく、大きな展開が訪れた。

「デイヴィッド・ピーター王子いますかぁ。デイヴィッド・ピーター王子!!」

しばらく前から礼拝堂の外で響いていたエンジン音に続いて、声とともに大勢の闖入者が現れたのである。

「あー、こっちもデイヴィッド・ピーター王子だ。Wahakaを頼んだよね⁉」

「デイヴィッド・ピーター王子‼　ああ、これってほんとに王子か？　ピザを頼んだよね」

洪水のように流れていくコメントよろしく、女王の末息子の名前が連呼され、つぎつぎにフードデリバリーが届き始める。今度はウーバーイーツだけではない。ロンドンで珍しくアメックスポイントのたまる外国人に人気なJust Eatの宅配人もいるし、ヴィーガンやハラル料理も扱っているDeliverooだって来た。ここで、ミシュラン星つきのハイエンド専門レストランSUPPERがいないのは、私のちょっとした心遣いだ。王子は感謝して欲しい。

突然、ロンドン一有名な探偵の結婚式に、武装した助手が乱入してきたと思ったら、次の瞬間にはデイヴィッド・ピーター王子のオーダーした料理がどんどん届き始め、礼拝堂内にメキシカンやブラジル料理の匂いがたちこめ始める。その数ざっと三十人はくだらない。あっという間に狭い堂内は大混乱になった。

「ちょっと、王子、いるんだろ。受け取れよ。指でいいからサインして！」

「置いて帰るぞ！」

こうなるともうだれも私を見ていない。当の王子といえば、さっきまでは新しい恋人と上機嫌でいちゃつきながら祭壇を観覧していたというのに、今は両手で顔を隠しながらなんとかライブに映るのを逃れようと必死で身をよじらせている。

（同じ手を二度使うのはバカだなんて、だれも信じちゃいない。有効な手は何度だって使えるし、むしろ二回目からが本番だ）

ジャミング装置をかいくぐってミセス・ハドソンとコンタクトを取った際、私がオーダーしたのが、服とこの結婚式を妨害する宅配業者の群れだった。一度目はゲートを突破するためだけに破れかぶれでやってみたが、思いのほか有効だったのでちょっと手を加えて再活用することにしたのである。思った通り、今日はゲストが出入りするスペシャルな日なので、いかにもなフードデリバリーはゲートを通され、連呼されるデイヴィッド・ピーター王子の名前の威力はなかなかに衝撃的だ。きっと今頃、コメント欄は「デイヴィッド・ピーター王子だって？　まじで女王の息子がいるのか？」的な野次が、大家族が〈テスコ〉でまとめ買いしたときのレシートのごとく、とめどなく流れ流れて読めもせず、セルフォンを取り戻し、恋に浮かれきったゲストたちが、彼らの好奇心に応えようと、なんとしても王子を写そうとしているだろう。実際、会場ではさまよう自撮り棒と自撮り棒が、さながら熱いフェンシングの試合のように火花を散らしてぶつかり合っている。

到着までのカウント的には、オーバー七十秒。誤差の範囲内だった。今更ながらにミセス・ハドソンは優秀だ。

そして、このままでは終わらないのが本当のジャミングだ。デリバリー野郎たちの波はいずれ引く。そして、エイレネの指示で本物のジャミング装置が復活し、インスタライブは強制終了されるだろう。

「え、なんで。ネットがつながらない！」

「もう、せっかくフォロワーが千人も増えていたのに！」

「話が違うじゃないか！　ライブをさせてくれるはずだろ」

セレブゲストたち以外の、今日のこの日のために呼んだインスタグラマーやユーチューバーなどのインフルエンサーたちが、口々に不満をあげ始めた。いいぞ、いいぞ、もっと騒げ。喚《わめ》け。バカみたいに非難するんだ。脊髄反射のように。虫のように。火の中へ飛び込め。ああ、まったく計画通りだ。インフルエンサーたちの不満と罵《のの》る声、王子の名前を連呼するフードデリバリーたち、戸惑うキャンプのゲスト、逃げようとする王子とそのお相手、もうだれも、祭壇のカップルを見ていない。むろん、私のことも。

さあ、エイレネはどこまでこの事態になることを読んでいたのか、私はじっと彼女の視線がどう動くのかを注視していた。たいていの人間は、思いもかけない事態に陥るととっさに大事なものを確認してしまう。不意打ちやゲリラ戦が有効なのはこの無意識下の防御本能のせいで、初動が遅れることにある。初手を封じれば選択肢は半分以下になるものだ。

ところが、礼拝堂内のひどい騒ぎを見ても、それが自分の結婚式という晴れがましい舞台であるにもかかわらず、エイレネの表情は少しも変化しなかった。変わらず、教会に掲げられた古い絵の受胎告知をする天使のような微笑を浮かべて、証明人に向かってなにか言った。私はそのそぶりだけで、彼女が結婚証明書にサインをしようとしていると悟った。

シャーリーがあのペンを取る前に、なんとか妨害しなければならない。

「させるかあああっ」

私はライブをしていただれかの自撮り棒をつかみ上げると、そのまま最大限に引き伸ばし、シャーリーとエイレネの間にある白百合の生けられた大きな花瓶をかち割ろうとした。そのとき、

「スコットランドヤードだ！」

ばらばらと荒々しい足音が響いて、明らかにこの華やかな場にふさわしくない色彩が入り口近くから押し寄せてきた。よく知っている警部、レストレードの顔も見える。この時間に息子をどこに預けたのだろうとか、余計なことが気になってしまった。

(やっと来た！ 遅いよ、チームエンバンクメント《スコットランドヤード》！)

私の結婚式妨害計画は二段構えだった。まずデリバリー軍団を呼んで王子の所在を明かし、インフルエンサーに騒がせて混乱を招く。エイレネはすかさずジャミングを開始してライブを中断させるだろう。そうして騒動が起こることを見越して、あらかじめレストレードに、この礼拝堂に踏み込むように要請しておく。

さすがに警察に来られては、結婚式は中断、インフルエンサーは撤退を余儀なくされるだろう。そして、ここまでは予測していなかったであろうエイレネの視線は、今度こそ、このアビーキャンプビジネスの根幹である〝なにか〟に向くはずだ。

初めてエイレネがシャーリーから視線を外したのはその瞬間だった。彼女は間違いなく、椅子と椅子の間にうずくまるようにして身を潜めている女王の末息子のほうを見たのだ。

(王子だ、エイレネの狙いは王子が握ってる!?)

私はどこかのだれかのセルフォンがついたままの自撮り棒を振り下ろす先を変更すべく、とっさに右腕に制止のための力を込めた。そのとき、入り乱れるスコットランドヤードの制服の皆さん、悲しいかな病院勤務ならいつも職場でお見かけしている見慣れた格子柄のラインにポリスとプリントされたキャップの中に、ひとりだけ違う動きをする人物を見つけた。スピードカフを見せつけながら妨害してくるインフルエンサーたちに向かう警察官たちとは、あきらかに雰囲気が違っていた。

（王子を狙ってる!!）

なぜ、ヤードに化けた（明らかに同じジャケットを着ていた）だれかが王子を狙っているのか、そんなことはわからないが、阻止しなければと思った。私は当初の目的も忘れて、持ち主不明の自撮り棒を王子と、彼に迫ろうとしていただれかの間にあった椅子の背もたれにたたきつけ、不審者の動きを一瞬止めることに成功した。棒はあっけなく折れ曲がったが、セルフォンが無事であることを祈る。

しかし、相手はヤードよりも素早く動き、あっという間に王子との距離を縮めてきた。相手の手にナイフはない。銃ならこんな近距離までつめる必要はない。だとしたらその意図はなにか。

「ジョー!!」

近くにいるはずなのに、シャーリーの叫びが異国のように遠くに響いた。近接戦になれている人間は腕や足の動きを見極めようとするが、一発目から頭突きを警戒してくる人間はあまりいない。一発目から頭突きをしようとする人間が少ないからだ。

手にナイフもなく、スタンガンもないなら、王子に接近する理由は殺意ではない。もっと手っ取り早く殺す方法はいくらでもある。なにかを伝えるか、接触によって状況を変えようとする明確な目的……、それはなんだろう。

私は王子と不審者の間に身を挟み込むようにして動き、そのまま頭突きをくらわせようとした。しかし、

（あ、読まれた）

相手が体を離してきたので、そのままくるりと回転する。その隙に、不審者の手にペンのようなもの——おそらく注射器が握られているのを確認した。

（ドラッグだ）

こういうことは完全に直感でしかないのだが、私はそれがドラッグで、この不審者の目的が王子にドラッグを打ち、緊急搬送させることだと察知した。なるほど、ナイフも銃も持っていないはずである。

「ひいっっ、なんだ!! た、助けろ!!」

常に警護されている状況に慣れている王子は、自分で逃げようとするよりもだれかに守ってもらうことを要求していた。これぞロイヤル的思考、ロイヤルスタンダードとでも言うべきだろう。たまにロイヤルは軍隊にも来るが、私と同じエリアに派遣されなくて彼は幸運である。

もっとも、今ここでその生まれ持っての銀の匙《さじ》の幸運メーターも使い切ってしまうかもしれないが。

（こいつ、もしかして）

目から下を覆面で覆っている不審者スタイルのせいで手の正体にはピンとくるものがなかったのだが、不思議とやり合うとわかることがある。相手が軍隊出身なのか、それとも格闘技か、自己流かはものの一瞬で判断できるし、ベースからどう上書きされていったかで、ある程度経歴もわかる。この不審者はスポーツから軍隊、そして傭兵コースだろう。

「なにしてるの、リジー」

女王と同じ名を持つ彼女は、かつて私の職場でもクイーンと呼ばれていた。イライザ・モラン元大佐。テコンドーの世界選手権メダル保持者で、フェアバーン近接戦のエキスパート。普通、私レベルの軍務経験者相手なら二秒で吹っ飛ばしていてもおかしくはない。

なにより、さっきから私に致命傷を与えてこない。あきらかになにか指示を受けているのだ。私をよく知っている証拠だ。

「って聞いても、答えてくれるわけないか」

「っっ！」

息を吸う音を察知されるのは、近接戦ではあまりよくない。次の動きを予測されるからである。私は撫でるようにボディパックに指を滑らせて、スタンガンや戦闘用ナイフのかわりに持ち込んだ、私の武器を左手に握りしめた。数少ない私の特技、両手を同じように使えること――

リジーの狙いは明らかに王子の首だ。あそこにドラッグを打ち込むためなので、私にその武器――注射器は使えない。確実に問題になるが、死には至らない量があそこに仕込まれているのだろう。そして今ここで私に使えば、用意していた筋書きが白紙になる。おそらく彼女と彼女に指示を与えたボスは、王子がこのキャンプでドラッグパーティをしていたことにしたいのだ。

そのために、一刻も早くドラッグを打ち込み、ジャミングを無効化させて、今いるインフルエンサーたちにライブを再開させたい。いったいなんのためにそんなことをするのか。

(やっぱ、エイレネのビジネスを、ここでぶっ壊すためかな)

私はすかさず椅子を持ち上げて彼女に投げつけ、彼女がそれを避ける方向に、右手に握ったテーブルナイフを突きつけた。まあそうされるとは思ったが、彼女の腕は防刃プロテクターで保護されていて、サーロインステーキ程度しか切れないナイフなど、あっけなくはじかれてしまった。それでも、そうするしかない私は二本目のナイフを握りしめ、かつて銃弾を内臓から取り出すときに何百回としたように、そのプロテクターに守られていない皮膚、すなわち眼球近辺を裂こうとする。目つぶしはどんな場面でも有効だし、相手が刃物を持っているとわからせることで詰められない距離ができる。今は時間を稼ぐときだ。

もし、リジーの目的が王子の殺害であったなら、私はなにもできなかっただろう。しかしそうでなかったことが幸いした。私は、当初、私がぶち壊すはずだった花瓶の花をつかむと、そのままリジーに向かって投げつけた。水滴と花粉と花びらが彼女の顔面に向かって飛び散り、その状態を立て直すために、彼女は瞬きを何度かするはず——

（ナイフならともかく、こっちは私の方がうまいよ）

私の右手には食事用のナイフが握られていたが、左の手が握っていたのは空の注射器だった。むろん、このキャンプには美容目的のヒアルロン酸やビタミン剤などの人体に無害な薬品しかない。導入剤すら液体では持ち込めない徹底ぶりに感心すらしたほどだ。だから残念ながら、注射器に毒物や麻酔剤などを仕込むことは出来なかった。

しかし、注射器というものはそれ自体がなかなかの凶器なのである。たとえば、空気をおもいっきり静脈に注射すればどうなるか。

「ぐっっ」

プロテクターの継ぎ目のウィークポイントは、私だって頭の中に入っている。私が注射器の針をつき立てたのは、彼女の美しい筋肉のラインがそのまま見える太ももだった。ナイフの切り傷は最低限に抑えられる軍用タイツも、振り下ろされた針は貫通する。

うめき声をあげて、彼女は少し体勢を崩した。

「シリンジ一本分の空気じゃ死なないって思ってる？　そうだね。百ミリリットルは入れなきゃ死なないかも」

私はジャケットのポケットからもう一本シリンジを取り出した。開発者に感謝。何本でも欲しい。親指で押すだけの注射器、凶器としてあまりにも便利。

「だけど、さすがのあんたでも、静脈に入ったか動脈に入ったかどうかはわかんないでしょ。動脈性空気塞栓《そくせん》の空気の致死量は一ミリだよ」

できる限り動脈めがけて刺してはみたが、どこに刺さったのかは神のみぞ知るレベルだ。

「肺動脈に入る前に病院にいったほうがいいよ。塞栓を引き起こしたらいくら格闘のクイーンでも助からない」

まあ、我ながらひどいはったりだと思ったが、実際、動脈性空気塞栓の心配はゼロではない。ようはリジーがここを撤退してくれればいいのだ。

「なんてこった、警部、こいつら全員ハイですよ、違法大麻をやってる！」

部下のひとりがレストレードを呼ぶ声が聞こえた。はっとして振り向くと、そこでもみくちゃになっていたはずのヤードとインフルエンサーたちの様子がおかしい。警官たちは取り押さえるのをやめ、困惑した表情でインフルエンサーたちが喚きながら自撮り棒を天に向かって突き上げるのを眺めている。

ああ、これもまたよく見知った光景だ。ハイドパークでときどき行われるマリファナデーだけではない。ロンドンでは大麻はまだ違法だが、吸っている人間に出会ったことのない人はいないし、あの摘み立ての薬草と古い土を混ぜたような独特の匂いの煙は、どんよりたれ込めたロンドンの曇り空の一層をなしている。

（しまった、王子は！）

一瞬でも気をそらしてしまったことに気づいて、私は殺気を向けていたほうを見たが、そこにはもうリジーの姿はなかった。さすがに命の心配をしたのかもしれないし、ある程度目的を達したと判断したのかもしれない。

「なんだこれは、いったいどうしてこんなことになる⁉」

王子が喚いた。さっきまでは命を狙われて縮こまっていたくせに、不審者が去ったとわかると、とたんに横柄になる。封筒を開けた瞬間、圧縮された中に空気が入ってパンパンに膨らむ郵送物のようだ。ほかにも、セキュリティを呼んでくれとか、ここから出るとか喚いていたようだが、新恋人に契約があるでしょとなだめられても不満げだった。

そうこうしているうちに、インフルエンサーのだれかがネット環境が戻ったことに気づいたようで、ふたたびセルフォンを掲げてハイエナのようにうろうろし始める。

「やっぱり王子だ！　その女性はだれですか」

自分たちが大麻をやっていることも棚にあげて、インスタのフォロワー稼ぎに夢中である。

「ライブ配信なんてやってる場合か！」

「くそっ、警部こいつらどうしますか」

というのも、今時大麻くらいでは警察は逮捕しないし、たとえ通報したとしても捜査のために動かないのがほとんどである。しかし、そのへんの一般人とは違って、彼らは大衆にそれなりに発信力をもつインフルエンサーだ。

「全員連れて行け！　公務執行妨害と大麻所持があれば十分だ」

レストレードの非情な声が礼拝堂に響き渡った。

ゲストたちが蜘蛛の子を散らすようにそれぞれの部屋に引き揚げ始め、ご苦労様なヤードの皆さんは、インフルエンサーたちに同行を求めて去り、それでも面の皮が厚いゲストの一部は、最後まで去る王子たちを動画に収めようとセルフォンを握った腕を伸ばしていた。

それぞれがそれぞれの引き際に向かっていくなかで、私は本来ならこの場の主役だったはずのふたりを見た。

ゲストがだれもいなくなった礼拝堂は、あらゆる靴で踏みにじられたバージンロードに、倒れたポールや切り花、床に散らばったカードと、目も当てられない惨状だった。いつのまにか夜が訪れ、降り注いでいた金色の西日は月光に変わっていた。

（いつのまにか、夜だ）

引っかき回されるだけ引っかき回されてさぞや不快だろうと思っていたエイレネは、やはりそこは人間離れした存在なのか、天からの光のようにただ黙ってそこに立っているだけでなんの感情も漂わせてはいなかった。さすが生ける月光。どこまでが彼女自身の計略かは知らないが、自分の結婚式をぶち壊されて怒るどころか、まだ、薔薇を手にしたままなところがすごい。

「行くよ」

私はシャーリーに駆け寄ると、問答無用でその手を引いた。

「ジョー！」

「いいから、帰るよ」

彼女は一度だけエイレネのほうを見た。湖に映った月のように目が揺れているのを、私は唇をかみしめながら認めた。あの目。恋をしているとは言いたくないけれど、あきらかに引力を感じている目で、まだエイレネを見るのだ。シャーリーは。

「いいよ」

「エイレネ」

「行って。とても楽しかった。ありがとう」

エイレネは言った。蠱惑《こわく》的に子守歌のように響く。

「おやすみなさい」

私はそれを最後まで聞かずに、シャーリーの手を握ったまま礼拝堂のドアへ早足で歩いて行った。

私とシャーリーは、互いに無言のまま、礼拝堂からこのブライオニー・ロッジのゲートまでの長い距離を手をつないで歩いた。私たちがこんなにも長い時間、いっしょにいるのに会話を交わさなかったことは今まで一度もなかったし、手をつないでいるのに心の距離はかつてないほど離れているように感じていた。

花の匂いがたちこめていた。ここに来たときに私がかいだ森の野草の匂い。決して人から愛されて選ばれたわけではない木々、遠くからやってきて力強く繁殖し続けている外来種が懸命になわばりを主張している。森の夜はひそやかな戦いの場で、それは大きな陰謀を仕掛ける前の雰囲気によく似ている。

土の匂いは嫌いだ。ああ、なのにまた土の上にいる。早くコンクリートに囲まれたアスファルトの上に帰りたい。大勢の他人の目にさらされて取り繕いようもなく、隠れる術《すべ》もない、夜も明るい場所に。

——逃げなくちゃ、なんて思えることが幸せで余裕があるよね。たいていは逃げる場所なんてないって、すぐにわかっちゃうもんでしょ。この世界に生きるほとんどの人間が、今いる場所をだれよりも憎みながら、ほかに行く当てもないままそこにいる。ろくでもない男に強制された結婚みたいに、ただそこにいるだけで殴られつづけている。

逃げられるって、ああなんて幸せ！

本当は手を引いて欲しかったけれど、本当はだれかといっしょに逃げたかったけれど、そんなだれかなんていやしない。たいていはあっち側に取り込まれるか、先に消えちゃうか、いつか迎えに来るよなんていいながら永久に逢うことはない。でもひとりが好きだ。孤独が悪いものだなんてでまかせを助長するエンターテインメントはいいかげんにして。クソみたいなだれかと暮らさなきゃいけないくらいなら、たったひとりの方がいいでしょ。相手の地雷ポイントがわからないまま、いっしょに食べる食事に味なんてあるはずがないし、ふいに投げつけられる食器を躱すことなんてできないし。

ああ、ああ、そういうことじゃなくて。つまりは、死体のほうがましってこと……！

どれだけの長い間、森の中のさまよっていたのか、レースのウエディングドレス姿のシャーリーとアーミージャケット姿の私では、まるで白雪姫とこびとだ。それともさまよっていたのは自分の意識だけで、たった十分やそこらのことだったかもしれない。気がつくと私たちは見覚えのあるゲートにいた。

「……っ」

ふと、視線を感じて振り返ると、シャーリーが驚いた顔でこちらを見た。しかし、私は確実に私たちのあとを追ってきただれかがいたことを視認していた。あの男だ。エイレネにどこか雰囲気の似た小男……

(もういない、逃げたのか)

目の前に真っ白いロールスロイスが止まっている。しかも〈ゴースト〉なんて、できすぎていると笑いそうになった。

外からはだれが乗っているのか見えなかったが、このタイミングで高級車をゲートにつけておける人物はほかにはいない。私はシャーリーの手を離してゴーストの助手席に乗り込んだ。

「マイキー、来ていたのか。てっきりパトカーだと思った」

いかにも仕事帰りで、不本意ながら黒ずくめですと言わんばかりの英国の高級官僚様が後部座席にいた。

シャーリーは素直に驚いていたが、私は絶対に、どうやら政府の役人らしいが決して所属は明かしてくれないシャーリーの姉、221bになだれ込むアマゾンとハロッズの段ボール箱の送り主、そして家主でミセス・ハドソンの開発者であるところのミシェール・ホームズご本人が、迎えに来ると思っていた。ひとえにかわいいかわいい妹のウエディングドレス姿を拝むには今このタイミングしかないからだ。

「私の天使ちゃんの妻になりそこねた相手は、趣味は悪くないみたいね」

ピンで留めたままになっていた花冠をそっと持ち上げる。

「ふふ、天使の輪みたいでかわいいわ」

マイキーの合図で、ゴーストは音もなくゲート前から滑り出した。ロールスロイスに乗るのは人生初という私は、置かれている状況も忘れて、後部は思ったよりずっと広々としていてバーカウンターまである、まるで会議室のようだと感動してしまった。当然Wi-Fiだって飛んでいるのだろう。

「今終わったってよくわかりましたね」

「ジャミングがあろうとなかろうと、天窓のある建物の内部くらい衛星で見られるわ。ドクター・ワトソンが実に医者らしい得物で侵入者を仕留めたところもね」

空《から》の注射器をリジーにお見舞いしたことまで知られていた。万年厳しい予算のイギリス国防省がなけなしの金をはたいて所有している軍事衛星の性能は思ったより良さそうだ。たしかに優秀なので、軍人の友人たちにはお空の007とかサテライト版Mとか言われているアレだ。

その007をコントロールする『英国政府の間脳《MsDiE》』は、ちゃっかり妹の世紀の結婚式をも監視していたらしい。私は相づちも打たなかった。たとえその軍事衛星がマイキーの私物でも特にもう驚かない。

「バージンロードを歩くのは、またの機会にするわ」

「マイキー、エイレネに会って欲しい」

「会ったことはあるのよ」

「そうだとしても驚かないが」

ホームズ姉妹にしかわからない会話で私は内心イライラしたが、その会話も長くは続かなかった。

ハムステッドヒースからベイカー街はそんなに遠くない。

221bの本来の主《マイキー》のご帰還は久しぶりのようで、ミセス・ハドソンでさえ、シャーリーとはまた違った対応をする。黒ずくめのいかにも政府の要人といった格好のマイキーのあとに、古風なウエディングドレス姿のシャーリーが続く。さしずめ新郎新婦、私はミリタリージャケットのブライズメイドだ。

「そろそろ、そっちの知っていることを教えてくれてもいいころですよね」

妹の晴れ姿を写真に収めようと忙《せわ》しげにセルフォンを動かしているマイキーに、私は言った。

「エイレネがキャンプで売っていたのは、ほんとうは何ですか？　英国政府がからんでいるからには、ただの高額な不動産やマッチングサービスってわけじゃないんでしょう」

「高額な不動産や、ハイクラスのマッチングには、女王の許可が必要なこともある」

マイキーを始めとしたいわゆるお役人はウソをつかない代わりに、決して決定的で具体的なことに言及しない。とかく己の主人に関することについては徹底的にガードする。まさに忠犬だ。

「スコットランドヤードだと叫んだとき、エイレネが見たのは確かに王子だった。その後、リジーが、……モラン元大佐が王子を襲ってきた。人は不意打ちされたときの行動を完全にはコントロールできない。エイレネのビジネスの根幹は王子のはずですよ」

「……天使ちゃんの相棒は、しばらく見ないうちに少し頭が回るようになって戻ってきた。同居人としては悪くない話ね」

「私は部外者じゃない。むしろ、この話は私が起点になっているはず。そうでしょシャーリー」

ジャケットの前を片手でくつろげ、私のソファに腰を下ろしたマイキーと、まばゆいシルクレースのドレス姿のまま、いつものカウチに足をあげてくつろぐシャーリー・ホームズの姿は、それがそのまま一幅の絵のようにさまになっていた。

「どうしてそう思う？」

「スヴァトシュスケー・スカーリです」

よく似た顔のふたりの美女は、まったく同じタイミングで目線を動かした。

「前にも言ったはず。魔法で石にされた結婚行列のことを。からくりを教えてよ。どうして私がマーヴィンに恋をしたの？　だれの望みで、だれの策略で？」

「…………」

「私が221bにいたら都合が悪かった人間が、〈魔法〉を使ったってことだよね。私とマーヴィンを引き合わせ、〈魔法〉をかけて恋愛状態にした。そういうことができるなにかトリック……、技術をだれかが持っていた。さっきまで私たちがいたブライオニー・ロッジでのことや、プリンスの依頼から察するに、その技術を持っているのはエイレネで、彼女は〈魔法〉を使って人々を都合良く引き合わせ、マッチングして恋愛状態にすることによって成り立つビジネスを展開してる。それがブラウニー」

仮想通貨乱立時代に抜きん出ようと思えば、ほかにはない付加価値をつけるしかない。それには信用がいちばんだ。このシステムは単純で、信用のある人物が買えば、新通貨は容易に信用を得られる。

「そのための王室メンバー《ロイヤル》だよね」

〈魔法〉によって恋愛状態に陥り、判断能力が下がっているところで仮想通貨を買わせる。恋愛のきっかけである家も買わせる。あらゆる買い物をさせたいスポンサーが、ブラウニーにはついている。

「だけど、この〈魔法〉は期限付きだった。私は九ヶ月しか保たなかったし、王子は二年弱。プリンスだってもうとっくに解けてる。キャンプにリピーターが多いのも当然のことだったんだ」

〈魔法〉によって、スウェーデンのロイヤルと恋愛状態になったプリンスが後戻りできないよう、エイレネはインスタでプロポーズをライブ中継し既成事実を作らせた。もともとが自分の意思ではなく〈魔法〉だったのだから、夢から覚めたプリンスが奇妙に思うのは当然だ。彼がシャーリーのところへ依頼にやってきたのは、自分が〈魔法〉によってエイレネから引き剝がされ、他者と強制的に結びつけられたのは、エイレネから拒絶されたからかもしれない、と考えるのが妥当なところだろう。あの様子では、プリンスのほうはエイレネにだいぶ執着していた。しかし、プリンスのことをたんなる出資者であり、ビジネスコーチとしか見ていなかったエイレネは、決定的なことを申し出られるかなにかをきっかけに、プリンスを切ることにしたのだ。

「過去に、愛はあったのか、ってそういう意味だよね」

それでも腑に落ちないことはいくつもある。自分からプリンスを切り、脅迫までしておきながら、エイレネはわざわざスヴァトシュスケー・スカーリの絵を使って、なんらかのメッセージを送ろうとしていたのだ。

自分のルーツであり、ふたりで出かけたボヘミアの観光地。妖精に石に変えられた結婚行列。あの絵がなければ、プリンスのほうもみっともなく深追いなんてしなかったに違いない。

「いいかげん〈魔法〉の正体を教えてよ」

私はジャケットのポケットから両手を抜いて、ついでに体中から力を抜こうとした。そうでもしなければ、だれかに意図的に心と体を乗っ取られ、九ヶ月も目に見えないなにかにふりまわされ続けたことへのいらだちと怒りを抑えきれない気がした。

「ねえ、マイキー。私はそれだけの仕事をしましたよね」

「……我々の関与が始まったのは、もう数十年前からだと言われている。きっかけは米国防総省の国防高等研究計画局《DARPA》との共同研究だった。心的外傷後ストレス障害《PTSD》に苦しむ退役軍人は約三十万人。今後、電子兵器の大量投入でもっと増えるという推測もある。いわゆる戦後鬱をカバーするための研究は頭打ちになっていて、方向の転換を迫られた。ＤＡＲＰＡと共同開発したのは、薬だ。薬剤の服用を組み合わせることで、戦場ストレスを事前に食い止めることを目標とした」

ようやく真相を話し出したと思ったら、いきなりスケールがデカかった。

「えっと、それって、薬で鬱を治すんじゃなくて、鬱にならないために薬を飲んで戦場に行くことで、戦っても鬱にならなくてすむってことだよね」

おだやかに話すマイキーの口調からは想像も出来ない地獄だった。なんといっても医学は自分の領域なので、その内容がどんなに非人道的であるか把握できたからだ。

「三十万人分の退役軍人の医療費を払いたくないから、抗うつ剤のカクテル療法で民間の製薬会社に商売させてあげるんだ」

「今に始まったことじゃないのよ」

「おそらく、終わることもない。永遠に続く国家予算という名の悪魔との契約だ」

どこの国も退役軍人の組織票は意識せざるを得ないから、研究をやめたくてもやめるわけにはいかないのがお家事情だろう。

「その鬱のカクテル療法と、この〈魔法〉に、どんな関係があるの」

「脳に対するストレスの悪影響を防ぐ、認知行動的あるいは薬理学的介入の研究にあたっては、すでにトラウマ改善のための薬を投与するやり方がある。しかし、戦場で兵士は常に薬剤を使用していて、その効果を正確にデータベース化することすら難しかった」

「まあ、そうだろうね」

私自身、アフガンにいたころの大きな仕事は、兵士たちに、抗うつ剤あるいは睡眠薬を処方し、そのデータを取ることだった。戦場のドクターというと外傷治療のイメージばかりが先行するが、実際はメンタル問題への対症療法のほうが比重は大きかったように思う。

「そこで、ＤＡＲＰＡと我々の共同研究チームが注目したのが、脳刺激によるポジティブ治療法だ」

「経頭蓋直流電気刺激法《tDCS》のこと？」

「さすがに知っているか。軍医ならお手の物だろう」

頭皮に微弱な電気を流してさまざまな症状の改善を期待する療法は、パーキンソン病を始めとして運動機能だけではなく重度の統合失調症の改善など、広い分野で研究が進められている。わりと昔からある研究だが、なにしろ脳という複雑怪奇な組織を扱うので、研究者が多い割になかなか解明も進んでいない。

「ロンドン大学で進められていたこの研究では、先んじてドーパミン神経が、前頭葉の内側眼窩《がんか》前頭野および内側前頭前野に集中していることを明らかにしていた。つまり、この脳の部分めがけて刺激を与えれば、ドーパミンが放出され、簡単に興奮状態にすることができる。しかし、これをなにかに利用しようとしたとき重要となってくるのが、持続時間だ」

「ああ、そういうことか」

だんだんと話が見えてきた。

「薬か、なんらかの外部からの投与によってドーパミン受容体を人為的に増やす……」

「話が早いな」

「その研究結果を使って、エイレネは理想的なカップルを作り上げ、そこでできた富裕層リストを利用して仮想通貨ビジネスに乗り出したってことか」

つまり、自分とマーヴィンはどこかの段階でお互いにドーパミン刺激を受けており、人為的にカップルになった。そして薬かなにかによってドーパミン受容体を投与されている間は、恋愛状態を維持していた、ということになる。

「私とマーヴィンはいつ？」

「君は職場でだ。マーヴィンと同じシフトだったことがあっただろう」

「そういえばそうか。救急病院にいて走り回っていたら、仮眠中に頭に電極を着けられても、爆睡して起きなかった可能性もあるなあ」

そして、サプリだなんだと言われて勧められれば特に疑わずに口に運んでいた。危機管理マイナスの私である。

「でも、マーヴィンはこのことを知っているわけ？」

「彼も知らなかった。今は知っている」

「事情を知ったから、家から出ていったんだね。自分の結婚が偽物だったってことがわかったから」

もし、私とマーヴィンが勤務していた公的機関、……おそらくバーツかセント・メアリーだと思うが、そこにロンドン大学から来た研究員がいて、私たちでデータを取っていたとする。その後、マーヴィンが先に開業して勤務医から離れたから、彼にドーパミン受容体の投与ができなくなったことが推測される。

「それで、愛が冷めた。愛がっていうのは変か。仕組まれた興奮状態が終わって、我に返ったってだけか」

突然家を出て行った夫や、突然恋に落ちて221bを出た自分や、妙に浮かれきって自分らしくない行動を取りまくったこの九ヶ月間のことが、今、納得がいった。ムーアでアヘン入りコロネーションサンドでラリりまくった次は、自家生産した脳内麻薬でラリっていたとは。

しかし、聞けば聞くほど『真夏の夜の夢』の失敗例である。まさか、一見ロマンチックな妖精の魔法の小隊が、アメリカ軍との医療費削減共同計画の延長上にあったなんて驚きしかない。

「私にそんなパックの〈魔法〉を仕掛けたのは、もちろん221bから出て行かせるためですね。それでエイレネは、シャーリーから人を遠ざけて、自分と結婚させようとした。シャーリーとの正式な結婚にこだわったのは、マイキーのコネが欲しいからでしょ。もしかしてエイレネは命を狙われていたとか？　……うーんでも、そしたら、リジーは真っ先にエイレネを狙うはずですよねえ……」

男専門の殺し屋イライザ・モランのターゲットは、明らかにエイレネではなかったし、彼女は武器を手にしてはいなかった。かつてアフガンで同じベースに所属していたころ、冗談か本気かわからない口調で、将来は富裕層専門の殺し屋になる、白人の依頼者は手数料が二割増しで、ターゲットが白人なら安くする、と言っていた。相手がイギリス王室の王子なら、さぞかし安く雇えたのではないだろうか。

「リジーはなにをしようとしてたんですか？　なぜ王子を狙って⁇　たしかに握っていたあれは注射器でしたよね」

「ヤードが乗り込んでくることを見こして、王子にドラッグでもやらせておきたかったんだろう」

「つまり、目的は王子の逮捕？　なんで？」

「鍵はエイレネだ」

今まで黙ってカウチに横たわり、まるで永遠に目覚めない白雪姫のようだったシャーリーが言った。

「エイレネが、王子を守っていた」

「守る!?」

「そういう契約をしていた。そうだろ、マイキー」

マイキーは一瞬仕方がないなという表情をスポイトで落とした毒のようにきれいな顔に染みこませた。

「王室にも、いろいろ事情がある」

「じゃあ、やっぱり王子の前の結婚も、イメージ操作のためにエイレネと王室が仕組んだことなの？　アメリカの映画プロデューサーがらみで児童買春リストにインしてる王子は、女王にとっていちばんの悩みの種だったから、それで、わざと移民出身のバツイチキャリア中年教授と結婚を？」

ブレグジットを控えた王室とイギリス政府にとって、これ以上身内に逮捕者や疑惑が出てくるのは大きなダメージになる。しかし、女王の末息子は、溺愛されて育ったからか、形だけのイメージアップ作戦のための結婚にすら難色を示した。性犯罪者リストの常連だったくせに、どこの馬の骨ともわからない女と結婚するのはどうしても嫌だと言い張ったという。

「しかし、女王はこれ以上のトラブルが増えることを望まなかった」

「時期が時期だしね」

「ブレグジットでこんなに騒いでるのに、王子が児童買春パーティのVIPだったせいで逮捕されたら痛手すぎる」

きわめて政治的で家族的な意図もあり、ロイヤルファミリー全員一致のすえ、王子はキャンプ送りになった。すなわちそこで、自分のイメージ洗浄のために一番良いと思われる、マイキーを始めとした情報操作のプロが選んだ相手と、本気で恋愛をさせるために。

「だけど、いくら人為的に恋愛させても、冷めるときは冷める？」

「受容体を投与し続けても、効果は二年が限界だという研究結果が出ている」

「でも、たった二年でも、麻薬と比べればずっと長いよ。その間は多幸感が約束されてるんだもの」

ゲストたちのカウンセリングをしている間、もっとも多く聞いた言葉は、「他人を信用できない」だった。セレブであればあるほど、自分と釣り合う相手は数少なくなるし、なにをするにもニュースになってしまう。自分の一挙手一投足が会社の経営を左右するような人間もいるのだ。しかし、人はもっとも孤独に弱い。だれかを愛したい、だれかにそばにいて欲しいという欲に抗《あらが》えないのだ。

そんな中で、安心安全な相手と恋愛することができ、その効果は王室までもが保証している。いずれ消える恋愛感情と知っていても、二年も継続する多幸感を一度味わってしまえば、それに抗うことができる人間なんているのだろうか、と思う。

（キャンプに集まったセレブたちにはリピーターも多かった。つまり彼らはやばい薬のジャンキーってことだ。そしてエイレネのビジネスは、ジャンキー状態にしたゲストへ、ほぼ永久に〈愛の記念〉という名の高額な商品を売り続けること）

最初からそうだったわけじゃない。きっと始めは、プリンスの出資でマッチングと高額不動産転売を掛け合わせたビジネスモデルだったはず。そこへ、仮想通貨ブームがやってきて、賢いエイレネは自分の持っているリストをうまく使えばローンチできると踏んだに違いない。そしてそれには、プリンスも一枚かんで出資していた。

「だけど、彼女はプリンスが邪魔になった。……どうしてだろうって思ってたんだけど、よくわかったよ。〈魔法〉のせいだったんだね」

あるタイミングで、彼女はマイキー曰く、アメリカ軍とロンドン大の共同研究チームから誘われて、この〈魔法〉の治験にかかわることになった。もちろん、多くの退役軍人というモルモットでさんざん実験してきた結果の総仕上げだったに違いない。そして、この実験には最大のスポンサーがいた。女王だ。

最愛の末息子に、これ以上犯罪を犯させないように、そして彼を犯罪者にしないために、女王は息子を洗脳することに決めたのだ。

「実際、女王はあの手この手で王子をまともにしようと苦心したが、どれも失敗に終わった。そうこうしているうちにアメリカで問題の映画プロデューサーが起訴され、顧客リストがウィキリークスを通じて全世界にばらまかれてしまう。中にはロイヤルメンバーの名前もあった。ブレグジットというセンシティブな問題を抱えた女王は、自分の息子のプライベートとはいえ、もう手段を選んでいられなかったのだろう」

「そういえば、私が結婚するちょっと前まで、うちにハロッズの段ボール箱が毎日大量に届く事件がありましたね」

マイキーはストレスがたまると近所のハロッズで爆買いをし、それを〝愛する天使ちゃん〟こと妹のシャーリー宅へ問答無用で押しつけてくる。彼女が自分のための服をアレキサンダー・マックイーンやヴィヴィアン・ウエストウッドでオーダーしているのは、他国のブランド品を身につけることへの強い抵抗感によるものだ。あくまで大英帝国の高級官僚はフランスやアメリカ大資本には屈しない。そのため、彼女がハロッズで自分のために買うのはワインと葉巻ぐらいである。

「…………」

さすがにマイキーは否定も肯定もしない。否定すればウソをついたことになるし、肯定すれば女王が王室のイメージコントロールのために息子に洗脳まがいのことをしたと認めることになる。

「もしかして、エイレネが今回のキャンプを開催したのも、王子のため？」

私はミセス・ハドソンに、現在のＢＢＣニュースを出してくれるように頼んだ。それから、久しぶりにまともなネット環境に戻った我が画面バッキバキのセルフォンを駆使して、現在のイギリスのトレンドをチェックする。

思った通り、インスタもツイッターもＢＢＣも王子に関するニュースで大いに盛り上がっていた。エイレネとシャーリーの結婚式の動画には、王子の名前と離婚、再婚のハッシュタグが本文よりも多くぶら下がっており、すでに王子の新しいお相手の名前も特定されて、関係者らしきだれかのコメントがめまぐるしく流れてくる。たった三年弱で離婚、お相手の教授とはすでに別居、新しい相手はプレップスクール時代の同級生で母方の遠い親戚、つまり貴族出身の軍人の家系。本人はグリーンスリーブスという自然保護団体の代表を務める活動家で孫もいる女性。兄は元大学の学長、妹はイタリアの大富豪の妻。そして子供のうちのひとりが舞台俳優、もうひとりが元ラグビー選手。イギリス人が好感を持つ職業や肩書きをすべて網羅している完璧ぶりである。

「王子の新恋人も、マイキーが選んだの?」

「もちろんそうに決まっている。王子は学歴もたいしたことがない。まともな職にもついていない。王家の次男以下の慣習どおりに軍隊で過ごしたのが唯一の売りだから相手も軍人家系。上官の命令は絶対だ。この場合、上官というのは女王のことだ。本人は環境保護団体の代表者で、元夫は植物学者、兄は有名大学の元学長、そして今回ニュースになることで得をする、今ぱっとしていない有名人の子供ふたり。王室関係者になることにメリットがある人間ばかりで構成されている。情報部らしいみごとな人選だ」

しかも、発覚のタイミングが結婚式にそろって参列しているところを偶然撮られるという自然ぶり。キャンプでもりあがっていちゃいちゃしているところをライブで配信されているので、だれも仕込みだとは思わない。これで英国のニュースは当分王子一色になるし、ブレグジットのことを大衆に忘れていて欲しい政府にとっても一石二鳥で実においしい。前の妻との早い破局によって、仮面結婚であったことを知られあれこれ探られる前に次の手を打つ。王子と新恋人のお披露目としては上々だ。

「ふたりともおつかれさま。ボヘミア関連には、あったことをそのまま報告するといいわ。エイレネの思惑にのって結婚式までするると決めたのはあなたなんだから。そのパールの指輪も似合っているわよ。私は個人的には真珠は好きじゃないけどね」

どうやらマイキーがわざわざ221bに寄ったのは、エイレネによって脆弱性を指摘されていた、〈赤毛組合〉からの出前用ダクトの件だった。ミスター・ハドソンしか使えないようにセキュリティを強化するため。そして、シャーリーに当分ここから出ないよう釘を刺すためだった。

「冒険はもういいでしょう。私の天使ちゃん。今、あなたは休息をとるときよ。お望み通りジョーもそばに戻ってきてくれたし、その指輪は捨てるべきね」

言いたいことだけ言って、マイキーはさっさと彼女のノスタルジックハウスこと221bを出ていった。帰る道すがら、ちゃっかりワインセラーだけは確認して、私が彼女のコレクションを何本か盗み飲みしていることはしっかりバレた。

「……マイキーの言ってたことって、ほんと?」

ウエディングドレス姿のまま、ビスケット用の瓶にぎっしり詰まったM&Mを、まるでそれしか食べられないロボットのように口に運び続けるシャーリーは、ウェス・アンダーソンの映画のワンシーンのようで、びっくりするほど絵になっていた。私はそんなシャーリーを見られることと、この部屋に自分以外のほかのだれもいないことに安堵しながら、

「私に、離婚して戻ってきて欲しかった?」

「そうなると思っていた」

「キャンプで言ってたことだけど……、エイレネと結婚しようと思ったのは、私のせい?」

「………」

照明のせいでなければ、シャーリーは少しふてくされたような表情で、目の下をうっすらピンク色にして、彼女にしては珍しく必死に言葉を選んでいた。

「私が、シャーリーには心があるって言ったから、目の前で〈魔法〉にかかってマーヴィンと結婚したから、自分も恋をしたくなったの? だれかを愛せたら、それが心の証明だと思って?」

「もともと心臓という器官に心があるとは考えていない。実際に人間の行動のほぼ半分はホルモンが関係している。ホルモンは各種器官から分泌され、脳がすべてをコントロールしているわけではないし、細胞内記憶も」

「だけど、証明したくなったんでしょ。私が帰ってきたことで、ドーパミンよりも強力なものがあるってわかったから」

たとえ、最先端の技術を用いて人間の脳の一部を電気で刺激して恋愛状態に誘導したとしても、その夢はすぐに覚める。私たちの同居はそれ以上に続いている。私の帰還が、シャーリーになんらかの自信と確信を与え、そのためにシャーリーがエイレネの求婚を受け入れたのだとしたら？

「エイレネとは長く続かないと思っていた？」

「そもそも、僕はエイレネを愛してない」

「だよね」

私はもっとも聞きたかった言葉をとうとう得られたことに、マイキーの何千ドルかするボルドーをがぶ飲みした時よりもずっと大きな充実感を得た。

（だけど、結婚式までつきあってあげるなんて、やっぱりシャーリーらしくない。あのマイキーが止めなかったことといい、なにか特別な事情があるんだ。私が知らないだけで）

私は、マイキーに外すべきだと言われながら、まだシャーリーがあの真珠の婚約指輪を指にはめていることに気づいた。そういえば、あのゴージャスなエイレネのことだから、シャーリーへの婚約指輪はもっとキラキラしたハリー・ウィンストンでも選んでくると思っていた。もちろん、見た目にも高そうな南洋真珠だから、ハリーくらいのお値段はするのかもしれないが。

わざわざ、マイキーが真珠は好きではない、と言い張った理由も意味深で気になる。

「エイレネは、どこへ行ったんだろう」

私はようやく空になったひとりがけのソファに腰を下ろした。

「キャンプの目的は、王子と王室のイメージアップだったんだよね？　自然に今の相手を周知させて、前の奥さんと別れたことに注目がいかないようにした……。だったら、エイレネの敵はだれ？」

ブラウニーなる新仮想通貨のローンチも、王室とマイキーとの取引ならば問題なく進むはずだ。英国政府はエイレネに恋をする〈魔法〉の技術を渡し、エイレネはキャンプで実験の最終仕上げをしてそれを己のビジネスに活かす……。英国政府がバックについたからこそ、エイレネは強気にもボヘミアン・プリンスを切ることができたのだろうから。

（だとしたら、どうしてあのとき、王子がリジーに襲われた？）

リジーの目的は王子の殺害ではなかった。衆人環境の中で、王子にドラッグでもなんでも打たせて警察沙汰にしたかったのだろう。もし王子があのときドラッグを打たれてライブカメラの前でラリって醜態を見せていたら、新恋人のことなんてふっとんでいたに違いない。そして、大々的に結婚をアピールした前妻の大学教授とも破局していることがバレ、同じタイミングで買春事件の捜査が入る。やっぱり幼女趣味だったんじゃないか、結婚は偽装だったんだと騒ぎ立てられるのは必至だっただろう。そのダメージは確実に王室に、そしてブレグジットで揺れる英国にいく。

（エイレネの敵は、単なる仮想通貨ビジネスを潰そうとする商売敵じゃなくて、もしかしてイギリス政府の敵だってこと……？）

「エイレネが、リジーに狙われたことがいまいちぴんとこない。リジーはああ見えて安くない。彼女の雇い主が、バスカヴィルのときと同じなら、今度バックにいるのは、モリアーティ？」

「そうだ」

シャーリーにとって、その名は悪魔と神と同じ意味を持つ。彼女を生かす手段を唯一開発し得た天才エンジニア、ヴァージニア・モリアーティの名は、ググれば〈FOR JOY〉を始めとした数々の支援活動によってきらびやかに輝いている。彼女自身が研究に携わった人工臓器や補助医療機器、ソフトウェアは無償で世界中の恵まれない人々に提供され、彼女の弟子のひとりはノーベル平和賞の候補者にもなった。彼女自身が候補に選ばれなかったのは、義父がナチスの高級官僚だったためとも、自身がユダヤ人強制収容所の檻の外で育ち、弱者から搾取した富で教育を受けたため、あらゆる賞を辞退しているからだともいわれている。

しかし、そんな表向きは美しく慈愛に満ちた保護者であり科学者の彼女は、裏であらゆるマーケットを牛耳る悪党としての一面を持つ。いわゆる負け犬たちを金銭的に支援し、一時的な飛び道具として扱うために買いならす〝復讐の天使団〟は、犯罪の温床として非難の声は高いが、そうでもしないかぎりチャンスを得られない人々が多すぎるために、必要悪だという声も一定数存在するし、彼女が裏で関わっていると言われている。以前、シャーリーが手掛けた事件で知った未知ウイルスのブラックマーケットの存在は、定職に就けずに才能を持て余す世界中の科学者たちの受け皿にもなっていた。粟粒熱《ぞくりゅうねつ》という中世に絶滅したはずのウイルスをミイラから採取して復活させ、ブラックマーケットに売りに出していた、ウィルス売人のベリルは、残念ながら才能の使い道を間違えた優秀な科学者だった。しかし彼女は逮捕後、何度もSNSを利用して世論にこう呼びかけている。

『私たちに職を与えなかったのはだれだ、才能があり教育も受けてきた私たちがなぜ、こんなにも貧しい生活を送らなければならなかったのだ』と。学問の世界だけはビジネスと切り離し、純粋に、才能と結果だけにより評価されるべきである、そうでなければ自分たちのように研究を切り売りせざるを得ない、たとえ相手が悪魔であろうとも、と。

今回、電気刺激を与えることによって人間を恋愛状態にさせる研究が〈魔法〉の正体であると知ったとき、私の脳裏によぎったのは、まぎれもなくモリアーティの名前だった。

「まさか、モリアーティはエイレネに、研究内容を渡すように脅していたとか？」

そう考えれば合点がいく。モリアーティがエイレネの仮想通貨ビジネスを欲しがるとは思えない。もうとっくの昔に手を出しているだろうし、エイレネよりもずっと長い富裕層リストを持っているだろう。わざわざ高額不動産転売のために、マッチングビジネスの危ない橋を渡る理由はない。

むしろ、モリアーティにとって興味があるのは〈魔法〉のほうだろう。電気信号ひとつで人を恋愛状態にできるのならば、アメリカ陸軍の鬱病兵士や医療費問題だけではなく、あらゆる人間への洗脳が可能になる。

（でも待って、さすがにアメリカ陸軍との極秘研究開発だったとしても、ロンドン大学がかかわっているなら、エイレネの商売を兵糧攻めにして追い込むより、モリアーティが情報を得られる手段はほかにもあるはず）

欲しいのが研究結果とデータだけだとは思えない。リジーを使ってわざわざ王子にスキャンダルを仕掛けるやり方からして、目的はエイレネに自ら白旗を揚げさせることにありそうだ。

モリアーティがエイレネ自身にこだわっている気がした。たとえばエイレネの才能に惚れ込んで正式に本人に仲間になって欲しいとか、エイレネ自身がもつ、代替の利かないなにかにこだわっている、だとか。

もしくは、元々エイレネは、モリアーティの仲間だった、とか。

「エイレネが、そこまでしてモリアーティに狙われる理由は、エイレネが逃げたから？　もともとふたりが組んでいて、仲間割れ、もしくはエイレネが情報を持ち逃げして英国政府と組んだんだったりしたら、彼女はモリアーティに狙われるよね」

しかし、この推理には多少の無理がある。第一にモリアーティの刺客として動いているのだろうリジーは、エイレネ本人を狙わなかったからだ。ということは、モリアーティの目的は復讐や口止めではなく、何らかの理由でエイレネに脅しをかけたい、あわよくば戻ってきて欲しい、彼女にはエイレネが必要だということになる。

そこまでモリアーティがエイレネにこだわる理由はなんだろう。あの聞くだに恐ろしい〝蜘蛛の女王〟を裏切ってなお、強気でいられる切り札が、王子のほかにもエイレネにはあるということだろうか。

「エイレネを追わなきゃ」

シャーリーはM&Mの瓶をテーブルに置くと、おやという顔をした。

「追ってもいいのか。この件はもう終わりだと言っていたのに」

「私がそう言ってもシャーリーはこのままでは終わらせないでしょ」

「もちろんだ。さすがは我が助手、僕をよく理解している」

それで、と彼女は冒険が始まる前の子供のような顔をして言った。

「どこへ行く？」

「んー、まずは最初の現場へ」

パディントン・スクエアの私の家だ。正しくは元家といったほうがいいのか。

「マーヴィンと私の関係は、私をシャーリーから引き剥がすためにしては大がかりすぎると思うんだ。私に理由がないとすれば、あとはマーヴィンだよ」

彼がシャーリーを訪ねてきた理由。送られてきた謎のメールと写真。そして彼が受け取った遺産疑惑については、なにもかも推測の域を出ていない。

「ねえ、ミセス・ハドソン。マーヴィンがだれかから遺産らしきものを受け取って、それで開業を決意したわけでしょ。だったらここへ来たときには、あの写真はいったいなんだったかなんてとっくに見当がついていたってことだよね」

ここへ来たのは、あくまで私と出会うためのきっかけづくり。だとしたら、彼はもっと早くに、〝だれか〟から接触されていたはずだ。そしてエイレネのキャンプに参加した。

「エイレネの弁護士からメールをもらった形跡はあったんだよね。でも弁護士ってことはだれかの代理人である可能性がある。やっぱり、マーヴィンに遺産を渡した人間がいるんだ。たしか、名前は」

「ショルトー。サディアス・ショルトー」

「そうだ、そんな名前だった。マーヴィンのお父さんの元上司で、財宝を持ち逃げした人」

『サディアス・ショルトーは既に死亡が確認されています』

「へー、死んでたんだ。いつ？」

『二〇一四年十月二十三日です。直接の死因は感染症による多臓器不全で、死亡場所はセント・メアリー病院。告別式はノッティングヒルのカルトジオ修道会にて行われました』

「修道会……？　そんなところで？」

『晩年、ショルトーは己の罪を悔い改め、修道士としてセントバールで生活をしていたようです』

セントバール……、セントバール……、どこかで聞いたことのあるワードだ。もっとも、私の脳は機種変更されていないので容量が少なく、動作も悪いためすぐには思い出せない。

「じゃあ、財宝を奪って逃げたことを反省して、マーヴィンに遺産を渡そうと連絡を？」

ミセス・ハドソンが言うには、ショルトー元大佐は修道士になる前に会社の権利をふたりの息子に譲り、身ひとつでセントバールへ移って隠遁生活を始めたということだった。

「その会社は今どうなってるの？」

『ショルトー商会は長らくＰ＆Ｏ（ダイヤモンドプリンセス等のクルーズ船をもつ船舶会社）の下請け汽船業者として、ロンドンを基盤にインドへの旅客およびタンカーやコンテナ輸送を請け負っています。現在の社長は三代目で、サディアス・ショルトー・ジュニア。近年は富裕層向けのプライベート客船業に力を入れているようです』

「豪華客船かあ。なんだか、キャンプといろいろつながってるよーな」

「代替わりしたのは二年前で、兄のバートが急死し、弟が社長に就任したようだ」

そのあたりのことはとっくに確認済みだったらしい、シャーリーがカウチから立ち上がった。そして、くるりと後ろを向くと、

「脱がしてくれ。こんな窮屈な格好でうろうろしたくない」

私は、花嫁のウエディングドレスを脱がすために脇のファスナーを下ろし、シャーリーが窮屈だといった意味を理解した。コルセット一体型のブラジャーなど、シャーリーにとっては拷問以外のなにものでもない。

＊

パディントンはナショナルレールと地下鉄が乗り入れるロンドン屈指のターミナル駅だ。ここで拾われ、駅の名前をつけられたくまの絵本で世界的に有名になったし、読んだことはないが、クリスティーのミステリでも何度も出てくる。それだけ古い時代からある駅なことは確かだが、私が住んでいたのは運河沿いの比較的最近整備されたエリアの高層マンションだった。

〈セインズベリーズ〉が一階に入っているアパートメントのドアを開け、住んでいた二十階フロアでリフトを降りた。ここを出て２２１ｂに戻った日から、部屋はなにひとつ変化はなく、投資用に買ってそれなりに見栄えはするがそこまで高価ではないモダンな家具で整えたと言わんばかりの無機質な光景が広がっていた。

私は、がらんとした部屋の、こだわりも愛情もなくそこにあるダイニングテーブルの上に、リングケースが置かれていることに気づいた。これは、ここを出て行くときに、自分で半ば当てつけで置いていったものだ。一度くらいマーヴィンが荷物を取りに来るだろうと思ったが、あてがはずれてなんだかばつが悪かった。

シャーリーはそのリングケースを手に取ると、本でも開くようにして蓋《ふた》を開けた。自分自身がマーヴィンからもらった婚約指輪なのだから、よく知っているはずなのに、私は改めて驚いた。

「その、真珠の指輪……」

「君のエンゲージリングだ」

「知ってるけど、知ってたけど……、なんかそれって」

「僕のに似ている？」

シャーリーが左手に嵌《は》まったままの婚約指輪を見せつける。デザインが似ているとか、そんな細かな話ではない。メインジュエリーである真珠が似ているのである。

「あのときはなんとも思わなかったし、今となってはなんでダイヤモンドじゃないのって思うけど、そういえばふたりとも婚約指輪が真珠ってなんだか変だよね」

「ああ、まぎれもなく妙だ。こうして近くで見て確信した。どちらもセイロン産なんだ」

「セイロン、って紅茶の？」

「もちろん茶葉の産地としても有名だが、スリランカのマンナール湾はペルシャ湾、中国のナンキン湾と並んで世界三大真珠生産地として知られていた。十九世紀の乱獲によりとれる量は減ったが、ペルシャ湾のほうが石油の生産がメインになり、漁場の保全もうまくいって、最近では密かに再採取が行われているという。めずらしいと言ったのはそのせいだ。もちろん密漁でしか手に入らない」

シャーリーはすばやく部屋を移動し、マーヴィンの部屋へ向かった。仕事用のデスクの引き出しを開け、なにかを探しているようだ。

「君のことだから、夫の浮気を疑ってもこの辺りに手をつけなかっただろう」

「よくわかるねえ。まったくその通りなんだけど」

「君の愛情がもう少し深く、夫への執着が目覚めたときの夢の内容ほどにも残っていれば、なにか気づいたかもしれない。これを見て」

といってシャーリーが引き出しから取り出したのは、今時なんとも珍しい手書きの封筒だった。

「日付は一年前……、何枚かあるな。なにか気づかないか」

「なにかっていわれても」

妙にゴワゴワした紙だった。そのへんの会社でぱっと書いたような代物ではない。おそらく万年筆を使って書かれた宛先、そして差出人の名前が〝S〟とあることに驚く。

「これって、もしかして修道士になったっていう、マーヴィンに遺産をくれたかもしれない持ち逃げ犯?」

「らしいな。このレターセットはドイツ製だ。ヴァレンシュタインの修道院で十七世紀から作られている特製のものらしい。光に透かすと修道会の頭文字が見えるだろう」

まぎれもなくショルトーは修道院にいて、マーヴィンに手紙で連絡を取っていたということがわかる。

「便せんはないの？」

「ないようだな。だが、なにかは同封されていた。この封筒の皺《しわ》を見てくれ」

「小さい石かなにかが入っていたのかな」

「真珠だ」

ショルトーはなぜか、真珠だけを同封した封書をマーヴィンに送ってきていた。メッセージもなにもなしに。

「もしかして、この婚約指輪の真珠がそれってこと？」

「可能性は高いな。三十代の医師が婚約者に贈るための指輪に、真珠を選ぶ理由が、相手の好み以外にあるとしたら、家族から受け継いだものか、それとも手近にあったもののほぼ二択だろう。実際これだけの照りのある南洋真珠の価値はダイヤにも劣らない」

ショルトーはマーヴィンの居場所を捜し出し、メッセージもなにもなしに真珠だけを贈ってきた。おそらく真珠は、彼が持ち逃げしたアフガン財閥のものだろう。少し調べれば、この真珠がどこの産地で、どれくらい古いものなのかはわかる。セイロン産の真珠と知ればマーヴィンがイニシャル〝S〟の正体にたどり着くのは難しくはない。

「どうして真珠だけ？　それが、ショルトーがマーヴィンに譲りたい遺産ってこと？」

ふたりしてキャビネットを片っ端から開けて探したが、それ以上の手がかりは残されてはいなかった。

「残ってたのは、封筒だけかあ」

落胆する私とは正反対に、シャーリーは南洋真珠に劣らないそのパライバトルマリンの瞳をいっそうきらめかせ、少し興奮気味に早口でまくしたてた。

「これでほぼわかった」

「ほんとうに⁉」

「君はここまでなにもかもぴたりと符合したのに、なにも手応えを感じないのか？」

「え、だって、肝心の遺産の額とか内容とかはわからないんだし……」

「君はさっき221bでなんと言った」

三秒前のことから忘れていく私に三十分前のことを聞くなんて、と思ったがますます冷ややかに見られることがわかっていたのであえて言わない。

「えーっと、ええーっと、たしかエイレネを追わなきゃって」

「そうだ。エイレネの居場所がわかった」

「ウソ⁉」

「さっきミセス・ハドソンに君が聞いた内容すら忘れたんだな。ジョー。君は核心に近いところまで迫っていたんだぞ。ここへ来たのは裏付けをとるためだ。ショルトー商会は現在三代目で、P&Oの下請け、主にインド航路を受け持っていた。つまり、ショルトーはアフガンからインドへ逃げ、そこで奪った財宝を船に換えてうまくロンダリングし逃げおおせたんだ」

財宝を運ぶには手間がかかるが、船を買ってしまえば逃亡手段も同時に手に入る。そしてショルトーはその船を手がかりに、おそらくは違法な取引なども請け負いながら会社を大きくしていったのだろう。

そして、老いて会社を息子に譲り、修道士になって、改めてかつての罪を悔いたのか、裏切った部下の家族に連絡を取り始めた。そういうことなのだろうか。

「そんな美しい懺悔物語なら万事めでたしめでたしで済んだだろうが、ハッピーエンドと考えるにはおかしな点がいくつかある。ひとつは会社を継いだ長男バートの急死だ。表向きは心筋梗塞ということになっているが、ミセス・ハドソンに調べてもらうと面白いことがわかった。なんと、運ばれた先はセント・メアリー病院で、死亡診断のサインをしたのがマーヴィンだ」

「えっ、マーヴィン!?」

「まだあるぞ、ショルトー修道士の死因は病死や事故死じゃない。殺人だ」

なにかの合図のように、私のセルフォンにファイルが送られてきた。送り主はミセス・ハドソンだ。

「なにかを思い出さないか。セントバール修道院で殺人と言えば」

「……もしかして、あれじゃないの。バスカヴィルの事件で、私たちが追ってたノッティングヒルの殺人鬼の……」

叔母キャロルの結婚を発端にして、私たちがダートムーアを文字通り地下道まで這いずり回って解決した、一度は絶滅したはずの病原体を遺跡から取り出し復刻する闇ウイルスマーケット陰謀事件。あの途中に、真犯人にかかわる大きなターニングポイントとして現れたのが、ロンドンの古い修道院だった。その修道院を基とする、英国ナンバースクールのひとつである名門校の資料館に保管されていたペスト死者のミイラ。その一部から取り出された病原体に罹患して死んだ修道僧の中に、ショルトーがいたとはまったくもって予想外だった。

「偶然、にしてはできすぎてるよね」

「偶然のはずがない。この事件には、あのウイルスマーケットや、その元締めのひとりであると言われているあのひとが関わっている」

シャーリー・ホームズは彼女のことを、いつでも〝あのひと〟とだけ言う。それはこの世界でたったひとりを指していて、〝彼女〟のことを、シャーリーがほかの名前で言うのを聞いたことがない。ヴァージニア・モリアーティ。シャーリーを形作る血液を生み出す人工心臓の発明者にして、世界中に潜む、人身・ウイルス・武器・そして不正通貨……、あらゆるブラックマーケットの支配者。

「リジーを見たときから、〝あのひと〟が事件にかかわっていることは、なんとなく予想がついてたよ。ってことは、エイレネを脅迫し、再び手中にしようとしているのは、モリアーティなんだね」

私は、シャーリーがエイレネを見るときの不自然な従順さ、そして遠慮に似た気遣いのような非積極性について、ようやく腑に落ちた気がした。エイレネとシャーリーは、同じようにモリアーティに生殺与奪を握られている者同士だったのだ。シャーリーはそれがわかっていたからこそ、あえてエイレネの懐に飛び込み、なぜエイレネがモリアーティサイドから離反したのか、裏でなにが起きていたのか知る必要があったのだろう。

「エイレネがなにも言えないのは、モリアーティのスパイがいるからなんだね」

「そうだ。彼女もそのスパイの監視下にあった」

エイレネのキャンプに潜入するとき、シャーリーがややくどいほど言い置いた「なにがあっても自分を助けないこと」とは、おそらくモリアーティ側に見張られていたために、表立ってなにもできないことの予想がついていたからだろう。そして、エイレネが突然シャーリーとの結婚を条件にしたのは、自分たちを監視しているモリアーティへの目くらましだ。結婚式をやるとなれば、大勢のインフルエンサーを呼んで一時的にネットを解放することになる。

「あれは、シャーリーや私に、ネットを使わせて真実を知らせるため？」

「もっと言うなら、君を巻き込んだのもそうだ」

私を挑発するように２２１ｂを訪れたのは、エイレネがシャーリーの身を心配してのことだったという。そして単純な私はまんまとおびき寄せられたのだった。すべてエイレネの望むように。

「あまり時間がない。移動しながら話そう。もうここには用はない」

シャーリーはテーブルの上にあった、私の元婚約指輪だけをつかむと、足早に部屋を立ち去った。我ながらなんの感慨もなく、もう二度と来ることはないだろう、新居を後にした。

「本当だ、シャーリーの指輪と私の指輪、おそろいみたいによく似てる。色といい、同じ真珠だね」

オートロックの閉まる音が小気味好い。エレベーターのドアが閉まると同時に私は今までしてきたように、あの部屋であったことを完全になかったことにした。

「シャーリーとペアリングと思えば、なかなかよくない？　なんだか私たちの婚約指輪みたいで」

「……君のそのどこまでも楽観的で短絡的な思考回路さえあれば、脳刺激システムなどなくても全人類が鬱病から逃れられるだろうな」

「すごく褒めてるの？」

「そういうところだ」

シャーリーがどう言おうと、真珠がどういう経緯で私たちの指に収まっていようと、今の私は一週間前より何倍もハッピーでわくわくしていた。ついに事件の真相に迫っている手応えは十分にあったし、シャーリーが訳のわからない魔法にかかってエイレネを愛しているなんてややこしい事態にならなかったのがなによりいい。

私たちがパディントン・スクエアのゲート側にたどり着く頃には、すでに見慣れた真っ白いベントレーが待っていた。助手席に座っていたのがカーネルサンダースだったので、すれ違う車の運転手や同乗者たちがぎょっとした顔で五度見くらいしてくる。

「ところで、聞いて良いのかわからないけどこのカーネルおじさんの用途はさあ……」

「どういう用途で売られているのかまでは知らない」

マイキーが対アメリカ問題でなにかストレスが溜まっている現状が大いに察せられた。

「ショルトーはアフガン財閥の財宝を船とそれにまつわるビジネス資金に換えて逃げおおせた。そして、年老いてから、マーヴィンにセイロン産の真珠を送ってきた。ショルトーの会社はインド航路を行き来する汽船業。ってことはつまり、ショルトーはセイロン産の真珠の密漁にかかわっていた……？」

「そう考えるのが妥当だろう」

「マーヴィンが死亡確認のサインをしてたってことは、彼はだれかと組んでいたんだよね」

「普通に考えて、死を前にした父親が、懺悔の代わりに赤の他人に財産を譲りたいといいだせば、反対するのは子供だ」

「前社長のバートは、会社の資産をマーヴィンに譲ることを反対していた。そして父親に次いで急死。つまり、マーヴィンと組んでいたのは弟のジュニアじゃない？」

兄に代わって会社を独占するチャンスだと考えたのかもしれない。そして、なんらかの手段を用いて、父の死後、兄を始末した。自然死に見せかけるためには金と協力者が必要だった……

「マーヴィンに送られてきた手紙を見て確信できた。サディアス・ショルトーの自筆でまちがいないようだ。ということは、マーヴィンに財産の一部を譲りたいというのはショルトー元大佐の本心ということになる。兄のバートがそれに反対し、弟は兄を消すチャンスだと父側についていたのなら、すべてに納得がいく」

「だけど、兄を消してまで会社を乗っ取りたかったくせに、強欲なジュニアは、マーヴィンに資産を取られてもよかったの？」

「そこで、エイレネの登場だ。彼女がかかわってくるんだ」

シャーリーは薬指を少し浮かせて真珠を見せた。

「彼女はショルトー一家の真珠の密漁ビジネスにもかかわっていた。実はショルトー一家が手がけていた密漁は真珠だけじゃない。インドや東南アジアの紛争地帯などから、貴重な動植物……、動物ならベンガルトラから珍しい毒蛇、植物なら富裕層のコレクターが多い熱帯性の蘭など、あらゆるものをアフリカを経由してロンドンへ運んでいた。多くは南アのブラックマーケットでさばいていて、ロンドンからは特に、買い手やビジネス相手を運んでいたようだ。エイレネがプリンスに送ったという写真のことを覚えているか」

「ああっ、あの脅迫に使われた、密猟デートのやつだ！」

「あの、現地ガイドを雇って保護区へ違法侵入するツアーも、ショルトー一家が長年インドで手がけてきたビジネスだ。エイレネとショルトーはモリアーティのビジネスによって結びついていた。おそらく、ショルトーが最初にアフガン財閥の財宝をさばいて船やビジネス資金に洗浄するのを手伝ったのがモリアーティなんだろう」

だんだんと、バラバラだったピースがつながりひとつの絵をなしてゆく。モリアーティという蜘蛛の吐く陰謀の糸によって複雑にからまり、欲望によってがんじがらめにされる人間タペストリーのよう。

「エイレネはショルトーの子供よりも若いし、そもそもNYで学生やってたころからプリンスと組んでいたんじゃないの？　いつモリアーティの仲間に？」

「ちょっと待ってくれ」

外部からの受信の案内がミセス・ハドソンから入った。

「レストレードだ。ショルトー商会の船籍を探してもらっていた。彼らは必ず海へ出るはずだ」

「海へ……？　逃げるの？」

「逃げるのはショルトーじゃない。王子だ」

そう言われて、私はそういえばさっきの結婚式で、英国の王子の新たなスキャンダルが全世界に向けて発信されたことを思い出した。慌ててセルフォンを取り出し、自分のアカウントからインスタをチェックする。

「うわー……、すごいことになってる」

シャーリーの指摘した通り、キャンプの聖モニカ教会の礼拝堂で起こったあれやこれやが、あらゆる刺激的で大げさなタグつきで拡散されていた。いい感じに大麻をキメていたインフルエンサーたちが雪崩を打って押し寄せる警察に捕まる様子や、私自身まったく気づいていなかったが、医療大麻の拡大合法化を求めるプラカードを掲げライブに映り込む若者たち。もはやここがいったい何の会場なのかわからないほど混沌としている。

「デイヴィッド・ピーター王子は大麻の愛好家で、そのためだけによく渡米している。英国でも利権がからんでセンシティブな話題だが、今は特にブレグジットで、王室メンバーが慶事で目立つのはよくても、悪事で目立つには時期が悪い」

「そうか、私が王子なら当分静かな場所に逃げたいって思うはず。プライベート客船なら、パパラッチも余計な警察沙汰も完全に遮断できるね」

逆を言うなら、エイレネたちは結婚式を利用して、うまく王子を追い込み、カップルを船に乗せたともとれる。はたしてその思惑はなんなのか。パパラッチから守って女王に恩を売るためか、それとももっと別の理由があるのか。

「とにかく、その船に潜り込もう！」

『それが、間の悪いことに一時間前に出航したようだ。目的地ははっきりとはわからない』

いまいましそうなレストレードの声の向こうに、おそらく同僚や部下たちの声だろう。声というよりは怒号が飛び交っている。大量に逮捕したインフルエンサーたちの始末に手を焼いているようだ。

『とにかく、国外に出られたらもうこちらとしては手の出しようがない。あとはおまえさんの有能な身内が統括するほうのエンバンクメントに頼んでくれ』

「だれのこと？」

「国家安全保障会議《NSC》だ」

従来からある情報保安室が政治家や他省庁との調整を引き受けることで情報分析に専念できるよう二〇〇九年に設立された首相府直属の情報機関だ。おそらくマイキーのポジションのひとつもそこにあるのだろう。

「ミセス・ハドソン、キングスクロスヤードへ向かってくれ」

と、シャーリーが言った。

「え、どこへ行くって？　テムズじゃなくて？」

「今から出港許可をとっている時間はない。だったら、もっと融通のきく相手と交渉するべきだ」

「スコットランドヤードじゃなくて、キングスクロスヤードなんだね」

それがいったいなにを意味するのかピンとこないまま、私たちの乗ったミセス・ハドソンが運転するベントレーは、リージェンツパークをぐるりとなぞるように東へ向かった。テムズではない川沿いに見えるのは実は運河で、ずうっと西へたどればテムズと同じくスタンウェルムーア――あの貯水池につながっている。

大昔、鉄道を使って地方からかき集められた羊毛や石炭は、パディントンやキングスクロスなどの鉄道駅から船を使って運河をたどり、テムズへ合流して輸出されたという。だからパディントンとキングスクロスをつなぐ水路があり、双方の駅には巨大な倉庫跡地があって、私たちが住んでいた運河沿いのエリアも元物資倉庫街を再開発した場所だった。

カムデンタウンから、運河は一気に太い流れとなってキングスクロス・エリアへ流れ込む。ロンドンオリンピックが決まった後、中心地ではあらゆる資金が集中して再開発が進んだが、キングスクロス周辺は相変わらず巨大ターミナル駅の周辺とは思えない治安の悪い一帯があって、主に運河沿いは廃墟同然だった。私たちの乗ったベントレーも、そのような明かりのない一角のそのまた奥の、古い赤煉瓦で覆われ、屋根の落ちた倉庫の前で止まった。

「ここは……？」

「キングスクロスの北にある古い石炭置き場だ。ここの住人に船を借りる」

「うそ、こんなところにだれか住んでるの⁉」

見たところ静まりかえって野犬すらいない。それもそのはず、辺りを見渡しても完全な廃墟だ。いや、昼間であれば運河の流れは思ったよりきれいで、赤煉瓦倉庫の廃墟もそれなりに雰囲気が出ていいのかもしれないが、時間的にも完全に闇に沈んだヤードは、ここがロンドンの中心地とは思えないほど荒れ果てていて、ホラー映画の冒頭部分に出てくる、必ず一般人が複数死ぬシーンに完全に一致していた。

考えてみれば、英国が石炭の輸出をやめてから百年以上放置されたため、当然電気もガスもない。倉庫街だから上水道がまともに通っているかも謎だ。そんな場所にいったいだれが住んでいるというのだろう。

「ねえ、シャーリー。もう王子は船で出てしまったんだし、明日飛行機で移動しても」

「しっ、静かに」

シャーリーがたしなめる。その理由はすぐにわかった。眼鏡の上半分のような赤煉瓦のアーチの向こうから、だれかが近づいてくる。足音がする。

犬だ。

「クレオ、僕だ」

そっと白い足が闇から伸びた。白いのは前足だけで、犬の体は、まるで半分異世界にいるかのように真っ黒なまま、夜の向こう側にいた。

「主人はボートか？」

「ボート？　まさかナローボートに住んでる？　とか？」

「そのまさかだ」

ここロンドンのテムズ沿いで、ボートに好んで住む人々は珍しくない。ちゃんと住所も権利もあって、天井部には太陽光パネルを積み、中はインターネット完備の上ゆったりと水辺の景色を楽しめるバスルームまである船もある。

「ここの主《あるじ》は、僕も今までじかに会ったことはない。顔も知らない」

「顔も!?」

「知っているのは、先祖からこの広大な貯炭場《コークスヤード》を相続した大地主で、いろいろあって人と会わずに済むこの廃墟内の運河に住んでいるということ。ここは全くの私有地ゆえに詳細を知る人間は少なく、主はロンドンのど真ん中にあっていまだ再開発を拒んでいること。そして、内陸部にありながら運河が通っているため外海とのアクセスが可能で、今でも大勢の不法入国ビジネスで潤っているということだ」

シャーリーの話によると、このコークスヤードの主はさまざまな外海接触ビジネスに一時貸しをして、固定資産税を支払っているが、どうも最近になって再開発共同会社への土地提供を決めたらしい。理由は、本人の高齢化と所有財産の現金化による相続問題だということだった。

「モリアーティの財団への協力者は何人もいるが、中でも〈クレオ〉はモリアーティが逆らえない出資者のうちのひとりだ。ここロンドンで彼女の所有する土地財産だけでも、ウィンチェスター侯爵に次ぐ規模だと言われていた。パディントンのベニスカナルや君の住んでいたスクエア辺りも彼女の持ち物で、再開発した会社にも借地権つきで貸し出しているだけだ。ロンドンで開発の遅れている中心地はいくつかあるが、そういう場所はクレオの持ち物であることが多い。ようは極端な人間不信で、こうして犬を介してしか接触しない。だから、ほとんどの人間は彼女とコンタクトをとれないんだ」

よく見ると、真っ黒い雑種の大型犬（名はアヌビスというらしい）の首輪のあたりにカメラが仕込まれていた。なるほど、クレオなる人物はこちらをボートから監視しているようだ。

「もう知っていると思うが、ショルトー商会が所有するプライベートボートが一時間ほど前にテムズを出た。そこに乗り込みたい」

「乗り込む!?」

「ついては、武器と足を借りたい。代金はマイキーから取り立ててくれ」

しばらくして、犬がしゃべった……のではなく、犬の首輪についている小型カメラから合成の声が響いてきた。

『その真珠、ずいぶんと遠いところに行くようだ』

「そうなんだ」

シャーリーは、パディントンの私の家からもってきた、私の元婚約指輪が刺さったままのケースに、自分の薬指に嵌まっていた指輪を添えて、そっと差し出した。

「あなたに返すべきかと思った」

『ショルトーがポーク湾でやらせているビジネスだね』

犬が大きく口をあけて、ケースごとくわえた。

「クレオの祖先は、もとはインドの出身だ。真珠をとる奴隷たちは、セイロン島にあるポーク海峡に伝統的な小型ボートを出して、五十フィートまで潜る。素早く潜るために重い石を抱いて何度も何度も」

『そのまま沈んでいった子供も大勢いたさ。ロンドンでなんとかストーンという名を持つセイロン人は、みんな石を抱いて潜った海女《あま》の末裔だよ』

犬が笑った。そんなように見えたが、実際は犬の口から笑い声がしただけだった。

『行くのかい』

「ああ」

『おまえがそうしたいのかい？』

「そうしたい」

『ふうむ、そんじゃあ武器も足もあげよう。ちょうど処分に困っていたボートがひとつある。改良に失敗してね、積んだエンジンの許可が下りなかったんだ。好きにしたらいい』

「ありがとう。ここを手放すと聞いたが、あなたはどこへ行くの？」

『もうこの歳だから、近くにいろいろとあったほうが便利だと思っただけさ。どこにも行きはしないよ。運河《カナル》は便利だし、ここも我らの土地だからね』

遠い遠い昔、クレオの一族は海の果てから強制労働者として連れてこられた。そして、この運河で毎日顔を石炭で真っ黒にしながら働き、家もなく屋根のない船の上で暮らしていたという。やがて一族の仕事は単純な荷役から、運んできたコールタールを蒸留して工業用クレオソートを作ることに変わった。乗用車が進化してタイヤの生産が始まると、加工過程で発生する毒ガスのせいで、始めは五十人ほどいた一族も病気で半分が死んだ。一族はカトリックでもプロテスタントでもなかったので、遺体はカナルに沈めるしかなかった。そうして、この運河は彼女たちの墓場になったのだ。

彼女たちの一族がロンドンに連れてこられて二百年が過ぎ、クレオの祖父が労役者たちの中で頭角を現し、組合を組織して資本家たちと闘い、そうしていつしか暴力と密貿易と資金洗浄によってロンドンのブラックマーケットを支配するようになった。しかし、彼らは何代にわたってもロンドンの人間と結婚せず、縁も結ばず、友人も作らず、決してロンドンの、英国の人間を信用せずにいる。現代になってもこうして英国政府が自分たちを忘れないように、ど真ん中の一等地を荒れさせたままでいるのは、一言でいえば復讐だ。

「いくらオリンピックなどという祭りのために再開発を進めて表面だけ新しくしようとしても無駄さ。女王も、長年この国を支配している権力の上澄みが服を着た白人も、グーグルマップを見るたびにここの廃墟が目に入るだろう。自分たちが搾取してきた歴史を思い出す、ほんのちょっとした演出なのさ」

クレオの声が消えると同時に、犬もすっと音も立てずに闇の中に消えた。あの犬は人を食っているから近づくなとシャーリーは言ったが、つまり、ここに不法侵入してきた人間がことごとくやられているということなのだろう。たしかにこの広さだ。犬はいくらでも飼えそうである。

「ありがとう。無事ならば返しにくる」

『いらないよ』

闇から声だけが響いて、やがてあらゆる生き物の気配もにおいも消えた。

シャーリーが急いでベントレーへ引き返したので、私も慌てて駆け寄った。

「次はどうするの」

「サウサンプトンから外海に出る」

私が車のドアを閉めるないなや、ベントレーが爆速で走り出した。いつものことなので驚く暇もない。

「クレオのボートで王子たちに追いつく。おそらく彼らはスエズ経由でドバイへ向かうルートを取るはずだ。女王の所有する小島がクレタ島にあり、そこの別荘はロイヤルたちがなにか問題を起こすたびに避難所になっている。新しい恋人をつれた王子がいかにも駆け込みそうな場所だろう」

シャーリーによると、ロンドンの外港であり多くの豪華客船の出港地であるサウサンプトンを一時間前に出たのなら、次は朝、フランスに寄港するはずだという。ゆっくりとした航海ならば九時間の船旅だが、高速ジェットボートで飛ばせばその半分で着く。

「フランスの海上警察は世界第二位の規模だ。警察といっても実質は海軍が仕切っていて数も行使力も強い。が、今、フランスはイギリスのしがない外海よりも中東からの避難船が押し寄せる地中海に数を割いているため、大西洋側はほぼ素通りできる」

「それで？」

「ルアーブルに着く前に、船を止めて乗り込む」

「止めるってどうやって!?」

「クレオにもらった改造ボートを使う。後ろを見ろ」

運河沿いの道をスポーツカー並の速さで駆け抜けている私たちの後ろから、巨大な黄色物体が迫ってきていた。いつぞやロンドンアイの近くで見たことがある、ロンドンダックだ。あの愛くるしい顔をした巨大なアヒルが、我々よりも速い速度で運河を駆け上がっていく。

「あれなに!?」

「ちょっとした武器だ」

「武器っていうか、凶器じゃん！」

「ぶつけられたほうは悪夢だと思うだろうな」

シャーリーの口ぶりから察するに、あのアヒルは爆弾かなにかを積んでいて、これから王子たちの乗った豪華クルージングボートに体当たりしにいくらしい。たしかに悪夢だ。

「王子の身になにかあっても大丈夫なの⁉　国際問題になったらマイキーの怒髪天がハルマゲドン並みになるのでは？」

「見ていればわかる」

それから、私たちは、あっという間にベントレーを追い抜いていった巨大なアヒルを見送ったあと、サウサンプトンに到着し、船に乗り換えた。どう見てもロンドンの湾岸警備隊の皆さんとその保有船にしか見えなかったが、彼らもさすが公務員、ロイヤルがらみの上からの謎のお達しにも慣れているのだろう。私たちを見ても顔色も変えず、すぐに出るから急いで救命胴衣を着るように言って、着たあとはチェックまでしてくれた。さすが皆さんレスキューのプロである。

私たちを乗せた小型の巡視艇は、いくつかのチェック任務をこなし、時にはタンカーなどを見送りながら、徐々にイギリスの沿岸を離れていく。時間はもう夜中、テムズ沿岸ではあんなに明るくきらめいて見えた本土も遠ざかり、ひとたび外洋に出れば、人ひとりの放つ人工的な明かりなどなんの力もない。有史以来数え切れないほどの命を飲み込んできた海が、圧倒的な死を意味する大波となって押しつぶすように迫ってくる。

「ねえ、この人たちのお仕事を増やすようでなんなんだけどさ。さっきのロンドンダックって」

「ミセス・ハドソンが遠隔操作をしている。豪華客船の走行に支障がない程度に角度調整してぶつけてくれるだろう」

「アヒルを？」

「そう、アヒルを」

「ぶつかったらどうなるの？」

「たいした衝撃はない。あのアヒルの内部から小型のアヒルが飛び出すだけだ」

「悪夢じゃん！」

本気でぶつけるために作られたとしか思えない。

「クレオはなんのためにそんな船を作ったの？」

「彼女はロンドンと王室に嫌がらせをするのが唯一の趣味なんだ。一族の伝統といってもいい」

「いつか王室が、インドを占領したことを心の底から後悔するといいね」

ともあれ、王子とその恋人がパパラッチから逃れて乗り込んだ豪華客船にぶつけるといえば力を貸してくれるとふんだシャーリーの目算は見事に当たった。彼女は、巨大なアヒルに体当たりされ、沿岸警備隊に乗り込まれた隙に客船に忍び込み、そのままクルーズをともにするつもりなのだ。

当然、客船には重要メンバーはすべて乗っているだろう。ショルトー商会の新社長のジュニア、彼らと組んで遺産を手に入れ、念願のプライベートクリニック分院をオープンさせるために一仕事しているつもりのマーヴィン、そしてシャーリーとの結婚式に水を差されたエイレネ。いったい彼らはこれから、この事件をどう決着させようとしているのだろうか。

それにしても、すべての発端はショルトーやマーヴィンの父親がアフガン財閥から奪った財宝だというが、事件の概要は把握できても、まだ細部まですっきり明らかになったとは言えない。そもそも私たちがこの事件に関わったのは、プリンスからの「愛の証明」の依頼なのである。その愛の証明、

〈魔法〉と適宜呼んでいる経頭蓋直流電気刺激法《tDCS》と受容体投与によるドーパミンコントロール技術だって、退役軍人の医療費というのっぴきならない事情のため、急いで進められた軍と大学の共同研究とは言え、電気信号ひとつでそうも都合良く人が恋に落ちたり、愛し合ったりするものなのだろうか。そしてこうまで都合良く、私やマイキー、そしてシャーリーを巻き込んでくるものなのだろうか。

なにより腑に落ちないのが、私だ。

私が、私以外のだれかに、たとえ電気信号のせいだとはいえ、だれかにとって都合の良い相手を愛することができたとは思えない。

「ねえ、シャーリー。私はさ、思うんだけど」

荒波をかき分けて進んでいるせいで、風と水しぶきの音がすごい。だからこのつぶやきがシャーリーだけではなく、ほかの船員たちのだれの耳にも入らないであろうことを承知で言った。

「医療費のかかる、面倒くさい退役軍人って、私も含まれてるのかなあ」

かき消されるのをいいことに、私はあえて、いつもなら飲み込んでしまうだろう考えを言葉にした。今ならばいいだろう。一瞬で風がさらってしまうから。

「私に生きていてもらって困る人、いっぱいいるもんねえ」

シャーリーがなにかに気づいたようにこちらを見た。

「どうしたんだ」

「んん？　いや、なんでもないよ。ただ、マーヴィンって、ああ見えてふつーの人だったんだよね。あんな密貿易なんてしてる一家に進んで関わったりするようなタイプじゃなくて……。だから、なんとなく思ったんだ。ショルトー・ジュニアという会ったこともない赤の他人から資産分配を持ちかけられて、父と兄の始末を頼まれ、マーヴィンがその計画に乗ったのは、ショルトー・ジュニアが、マーヴィンに〈魔法〉をかけていたからじゃないかって。つまり、〈魔法〉の正体は、ていのいい洗脳なわけで、マーヴィンは自主的に仲間になったわけじゃなくて、洗脳されて私と結婚し、いいように使われているんじゃないかって」

「…………ジョー」

「それにね、退役軍人の会を知ってるけれど、みんな進んで治療を受けに来るような人間ばっかりじゃないよ。これは私が医者だから思うんだけど、特に脳に外部電気信号なんて、言うほど簡単に場所を特定もできないし、それぞれ別の患者で同じ結果が得られるとは思えない」

ショルトー側もエイレネも、そしてマイキーも、この〈魔法〉が確実に運用されるもっと明確な理由を知っている。そして、それゆえに王室の人間や英国政府にとって、けっして無視できる存在ではないセレブたちにも使うことができるのだ。

たぶん、知っているのは私以外の全員だ。シャーリーですら、そのシステムの存在を疑ってはいない。そこまでして確信する理由は、

（モリアーティ）

「見えた。ショルトー商会の船だ」

船首辺りに来るよう促すシャーリー。純白の中型船。ちょうどクイーンエリザベス号をミニマムにしたような、ボートというには豪華すぎる客船の姿が現れた。

「ジョー、君の旧式セルフォンでどこまで撮れるかわからないが、インスタのフォロワーを増やすチャンスだぞ」

私はすぐにセルフォンを取り出し、夜間モードで撮影を開始する。いよいよ、巨大わがままボディロンドンダックがロイヤルシップにアタックする世紀の瞬間が見られるのだ。今こそ、ご公務中の公務員の皆様にはできないが民間人にはできる必殺技、すなわちなんでも動画に撮るのを実行するときだ。

「来たぞ！」

十一時の方角から、巡視艇よりも速い魚雷のような速度でロンドンダックがつっこんでくる。しかもレモンイエローの蛍光塗料で塗装されているため、巡視艇のライトが当たると、いっそう不気味な顔つきが悪魔的にあらわになった。

「ひっ」

海面を高速で滑ってくる巨大アヒル。思わず双眼鏡で監視していた沿岸警備隊員たちも悲鳴を飲み込む異様な風景だ。

「三百年の怨念をくらえ」

冷静なシャーリーの口調とは裏腹に、ものすごい轟音をあげてロンドンダックは自分たちの眼前を横切り、少し先を航行していたショルトー商会のロイヤルシップに頭からつっこんだのだった。

OH《オー》、という隊員たちのため息とも悲鳴ともつかぬ声は、巨大アヒルのはじけ散る音と波しぶきにかき消された。飛び散る波、そしてわがままボディから吹き出す何百というミニアヒルの雨。あまりの景色に私もあっけにとられて見入ってしまう。明るい場所でライブでもすればさぞかしバズったに違いない。もったいない。

『目標に到達しました。シャーリーお嬢様』

「ありがとう、ミセス・ハドソン、フランス海軍に連絡を入れてくれ」

『すでにフランス海軍地方監視・救助作戦センター《CROSS》に通報がいったようです。海上憲兵隊が動いています』

満足げにシャーリーはうなずいた。

「うまく足止めできたようだ」

「それはいいけど、あのアヒルの存在はどう言い訳するの」

「衝突寸前にドローンを十機ほど飛ばせてある。パパラッチという言葉が、ダイアナ妃の死を殺人事件にしなかった。この事件もインフルエンサーという言葉が闇に葬るだろう。悪人たちにとっては都合の良い世の中だ」

「なるほど……」

今時、お騒がせ炎上商法が国を問わず頻発するように、わざわざ事件を起こしてそれを実況し、ビジネスにする人間が後をたたない。理由は明確で、人は常に「だれかに気づいてもらいたい」という欲求を抑えることができないからである。

注目は愛と同じく、一度経験すれば麻薬のように人生に甘い傷を残す。代理ミュンヒハウゼン症候群に代表されるある種の自傷、加害行為はこういった欲望のコントロールに失敗して起こるものだ。

今の世の中、ロンドンから逃げた王子たちをどんな手を使っても追いかけ、カメラに収めようとするインフルエンサーたちがいないとは思えない。さすがに魚雷ロンドンダックは用意できなくても、寄港地を予測し張りこむことや、ドローンを無数に飛ばし続けることぐらいは平気でするだろう。

そして、そういう「一般人」の存在は犯罪の便利な隠れ蓑になるのだ。

「急げ！　フランスの排他的経済水域だ。フランス語の会話を強要される前に乗り込むぞ！」

英国成立以来、いやヨーロッパ有史以来仲の悪いフランス人に仕事を邪魔されてなるものかと、すかさず停船命令を出して巡視艇を船に寄せ始める沿岸警備隊員たち。ぶつかったのが巨大なロンドンダックでも、フランス海軍に同じ調子で啖呵《たんか》が切れるのだろうか、とふと思った。というか、さっきから海面を流れてくるアヒルの破片が海上に無数に散っており、折れた首ごと真っ二つに割れたアヒルの頭部が、ケルト神話の海獣かなにかのように顔半分でこちらを見てくる。怖い。なんともいえない光景だ。明日の我が221bアカウントは最大のイイネ数を獲得するに違いない。

私たちの乗った巡視艇のボートが、ショルトー商会のロイヤルシップに横付けされる。私もシャーリーも素知らぬ顔で中に乗り込んだ。シャーリーの言った通り、アヒルの本体はバスタブに浮かんでいる家庭用のものと同じく分厚いビニールでできており、体当たりをしたとはいえ、ロイヤルシップの船体にさほどダメージはないようだった。

沿岸警備隊の検証は、予測とほぼ変わらず、迷惑なインフルエンサーによる嫌がらせと盗撮行為ということでことなきを得たようだ。どちらもフランス海軍がやってくる前に走行を開始したいせいもあって、テスト走行の間は警備隊のボートが併走し、特に問題がないことがわかると、こちらが思ったよりも早くに解散となった。

「ねえ、これからどうするの」

「しばらくの間はおとなしくしているしかない。ロンドンから遠く離れた海上で、ミセス・ハドソンが船のシステムにどの程度干渉できるのか、やってみないとわからない。複雑なシステムではなくとも、干渉を気づかれずに乗っ取るのは限界がある。船は少なくともモルディブ辺りまでは最低限の給油で航行するはずだ。それまでは我々もすることは特にない」

「モルディブ⁉」

私は突然飛び出した南国リゾート地のワードに心底びっくりして叫んだ。

「大声を出すな。ジョー、我々は今……」

「侵入者だっていうんでしょ。だけど、どうせそのうち捕まるよ。エイレネが、さっきの不審なアヒルアタックの真意に気づかないはずがない、と思う。じゃない？」

「それには同意する」

私たちは、デッキの後方に、一見おしゃれなバーのディスプレイのように設置されている救命ボートの陰に座り込んで、甲板に吹き付ける真夜中の外海の風と寒さをしのいでいた。息が上がる。口から吐き出された瞬間は白くにごるのに、あっという間に消えて散るのは空気の流動性が高いからだ。つまりここはとても寒い。

「ねえ、このままここにいる？　なんとかして中に忍び込まないと、凍死するんじゃない？」

「そうだな」

「でもまあいいか、いっしょに死んでも」

人間は生命に限界を感じると、とたんにドーパミンが放出されて恐怖を感じなくなるという。なかでも凍死は、人に与えられるあらゆる死に様の中では悪くないほうだ。しかし、人間は体温が三十二度まで低下すると、全身が震え無気力になり、意識がはっきりしなくなる。呼吸が浅くなり、手足の血管が収縮し、顔も皮膚も冷たく青白くなっていく。つまり、普段のシャーリーはつねに体温が低く、真っ白を通り越して青白いのはこのせいだ。さらに体温が低下すると、震えが止まり、筋肉が硬直し始める。ここまでくると脳からあらゆる快楽を引き起こすホルモンが出て、呼吸が乱れ、意味不明な行動をとったりする。そして二十八度以下になると自発呼吸がなくなる。つまり、正真正銘の死が訪れる。私とシャーリーの体温は大きく違うから、ここで同様にしていても、最初に死を迎えるのはシャーリーということになる。

（シャーリーが低体温症になる前に、こっちから出て行って見つからないと）

「沿岸警備隊がお膳立てをしてくれるなら、マイキーと王室が王子の逃亡を容認したってことでしょ。シャーリーがここまでする必要はないよね」

なのに、彼女はここに来た。彼女が守りたいのは王子ではないからだ。

「前に、エイレネは昔の知り合いだって言ってたよね。なんだっけ、大昔の『アウトランダー』の時代に、王様をかくまったなんとかって貴族の」

自分に興味があることもないことも三分後には忘れる私が、マスグレーヴなどというややこしい姓名を覚えているはずもなく、

「財宝が隠されていた地下室はカトリックの礼拝堂で、そこにあった王冠を盗んで逃げたスタッフが

いて、でも王冠は池の中から発見されたっていう」

せっかく苦労して手に入れた王冠を池に投げ捨てて逃げた理由がいまいちよくわからなかった。あのときは、シャーリーとエイレネの仲のほうが気になって、ろくに気が回らなかったが。

「あれってさあ、もしかして、犯人が消えたのって、消えたんじゃなくて死んだんだったりする？」

「なぜ、そう思う」

「何百年も閉じられてた地下室を開けたんだよね。中にはカタコンベみたいに頭蓋骨とかが落ちてたり……。そんな状況の場所って、……例のウイルスマーケットの売人が興味を持ちそうだよね」

「君は、時々一周回ったところに光を放って突然落下する彗星のような冴えをみせることがある」

シャーリーの唇はパンクロッカーが使う口紅を塗ったように青紫になっていた。私は思わず自分が分厚い毛布になった気分で彼女の頭を抱え込み、せめて暖かい息を自分たちの間に閉じ込めようとぎゅっと身を寄せた。

「地下室を開けた泥棒の男は、活性化したウイルスで死んだの？」

「そうだ。男はアジアルーツで、ヨーロッパ人が克服したウイルスの抗体をもっていなかったと思われる」

「死体がなかったのは、だれかがサンプルとして回収したからだよね。第一発見者の元恋人は、男が変死体になっているのを見て、怖くなって財宝を捨てて逃げた。警察がそれ以上追及しなかったのは、そもそも死体がないから立件しようがない」

「その通り」

「……エイレネと古い知り合いと言ったのは、言葉のあや？　彼女を本当に知ってた？」

シャーリーは細かく首を振った。

「会ったことはなかった。でも存在は知っていた」

「じゃあ、エイレネのほうは、知っていたんだね。エイレネに会ったことはなかった。だけど、今はそのエイレネのために、したいことがある。彼女を止めたいんだよね」

エイレネとシャーリーとの間にはなにかがある。いつもは自分という存在をまるで人間ではないように意識的に社会から切り離している彼女が、結婚だの愛だのを自分のことと関連付けて話し、実際に当事者になろうとした。それだけで、私にはどこかシャーリーがこの一連の事件に身を捧げようとしているかのような……、もっと言うと、そうすべきだと強い義務感を抱いているような気がしてならないのだった。そう、シャーリーが自分をロンドンの防衛システムの一部だと思い込まなくては、かつて世界的犯罪者に命を救われ、今もなおその英知の恩恵によって生かされていることを許容できないように。

きっとその罪悪感こそ、モリアーティが作る蜘蛛の巣そのものなのだ。彼女の作り出す広大な犯罪マーケットの網は、彼女の発明と英知によって救われた命が支え守っている。そしてそれを補強するのが、富や栄光を得たい権力の狗たちだ。どちらもその血液の一滴までモリアーティを支え、そして支えられている。シャーリーが蜘蛛の巣から逃れられ、自己を保てているのは、マイキーの後ろ盾と本人の強靭なメンタルコントロールの成果にすぎない。

もし、エイレネがシャーリーと同じ立場であったとしたら、マイキーのような切り札を持たず、己の力だけで蜘蛛の巣から逃れようとし、今あがいているのだとしたら、力を貸さずにはいられないのではないだろうか。

（だからキャンプの存在を知って飛び込んだ？　エイレネの提案のままに結婚までしようとした……？）

思考の渦はいつまでも回転をやめず、私の不安とそれ以上の問いへの情熱は強くなるばかりだったが、これ以上救命ボートの陰にいる理由は見当たらなかった。どうせ見つかるのならば、シャーリーが低体温症になるのをほうってはおけない。

私はシャーリーのウインドブレーカーのフードをより深くかぶらせ、顔の前まで隠れるようにスナップボタンを留め直すとその場に立ち上がった。少し前からだれかが近くに立っている気配があった。こちらを襲ってくる様子はなかったから、太ももの伸縮式警棒には触れないでいた。いつものように、ジャケットには注射器と、薬物と、簡単な爆薬とスタンガンと生理食塩水と抗生物質と痛み止め、抗アレルギー剤。圧縮バンドと数種類のタクティカルペンが仕込まれている。探偵に七つ道具があるとしたら、これらは助手の道具と言えよう。

銃は驚くほど近接戦では役に立たない。アフガンのような土地では、標的の殺傷よりも生き延びることが勝利になるから、おのずと携帯するものも違う。相手を殺しても自分が生きて戻らなかったら意味がないからだ。そういう意味で、私の皮下脂肪は思った以上に荒れ地でいい仕事をする。

（あの男だ。キャンプで私をずっと見張ってた、どこかエイレネに雰囲気の似た男）

小男《スモール》ジョナ、とエイレネが呼んでいるのを何度か聞いたことがあった。親しげな雰囲気ではあったから、本当に身内なのかもしれないと思っていた。

「この子を中に入れてくれない？　知ってるでしょ、あなたのご主人の大事な人なの」

あの結婚式の騒動の中、ジョナと呼ばれていた彼がなにをしていたのかは知らない。エイレネを守っているような行動は見当たらなかった。だが、ここにきてこの船に同乗しているなら、彼もまたこの事件の重要人物のはずだ。

「……エイレネは、俺の主人じゃない」

声を初めてきいて、おやとなった。思った以上に歳を感じた。肌につやがあってたるみもなく、髪も黒々としていたから気づかなかったが、実際はエイレネとは親子以上に歳が離れているのかもしれない。

「あなたがだれでもいいけど、エイレネはシャーリーを大事にしてるでしょ。室内に入れて」

発見された侵入者にしてはふてぶてしい態度で私は要求した。ジョナは心底嫌そうな顔で、だが仕方がないといったふうに肩をすくめ、私たちを中へと案内した。

部屋を使えるのはシャーリーだけで、最悪私は倉庫にでもぶちこまれるかなと覚悟していたが、予想に反して、私たちはごく普通の暖かい空調の入った、いや、普通のと言っても十分豪奢なホテルメイクの部屋を与えられた。私はうつらうつらしているシャーリーをベッドに寝かせ、十分体温が戻っていることを確認してから、彼女をベッドに置いたままジョナと対峙した。部屋から出て行かないのは、見張り続けるためではない、私に用があるからだ。

「海の上なんだから、逃げないし騒ぎも起こさないよ」

「飲め」

私の言葉などはなっから聞くつもりはないらしい。コップに入った液体を、彼はテーブルに置いた。

「答えは期待してないけど、なにこれ」

「飲め」

「睡眠薬か毒物かだけでも」

「飲め、おまえが危険なことは知っている。飲め」

私は口を尖らせた。これ以上の答えは引き出せそうもない。よく訓練されたエージェントのようだ。

「はいはい、飲みますよ。飲まないと夜の海に放り込まれそうだ」

私を殺すならとっくに殺していたはず。そうしなかったのは、シャーリーを刺激しないようにするためだ。つまり、これは強めの睡眠薬か自白剤で、直接命を奪うようなものではない。よっておとなしく飲む方が生還率はあがる。

選択肢が決まれば、ここで一分間粘ろうが十分間抵抗しようが意味のないことだった。私はコップに半分ほど注がれた透明な液体を口の中に流し込んだ。舌で味わい、自白剤入りの睡眠薬であることはわかったが、吐き出すことはしなかった。まあ、ここらで一度シャットダウンして、スッキリした気分で目覚めるのも悪くはないと思った。

だいたい百八十秒を超えたあたりから、意識がもうろうとしてきた。経口薬にしては効き目が強力だ。こういうのは正直嫌いじゃない。マーヴィンのクリニックでも、慢性不眠症の患者が静脈麻酔による熟睡を求めて毎日のようにやってきていた。静脈内鎮静法で中枢神経系の動きを抑制し、意識を残したまま眠らせるので、特に歯医者などではメジャーに利用される。恐怖を感じる間もなく意識がなくなり、十五分から三十分後に目覚めたときは、驚くほど体が楽になっているので人気だった。当然ながらバリバリの自費診療である。

眠りは死の姉妹、と昔のインテリは言ったそうだけれど、文学の素養など一インチもない私もそうだと思う。人は毎日死んで、何度も生き返るのだ。と思えば、寿命や格差、キャリアやパートナーシップなどといった、長く生きるため人が生み出したシステムによる現状判定にいちいち落ち込まずに済む。いったいいつごろからこんな悟りの境地に至ったのかは覚えていないが、気がつくといつのまにかそんなポリシーができあがっていた。

おやすみなさい。という優しい声がした。あのジョナの声ではない、歌曲のような響き。エイレネが来たのだ、とわかった瞬間なぜか安堵した。

それからしばらく、ゆらゆらと波間を漂うゴミのように私はなっていた。どこへたどり着くのかわからない、どこへ向かっているのかも知らない。波にさらわれた椰子の実なら、いずれは浜辺に流れつき、そこで根を張るというゴールデンプランが用意されているのだが、私自身がそんな素敵な可能性を秘めていない。ゴミの行き先は決まって焼却炉だ。だからどこにいようと大差もないし、特に興味もない。

大事なのは、今だ。今、楽しければまあ、それで。そばにレスキューしてくれて、加害してこないだれか他人がいてくれればもう御《おん》の字で。

——だから殺したほうがいいと言ったんだ。

もやもやの蜘蛛の糸でできた透過性の意識の壁の向こうから、そんな物騒な声が聞こえてくる。私はといえば、もうとっくに昏倒してそのへんの床の上だか、テーブルの近くにあったソファの上だかで、だらしなくよだれを垂らして眠りこけているのだろう。

——俺はあいつを見たことがあるんだ。左ききで右脚が悪く、底の分厚い狩猟用の靴を履いていて、グレーのアーミージャケットを着て、ホルダーを使ってバダフシャーン産のアヘンを吸ってた。あいつらがどうなったか知ってるだろ。皆殺しだったんだ。ボスコム谷は今、死の谷とか言われてだれも近寄らない！

なんだか聞いたことのあるワードがちょいちょい飛び込んでくるけれど、英語ではないので詳しくはわからない。バダフシャーンなんて地名久しぶりに聞いたなあ。なんだろ。

——あいつはジャケットのポケットに先の鈍ったチタン製のペンナイフをびっしり入れて防弾チョッキのようにしてた。ほらみろ、スタンガンに麻酔針。物騒なものばかり忍ばせてるじゃないか。やっぱりあいつだ。ボスコムの魔女だ！

チタン製のペンナイフじゃなくて、レーザーメスのバッテリーだったりアナフィラキシーの補助治療剤だったりするんだけど……。特にエピネフリンは使い道が豊富だし、出血性ショックの防止にも使えるし、おかげで私も谷《バレー》で捕まったとき殺されずに済んで、便利だなあと思って持ち歩いているんだよね。

じゃあなぜキャンプにいるとき殺さなかったの、と優しい声がした。低音ボイスだったにもかかわらず、なぜかこの世のすべての人間が救済を求めて振り仰ぐ母親を具現化したような声だった。エイレネだ。

——こ、殺せるもんか。殺せないよ！

ジョナが悲鳴のように叫んだ。

——ボスコムの惨状を知らないから、おまえはそんなのんきでいられるんだ。俺はキャンプであいつと目があって、ちびりそうになるのをこらえているのがせいいっぱいだったんだぞ。あいつは気が狂ってる。あんなやつに執着して、そばにおいてうまくやってるシャーリー・ホームズは、もうとっくにいかれてるんだ！

知らないところで散々な言われようである。自分への非難を黙って壁打ちの壁のように聞かされるなんてなんだか不思議な気分だ。世の中の壁も実は苦労している。

だから結婚しようとしたんだよ、トンガ、とエイレネが言った。トンガってだれだ。ああジョナの本名かも。ジョナ、ジョナサンとかの短縮形なんだろうけど、そんないかにも普通の名前のほうが違和感あるもの。たとえば、エイレネがエミリーって呼ばれるようなもん。

だからシャーリー・ホームズと結婚するつもりだったんだ。その前に彼女には幸せになってもらったんだろう。あなたが始末したショルトー親子がらみの医者とのカップルは、思った以上にうまくいった。あんなにシャーリーに執着していた彼女を221bから引き剝がせたんだ。ブラウニーの威力は本当にすさまじい。この世を変える発明なんだよ……

（んん？　ブラウニー？　それって、仮想通貨のことじゃなかったっけ）

自分とマーヴィンの結婚に、仮想通貨がかかわっていたとは初耳だ。ショルトーからマーヴィンが遺産をブラウニーで受け取ったという意味だろうか。でも、私はマーヴィンが億万長者だから好きになって結婚したわけじゃないんだけど……

(むしろそんなお金があるって聞いてたら、もっと冷静に財産分与なり慰謝料なりもらえたはずで。まあそれが嫌でマーヴィンはさっくり離婚したんだろうな)

ほぼほぼ他人事《ひとごと》のように感じてしまっているが、私はれっきとした当事者である。

意識が浮かんでは沈み、また浮上しては波打ち際ぎりぎりで足をとられて引きずり込まれ、深海の藻屑となり、やがて私は深海魚に生まれ変わったかのようにひっそりと光のない寝床で目を覚ました。そこは文字通り真っ暗で、そこにいるものも私も進化の過程で目が潰れて、美しさや色彩をいっさい失った世界で、私は軽く絶望しながらも皆が同じようであることにほっとする。ここから下はもうない。ここからもっと辛く醜く孤独にはならない。という底辺の安心感である。

すると自然の気まぐれで差し込んできた一片の光のごとき声が、いらぬ情報を注ぎ込む。目が見えない代わりに聴覚は冴え渡り、ちょっとした音も声も正確に拾っては、覚醒前の泥のようになった意識と脳に届けるのだ。

だいたいの内容はこんな感じだった。ショルトー元大佐は、クーデターの混乱によって国外脱出を企てようとしていたアフガン財閥から、私的な財産の持ち出しと亡命を請け負った。元大佐は密航船をモリアーティの組織から買い、亡命の準備をしたが、マーヴィンの父とアフガン財閥の高官たちはハイデラバードで捕まってしまう。

危険を感じたショルトーは、マーヴィンの父や依頼者たちを見捨てて、船でインド近海のアンダマン諸島へ逃げた。そこでジョナことトンガが元締めをしている、アンダマン諸島の動物の密輸を手掛けるようになり、会社は急成長していった……

ところが、老いたショルトー元大佐は、次第に復讐を恐れるようになった。今まで船で行ったり来たりしていたのは、裏切った元アフガン財閥の身内からの復讐を恐れていたからだが、認知症も加わって極度に恐れ、財産を修道会と遺児マーヴィンに寄付すると言い出した。

息子の代になって、トンガは次第にビジネスパートナーとしてないがしろにされ始めた。父のショルトー元大佐は、それなりにトンガを対等に扱ってくれたが、息子たちはアンダマンの先住民族の出であるトンガを露骨に差別し、事業からも切り離そうとしていた。そこで、トンガは息子たちへの牽制のため、呆けたショルトー元大佐に手紙を書かせて、あえてマーヴィンに真珠を送り、財宝を受け取る権利があることを教えた。

真珠をきちんと調べれば、セイロン産だということがわかる。マーヴィンは合図の内容に気づき、トンガと談合し、ショルトー商会の会計係をしていた弁護士に出会う。それがエイレネの事業パートナーでもあったノートンだ。ノートン弁護士は財宝をすべて新仮想通貨であるブラウニーに換えて、密かにマーヴィンに渡した。これに気づいたショルトー元大佐の長男が抗議してきたので、トンガが始末した。そして中毒死したとマーヴィンが診断し、死亡届を出したのだ。

（なんだ、シャーリーと推理していたうちの半分は当たってたんじゃないか）

それよりも気になるのは、私がうとうとしている間に、都合良く事件のあらましが聞こえてきたことだ。まるでドラマシリーズのひとつ前をダイジェストで語ってきかせるようにコンパクトにまとまっていた。いやまとまりすぎていた。まるで私にあえて聞かせているような意図さえ感じる。

人の聴力は最後まで残り、最初に覚醒するという。だから私が彼らの姿を見ないまま、声を聞いたのは偶然ではなく、私の意識がやわらぐ瞬間を狙って（脈さえ測れば睡眠状態はおおまかにはわかる）、わざときわどい話をそばでしているに違いなかった。

（どうしてエイレネは、私にこんな話を聞かせるんだろう）

そもそも、エイレネはトンガに丁寧な口調を使っていた。トンガはエイレネに使われている感じではなかった。どちらかというと親戚の年長者に対する遠慮を感じた。つまりあのふたりは単なる主従関係ではないのだ。

魂というものが本当にあるのなら、急に霊媒師によって引き戻されたような感覚があって、私は目覚めた。私のまぶたが動く前からのぞき込んでいたらしい、シャーリーの完璧に整った左右対称の美貌が目に入って、これ以上の目覚めはないんじゃないかと思う心地だった。

「……うーん、おはよぉ、シャーリー」

私の間の抜けた声に、彼女は一瞬信じられないという顔をしたが、

「君ならそう言って起きると思っていた」

「あ、そう？　っていうかここのベッドがふかふかで。いいスプリングだよねえ。さすが豪華客船。寝心地ばつぐん」

私は目やにのこびりついたまぶたを何度もこすりつつ、ゆっくりと起き上がった。窓から差し込んでいるやわやわとした光はどうやら朝日ではなく夕日らしい。

「あれ、私わりと寝てた？」

「わりとどころじゃない。丸三日寝ていた」

「三日⁉　って、じゃあここどこ？」

「スエズを抜けたところだ。明日の朝には紅海を抜けるだろう」

「スエズって……、エジプトのスエズ⁇　ってことはもうここ中東⁉」

最高に美しい地中海クルーズを爆睡してスキップしてしまったことにがっかりした。どうせ船から下りられず、半分囚われの身になるのなら、開き直ってクルーズを楽しみたかったのに。

「君のその生命体としての危機感をまるっきり意識的に排除した、謎のポジティブさには時々驚嘆する」

「えっ、なになに。だってどうしようもないことで悩んだり落ち込んだりしたって意味ないしね。長すぎる反省は無意味だし、健康状態を保つのは、実は肉体よりメンタルの方がずっと難しいしね！」

私はからっからに渇いていた体のために、新しいペットボトルの封を切って五百ミリリットルの水を一気に飲み干した。はぁぁ、染み通る。人間の体の八割は水であるとこんなときに実感する。

「ああー、これがお金《マニー》の力でしか見られない景色かぁ」

ここに連れてこられたときは真夜中で気づかなかったが、部屋の片側の壁はほぼ分厚い硝子窓になっており、大きく開放しデッキに出られるようになっていた。つまり、ほとんど遮るもののない視界には一面の海の青が見えている。遠くに行き交うのはコンテナを積んだタンカーだろう。スエズを順番待ちしてやっと抜けた大型船が、細長い紅海を行儀良く列をなして進み、やがてはアラビア海、そしてインド洋に向かう。

「なんだ、これでめでたしめでたしってわけだ」

　私はミントの乗ったモヒートでも飲みたい気分で、ゆっくりと海の上でバターのように溶けていく夕日を眺めていた。エイレネが最終的に王子とその恋人を連れてパパラッチから逃げおおせるのが目的なら、最初から最後まですべて彼女の思惑通りになったということになる。

「王子は〈魔法〉によって新しい恋人ができて、児童買春の疑いを晴らせたし、国外逃亡できたからパパラッチに追いかけ回される心配もない。王室としてはブレグジットを前に、これ以上の騒ぎの種を作りたくないのでこれで万々歳。なべて世はこともなしって感じ」

　王室に恩を売って箔を得たエイレネの新仮想通貨はすんなりローンチするだろうし、そうなると彼女たちは一瞬で億万長者だ。エイレネはもう、苦労して富裕層リストを充実させることも高額不動産転売をする必要もない。〝ブラウニー〟で得た利益をノートン弁護士に預けて悠々自適に暮らすことが出来る。

　それは、ずっと密貿易などでアンダーグラウンドの商売をしていたショルトー商会も同じだ。あのトンガという男がショルトー元大佐とその息子のひとりを始末したかどうかを重要視している人間はだれひとりいない。次男のジュニアと組んだマーヴィンは予想外の遺産を受け取って大満足だろう。やっていることはグレーか、はっきりいって黒だが、今となってはトンガが犯した殺人を実証することは難しい。なにせ彼らは密貿易・密猟のプロだ。きなくさいとなればすぐ船でどこぞへ姿をくらませてしまうだろう。

殺されてしまったショルトー家の長男以外は、だれひとりデメリットを感じていないので、犯罪が成り立たない。そしてデメリットよりメリットの方が大きく、背後にいるパトロンの存在が大きすぎるため、だれも声をあげたりはしないだろう。その結果がこの船に象徴されている。だれも追いかけてこられない透き通った遠方の南の海を見ながら、のんびり祝杯をあげる。これぞ完璧な勝利だ。こんな非日常のシチュエーションを体験してしまっては、小さな正義を前にしても、もはやだれもなにも言えなくなる。それくらい我々は、いつも泥を飲んで生きている。都会の片隅で排気ガスで真っ黒になった壁を塗り直す気力もなく、いつ来るともしれない、来たとしても言葉の通じない電気工事のスタッフ相手に言い合いをし、どこで人生が間違ったのかと立ち上がる気力すらなくして、ついにはテレビの前のソファから動かなくなる。そんな老人をケアする清掃の仕事でしか金を稼げないシングルマザーや移民たちから、NO《ノー》という声を奪うには疲れさせ、諦めさせ、わずかな快楽を贅沢だと思わせるのが賢さだとわかっている資本家たちは、この世に存在するという気配すら悟らせないために、こういう場所にいるのだ。

そういう恵まれた成功者、生まれながらの富裕層たちでも、どんなに金を積んでも手に入らないものがある。

「それが、愛だってことなのかな」

「そうだろうね」

私は、声をしたほうを見た。見たくはなかったが、見てしまうだけの魅力がその声にはあった。

緯度が下がったせいか、夕暮れはロンドンよりずっと早く、太陽は足早に海の上を滑っていって、まるで夜から逃げて家に駆け込む子供のように、あっさりと地平線の向こうへ顔を隠してしまっていた。そうして、昼の名残のような日差しが消え失せると、もう東の空は夜。信じられないほど星がチカチカと瞬いて、人が何千年もかけて作り上げてきた地上の明かりさえ、なんの価値もないものにしてしまう。

そしてその夜の海に月光の道ができる。ムーンロード。

魅力的な声であることは知っていたが、エイレネはその存在そのものが満ちた夜だった。夜の訪れとともにやってきて、愛を語ろうとするなんてずるい。

「そもそも『愛』ってなに？　私はいまいちわからないんだけど」

「愛とはなにか定義することは難しいが、だれもが求める理由は明確だね」

「じゃあ、教えて」

「値段がつけられない。値段がつけられる愛と呼ばれているものは正確には愛ではない、という共通認識だけはある。だからだれもが求めてやまない」

エイレネの立つデッキの向こう側に、狙ったかのように大きな月が出る。ここを行き交う船乗りたちが、異世界へ橋が架かり、向こうからだれかがやってくると思っても仕方がないほど、はっきりと波が、海が、色づいている。こんな情景を見せられては、まるで彼女自身が、たった今、ムーンロードを渡ってここへ来たように錯覚してしまう。

「わたしは、愛なんて、一番安い飴なんだと思ってたよ。だれもが請えばわりと簡単に手に入っておいしく気持ちよくなれる。だけどしゃぶればなくなって、あとは物足りなさと喪失感が残る。そしてまた新しい飴をしゃぶりたくなる。あなたの言うように、値段がつけられないから、安くも提供される。万人が求めるから、それを与えておけば皆一定の満足を得られる、安い飴」

「興味深い表現だね。まったくその通りだと思うよ」

「愛を欲して愛を得ることだけを人生だと考えれば、安い給料でも長時間労働でも耐えられる。だって、人生でもっとも価値のあるものは愛なんだから、教育を受けられないほど貧乏な状況で子供を産んでも、愛さえ与えられればそれで生きる意味ができる。そうやって気が遠くなるほど長い時間、私たちは安い飴を口に突っ込まれて満足してきたんだよね。それが権力野郎へのブロウジョブだと気づかずにさ」

「恐ろしいのは、それが錯覚でも、支配層からの強制でもなんでもないことなんだ。支配層もまた、飴が欲しいんだよ」

「だけど、無料じゃないでしょ。甘くて無添加でグルテンフリーでオーガニックでスペシャルな飴をしゃぶりたいんだよね。安全に」

「そう、安全に。彼らは安心して愛したい。でも愛するということは自分をさらけ出すことだから。そうして臆病になり壁をつくり、愛から遠のいていく。でも記憶があるんだ、愛された記憶が。だから求める。だって彼らはほかにすることがないから」

パートタイムジョブでもない、月々のローンの支払いに追われなくてもいい。滞納している家賃も、フードバンクに並ぶ時間も必要ない。なにかをしていたい。そして思い出す。一度味わえば、もう終わりはない。

「それで、アメリカ陸軍とロンドン大学が、退役軍人の医療費をコストカットするために開発したのが、体内生産型ドーパミンキャンディだっていうわけだ。考えてみればすごく効率がいいよね。頭蓋骨の外からちょっと刺激するだけで、鬱が一時的に治るってだけじゃなくて、人を愛して、コミュニケーションを取ろうとするわけでしょ。つまりだれかと関係性ができるってことは、自助能力が上がるってことで、年金や公的援助の負担が減る。国としてはラブ・キャンペーンを推し進めることで、鬱病と社会機能不全と低所得者へのサービスを減らすことが可能になる。そりゃ政治家もイエスっていうよね」

政治家だけではない。神だって愛を説く。愛を得ることがすべての幸福に勝るということになれば、どんなに苦しくとも人は〝愛みたいなもの〟を手に入れれば納得し黙るのだ。

愛は無料である。愛はほかのどんな富や名誉よりも安く手に入る幸福だ。多くの者が同時に手に入れていても経済のバランスが崩れない。これほどまでに権力者たちによって、資本家たちにとって都合の良い対価はない。

「それで、モリアーティに目をつけられたの？　研究内容を渡せって？　でも、プリンスのナイトビジネスを手伝っていた元オペラ歌手だったあなたが、そもそもどうやって陸軍の機密研究のことを知ったのかわかんないんだよなあ」

私はエイレネの背後のムーンロードをじっと見つめた。今からだれかがやってくるような、自分たちでもそこへ行けるような幻想的で残酷な選別の道だ。星はすぐそこにぶら下がっているように見える。

（星も、栄光の道も、なにもかもが手に届くよう。本当はなにひとつ手に入らないのに）

朝がくればかき消えてしまう、ほんのひとときの夢。月の化身である、愛を売るエイレネ。くやしいのはこうやって間近に見ても、今までの事件で相対してきた敵や犯人とはどこか違った雰囲気を彼女が持つことだ。

「私はモリアーティって人のことをよく知らない。会ったこともないしね。でもリジーを知っている。イライザ・モランって女は高いんだよ。あいつはさ、殺しをやるために軍隊に入った女なんだ。外で稼ぐためには、そこそこの地位まで出世する必要があった。始めからモリアーティの手下なら、さっさと情報部にでも潜り込んでいたと思う。要はマイキーのあぶり出しを恐れてたんだよね。今でも忠誠心とか恩とかじゃなくて、金で動いてると思う」

そんなリジーが、人殺しではなく王子に脅しをかけ、ヤードを踊らせて騒ぎを起こすためだけに動くなんて考えられないのだ。あのなにもかも高くつく女が。

「だから、こう思ったんだよ。あのときわざと騒ぎを起こしたんだとしたら、どうなるかって。シャーリーが海へ逃げたあなたたちを追うと言うのを聞いたときわかった気がした。モリアーティがこの事件の本当の黒幕なら、王子はパパラッチから逃げたんじゃない。モリアーティにここまで追い込まれたんだって」

私は月を背にしたエイレネを見た。

「あなたのことはなんにも知らないし、特に興味もないよ。だけどシャーリーは違うらしい。あなたはモリアーティの計画を知ってる。そんなに悲しそうなのは、もう諦めたからなの?」

初めて、エイレネが私を見る目を変えた。表情が人間らしく、もっと言うならあの世からの使いでもなんでもなく、私たちと同じ種類の普通の生き物のように見えた。

「悲しい？　わたしは悲しそうに見える？」

「見えてるよ、ずっと。それにさ、シャーリーとブライオニー・ロッジで会ったときのこと覚えてる？　あのとき歌ってたなんとかってオペラの歌。もちろん私は知らなかったし、シャーリーにそのあといろいろ聞いたけど、要は逃亡者の歌だったんでしょ。革命から逃げて、異国で寂しくて、だけど守るべき人を見捨ててきたから、聖職者としての使命すら放棄した卑怯者の歌だよね」

オペラ『ジョスラン』のモデルになった人間が、その後どうなったのかストーリーは知らない。でももう上演されなくなったくらいマイナーな内容だ。だれも知らないし、みんな忘れた。葬られもせずうち捨てられた物語。なぜそんな歌をエイレネは歌っていたのか。

「あれって、一緒に死のうって歌だよね。天使が迎えに来るからって。金の帳《とばり》は目覚めない眠り、眠りは死の」

「同胞《はらから》」

エイレネは待っていたかのように言った。それこそがまさに答えだ。

「あなたはこの事件の首謀者じゃない。途中から舵をだれかに奪われてる。それを伝えたくても言葉にできない。だから歌っていたんだ。婚約に真珠の指輪を送ったのも、あのスヴァトシュスケー・スカーリだってそうだ。ＳＯＳだったんだ」

プリンスなら気づくかもしれないという希望だった。そして〈魔法〉が解けたプリンスがシャーリーを頼るだろうこともわかっていて、今度はシャーリーだけが気づくようにヒントをちりばめていった。妖精、魔法、結婚、真珠、そしてジョスランの子守歌。呪われた夜、星、夢、ふたりきりで眠ろう……。子守歌にしては不吉すぎるワードは、まるで心中を誘っているよう。

「シャーリーは気づいて、だからあなたを見捨てなかった。どうしてシャーリーなの？」

船はゆっくりと進む。星と月だけの世界、永遠に閉じた夜の中をいくのは、まるで時間が流れていないようにも感じる。だが、確実に近づいている。真相と終焉に。

「あのトンガとかいう男はあなたの親戚？　あの男がモリアーティの手先なの？」

月は海の水に溶けはしないし、人の手に墜ちもしない。こうやって化身を人の世に差し向けることもない。それでもエイレネは私たちとは違う存在であることがわかる。おおよそ何万年も前に生態系の頂点をきわめてのち、人が文明をつちかう代償として徐々に手放してきた第六感、野性がこんなときだけ揺り返す。彼女はどこか違うと。

そして、彼女自身がそれを悲しんでいると。

「生まれはニューヨークだよ。ブルックリンの雑貨店の三階だった。酷いどぶの匂いのする場所で、母はわたしが六歳のときに感染症で死んだ。病院で死んだのだけれど、引き取り手がなくて、わたしは一ヶ月くらい母の遺体のあるレノックスヒルの病院の待合室で暮らしていた。ケースワーカーは手を焼いていた。わたしが英語を話せなかったから」

「移民だった？」

「母がね。わたしが話していたのは母の故郷の言葉。母はアンダマンから来た」

「アンダマン……」

「インド洋に浮かぶ島だ。モルディブに近く、リゾートとしても知られている」

と、シャーリーが言った。エイレネがその話をするのを待ち構えていたように思えた。

「母は、アンダマン諸島の西にある名もなき島で生まれた。そこは近隣の島とも文明とも一切接触を断っていて、〝踊る人の島〟とか言われていたらしいね。十九世紀に英国人の研究家が接触を始めて、連れ出しに成功したことがある。ジョナは……、トンガはそうやって島を出たひとりなんだ。彼とは古いつきあいだ。母のことも知っていたし。彼はVRで初めて会った同族だ。……ああ、VRというのは施設で」

それで、エイレネは呪文を唱えた。

「これは去りし人のもの、来たる人のもの。陽はカシの上、影はニレの下」

すると、シャーリーが続きを唱和する。

「北へ二十歩、東へ十歩、南へ四歩、西へ二歩。そして下」

「なんなの、それ」

「VRにいた子供たちが、VRのことをそう言っていたらしい。どこにあるかもわからないけれど、だれが言い出したのか、新入りがくるたびに伝わって、みんな知っていた。仲間のだれかは、秘密の抜け道のことだと言っていたし、〈屋敷〉の場所だという人もいた。そのうち、外に出て自分たちが昔あそこにいたことを確認する、なぞなぞのような、呪文のような扱われ方になったのは興味深いね。果たして、どこまでモリアーティが知っているのか」

「ってことは、そのVRって研究所はモリアーティの作った施設なの？」

「そうだよ」

エイレネは言った。

「わたしはそこで、初めてシャーリー・ホームズに出会った」

「僕は知らない」

「そう、わたしが一方的にシャーリーを知っているんだ。マスグレーヴ家の事件で再会したが、シャーリーはそれが初対面だと思った。だからあまりロマンチックな間柄なんかじゃない。ご心配には及ばない」

風がキツくなってきた。シャーリーが寒がっていると感じたのか、エイレネは甲板から私たちの部屋に入り、分厚い硝子のドアを閉じた。世界は閉じられ、あの世への道はなくなった。不思議なことに海の上の道も消えていた。

「そもそもわたしがそのVRに連れて行かれたのは、母の怪死が原因だった。母はこの世にはもうない病で死んだらしい。レノックスヒル病院に勤めていた医師のひとりが、母が通常、人間なら持っているはずの免疫をまったく持っていないことに気づいて、論文にまとめようとした。その過程で母とわたしの存在がモリアーティに知られた。母の遺体とわたしは、モリアーティに高く買われた。知らない間に自分たちが売買されていたなんて、六歳の子供にはわからない。ろくに言葉もわからないしね。母はわたしに故郷の言葉を使って話しかけていたんだ。それで、わたしはVRに行って、そこで、不思議なことに母と暮らしていたときよりはずっとまともで人道的な生活を送ることが出来た。一日に何度か血を抜かれたり、皮膚片を採取されたりする以外は。防護服を来て、直接他人との接触はできなかったが、人と暮らせた。VRには似たような人間がいっぱいいたんだ。つまり、免疫力が極端に低かったり、あるべき臓器がなかったりして、外では暮らしていけない人々だ。その中に、心臓のない子もいた」

私はそこで初めて、自分の鼓動が高鳴るのを感じた。確信に迫ってきたという予感がある。なぜ、シャーリーとエイレネがこんなにも急に近づきすぎたのか。

「その子は、硝子の棺のようなベッドでずっと眠っていた」

エイレネがシャーリーを見、シャーリーは興味なさげにその視線を避けた。

「最新の人工心臓のシステムができあがるたびに、大がかりな手術が行われて、彼女はどこかへ連れていかれ、そして心臓のないまま戻ってきた。わたしは与えられた教材の中にあった白雪姫のようだとVRのスタッフに言った。そしたら、スタッフが答えた。あの子の体を巡る赤い血は、君のものなんだよと」

「……正確には、免疫抑制システムのための培養液だ」

「そう。つまり、シャーリーの体は人工の心臓を拒絶しないために血液ごと入れ替える必要があった。そこで、わたしの血液がベースとなった人工血液が開発された。アンダマンの閉じられた〝踊る人の島〟は、何千年にも亘って外との交配を拒絶してきた。つまり、あらゆる病原体に対する免疫がない特殊な血液をもっている。母がニューヨークで死んだのは、とっくの昔に人類が手にした免疫をもっていなかったためにかかった感染症のせいだった。ふつうに考えて生きていられるはずがない。実際、トンガとともに連れ出された二十人の島民は全員感染症で死んだらしい。彼はたったひとりの生き残りなんだよ」

それは、よくドラマなんかである母親に読み聞かせてもらう異国の物語のように、夜半の空気にやんわりと響いて溶けていく。よく聞けば、冒険物語でもなんでもない、身勝手な好奇心が壊した人生の記録であるのに。

「トンガは背が低いので、スモールと呼ばれていた。ジョナサン・スモールが彼の外界での通名になった。わたしと彼はVRで出会った。彼はずっとわたしを気にかけてくれていたようだ。わたしのVRでの役目が終わって、ジュリアード音楽院に行くことになったあと、寮を訪ねて来てくれた。彼もまた、ごくふつうに外の世界で生きていたけれど、もちろん外に知り合いはいない。自然とインド洋近辺の密輸入業にかかわるようになっていた。わたしは彼の案内で、〝ギー〟と……。あぁ、ギーというのは、あなたたちの言うボヘミアン・プリンスのことだ。彼とアンダマン諸島の無人島を散策したこともある。そのときの写真を彼に送った」

一番最初にプリンスが221bに持参した問題の脅迫写真のことだ。そういえば、プリンス、プリンスと呼んでいたが、〝ギー〟、つまりゲオルグという古風な名が彼のファーストネームである。

「じゃあ、トンガは昔の故郷から動物や植物を持ち出す仕事を始めて、モリアーティにかかわったんだね」

「わたしが生まれるずっと前の話だから、詳しくは知らない。でもそうだと聞いている。彼は英国によって連れ出されたけれど、すぐに故郷に帰りたくなった。けれど故郷の〝踊る人の島〟のほうがそれを許さなかった」

「許さなかった？」

「母もそうらしいんだよ。一度でも外に接触した島民はもう同胞ではないと、受け入れを拒否されたと言っていた」

故郷から連れ出され、故郷に帰還を拒まれた女が、たったひとりニューヨークの下町でどんな暮らしをしていたのか、どんな経緯でエイレネが生まれたのか、残念ながら想像するのはなんら難しくない。体を売る以外に、お金になるものなんてなにも持ち合わせていなかっただろうから。

「数年経つと、わたしの免疫は通常の人と変わらなくなっていたから、もう油田の役目は果たせず、お役御免になった。ただ、臓器移植をする患者のための免疫のない人工血液の研究ではない、ほかの研究が立ち上がっていて、ちょうど〝ギー〟と出会って世界中を巡っているころに、トンガの紹介でロンドン大学に自分の血液を提供したんだ。あの硝子の棺に入っていた子には二度と会えなかったけれど、なんにも持たない自分が、死にかけているだれかの命を救えたかもしれないことには、妙な自尊心を感じていたから」

「それで、〈魔法〉のことを知った？　ええと、頭蓋外からの電気刺激で……」

それまで黙って私とエイレネの会話を聞いているだけだったシャーリーが、私の言葉を珍しく遮った。

「そんな単純なことで人を洗脳できるならとっくにロシアがやっている。脳のどの部分に外部からの電気刺激を与えれば、ドーパミンが放出され恋愛状態に陥りやすいか、ロンドン大学が以前から研究を続けていたのは事実だ。だが、エイレネの存在がその研究を、加速させた」

「加速って」

「エイレネたちアンダマンの先住民族、通称〝踊る人の島〟の部族は、何千年もの間、多くの免疫を必要としなかった。その代わりに閉じられた世界で、限られた血族……、おおよそ五百名ほどの少数の中でコミュニケーションを円滑にし、争いごとをなくすように独自に進化したんだ。具体的に言うと、彼らは外界の人間と比べてある種のホルモン受容体が通常の十倍ほど多い。それらを形成するタンパク質やアミノ酸の数値も高く、中でも突出していたのがドーパミン受容体の数だ」

「ええと、それって」

私はシャーリーとエイレネを代わる代わる、まるで月と太陽を同じ時間見比べるようにして見た。つまりひどく混乱していた。

「エイレネとトンガの故郷であるアンダマン諸島のクローズド民族は、何千年もクローズしてるうちに独自進化した。ドーパミン受容体が多いってことは、快楽状態に陥りやすいってことだよね」

「そうだ。脳刺激をしてドーパミンの量を一時的に増やしても、受け皿がなければ意味はない。ロンドン大学は提供されたエイレネたちのサンプルをもとに、この汎用性の高い受容体をブラウニーと名付けた」

突然出てきた仮想通貨と同じ、元はイギリスの古い妖精の名前、ブラウニー。お菓子でもなく通貨でもなく、まさかのホルモン受容体の仮称。

「これはアメリカ陸軍のほうの研究だが、人が人に与えるインプレッションもまた、受容体の数が関係している。つまり、Aという人間はBにとって好ましく感じるが、同じことをしてもCはBにとってさほど好ましくはないという結果はなぜ起こるのか。外見や声、プロフィールや年収、社会的地位といった要素をブラインドしても、必ずこの現象は起こる。これはなぜなのか研究をすすめた結果、導き出されたのが、人間の脳内からドーパミンなどのホルモンが放出されるときに、微弱な電気信号のような波が出るという仮定だ。ホルモンならば体内の受容体にしかキャッチできないが、電気信号ならば他人も受け取ることが出来る。そして、それがスクリーン越しであっても、電話であっても、ネットであっても、宇宙と地上との交信であっても可能だ。肝心なのはその電気信号を受け取ることができる受容体があるかないか」

「その受容体を、人工的に培養したの？　エイレネたちのサンプルを元にして？　エイレネたちのもっている血液の成分は免疫が少ないから？　それとも、その〝踊る人の島〟の人々が閉じられた空間で生活していたから、自然と他者の電気信号を受け取ることに危険性がなくて、あらゆる電気信号を受け取ることが出来る受容体へと進化していたから？」

話しているうちに、私はだんだんとこの事実がもし本当だったらとんでもなく恐ろしいことだと気づかざるをえなかった。

あくまで仮定にすぎないが、エイレネたちはクローズドな環境がゆえに少数の中で子孫を増やさなければならなかった。しかし、人類は遺伝的な危険を排除するために、自分より遠く異なったDNAをもつものにひかれる性質があるという。彼女たちはそれができない。できないゆえに、身内同士で満足するように遺伝子が自然と書き換わっていったとしたら……

「その受容体を取り出して、他人に注入することができたら……あとは限られた空間に閉じ込めておくだけで、恋愛状態になるってことだよね」

これが〈魔法〉の正体だ、とはっきりわかった。ブラウニー。古きよき家の妖精の名前。甘い甘いお菓子の名前。まだこの世に存在しない仮想通貨の名前。そして人を結びつけ、愛を受け取るためのホルモン受容体の名称。

もし、お互いのドーパミンの型に合わせた受容体を注入処置で増やすことができたら、もうそれだけでふたりが恋に落ちるのは確実だ。たとえボヘミアン・プリンスのように相手がよく知る、セクシャリティの異なった幼なじみでも、今頃この船内で恋人とロマンチックな夜を過ごしているだろうデイヴィッド・ピーター王子が、実は幼女趣味の変態でも、問答無用で愛してしまう。むろん人為的に受容体を増やしているからこそ、短期間で冷める。私とマーヴィンが九ヶ月で破局に至ったのも、きっと受容体の数が正常値に戻ったからなのだろう。

この実験……、このブラウニー受容体は残念ながらもう確実に実用段階にある。英国の女王が自らの子供に対して施術を許すくらいの有効性が確認されているのだ。

恐ろしいことだ、と思った。人が好みでもないだれかを、第三者の意図によって愛してしまえるようになるということは。それは軍や権力者たちの都合の良い洗脳が、治療という名目の元に自由に行われるに等しいのではないか。

「そんなこと、……とんでもないことじゃない？　だって、愛情は、だれを愛するかだけは、こんな世の中で、人の貴賤にかかわらず最後に許された自由なんじゃないの。人間にとって、人間らしくあれるＡＩが決して到達できないアナログな領域なんじゃないの。ねえ」

——もう何百年も、何千年も〈ここ〉はこうだからね。

——きっと何千年も、私たちも〈こう〉なのよ。わかるわよね、ジョー。

——私たちは、わかるわよね……？

自分の中で処理できない何かが生まれると、私を落ち着かせようと呪文のように思い出す言葉が頭の中をぐるぐる回った。そうだ。どんな家に、場所に生まれ落ちようと、どんな性別の器に閉じ込められ、食べるものや着るもの、話す言葉や教育を制限されようと、私には自由があった。だれを愛するか。だれを選ぶかではない。底辺の人間に選択肢なんてない。この世のあらゆる美しいきらめきは、手が届かない星だ。けれど、だれを愛するかだけは私が決めてきたのだ。だから私は、進んで男のそばにいた。

私が自由であることの証明だった。そのあと裏切られてどうなろうと、この手で頭をぶち割ろうと、重要なのは自分の選択であって相手からどう思われるかではない。

そのたったひとつの自由を脅かす発明が生まれてしまったのだ。何千年も外界と接触しない民族から生まれたタンパク質。それを人為的に合成した科学の叡智が、人が人であるための最後の楽園さえ奪おうとしている。

「どうするの」

できるなら、その発明はなかったことにするのが一番だった。けれどそんなことは不可能だ。ダイナマイトは生まれ、電気のコントロールは可能になり、核の研究はこれからも決してとどまることはない。

「そんな研究、今の人間にコントロールできるとは思えない。人を刺さないように改良された蚊を解き放つ実験と同じじゃん」

「そうだよね」

エイレネが私の嘆きに同意する。

「わたしも、そう思う」

月がなお一層傾き、夜が深淵に近づく。私たちはいったいなにに近づいているのか。

「そう思ったのにどうして」

「どんな研究のサンプルになって、それがどんなふうに使われるのか想像がつくようになるたび、硝子の棺に横たわっている子のことを思い出した」

「……！」

「それから、憎悪を思い出した。恐ろしいものはすべて、海の向こうからやってきて、問答無用で、自分たちの幸せを破壊していくという母の言葉を。その響きは、やさしげな異国の言葉の子守歌とは違って、激しい憎しみと恐れと、もがき苦しみながらの正当な反動行為にふちどられていた。あのとき、母がなにを言っているのかわかった。言葉の意味はわからなくても、わかったんだ。母の望みが。自分の望みが」

正当な反動行為、と彼女は言った。

「復讐といったほうが、ニュアンスは近いのかもしれない」

虐げられたものが、一方的にやられ続けるより、最後になんとか一矢報いたいと思うのは当然だ。

彼女はそれが、今回の事件の動機だと自白しているのだ。

「まさか、王子たちを誘拐するつもりなの？　このままモリアーティたちに引き渡して、英国政府となんらかの裏取引を？」

言って、その可能性は低いことに改めて気づく。そうだ。そもそも王子たちを国外に逃がすのを手伝ってくれたのは王室なのである。

「その復讐衝動は、エイレネのものじゃない」

シャーリーが言った。珍しく、諭すような響きに私は驚いた。彼女の言葉はどんなときも事実そのものを断定する。鋭利な刃物で切り取るようなのだ。相手を変えよう、交渉しようという動きのために言葉を使うことはあまりなかった。

「トンガだ。スモールと呼ばれ、密貿易に関わっていた男。ショルトー商会にすげなくされ、はしごを外されかけていた男。そしておそらくは、もう命が長くない男」

そういえば重要人物はもうひとりいた。最後の最後まで明けることを拒んでいる夜、過去にたたずむ男。

「そうか。トンガがエイレネのお母さんより先に連れ出されたのなら、……ショルトー元大佐と一緒に仕事をしていたなら、もうかなりの歳か」

少なくとも六十は超えているはずだ。免疫力の弱い元島民がアンダーグラウンドな生活を続けていれば、寿命は当然縮まっていく。

自分の命がもう長くないと知った男が目指すのはどこだろうか。それはかつて強制的に連れ出され、その後も同胞たちによって帰還を拒まれた……。彼は帰りたいのだろう。だが、単に島に戻るだけならいつでも出来たはずだ。実際トンガは、アンダマン諸島近郊の島の国立公園にセレブたちをガイドし、珍しい動植物を密輸出する事業にかかわっていた。彼の行動から、故郷に対する忠誠心や、故郷の政策を守ろうとする意思は感じられない。

恨んでいるのはだれだろう。トンガはだれに対して復讐をしたいのだろう？　ショルトー商会に対する復讐は済んだはず。では、あとはだれを憎む？　故郷の同胞たちか、それとも自分を連れ出した英国の研究者か。あるいはもっと強大な敵か。

トンガの強大な敵とは。

そしてだれが、彼の復讐に協力している??

「わたしは止められない。それは頭のどこかで、こうしたほうがいいかもしれないと思ってしまっているから」

エイレネの視線が、私やシャーリーの上をふうっと滑って、再び窓の外の月のほうを向いた。

「どうして、トンガを止めないの。彼はなにをしようとしているの。王子を殺す？　まさか、王子に恨みがある？」

「彼には王室に対する恨みは特にない。王子に会ったことすらなかったと思う」

「エイレネ、君は」

とシャーリーは言った。まるで、海へ帰ろうとしている人魚を引き留めるように、エイレネと窓の間に立った。

「ずっと、僕に止めて欲しかったはずだ。復讐を。正確には、トンガのものだけじゃない。君の心にある、愛と同じ場所から発生して愛のように尽きない感情を。愛のように電気信号を発し、人から人へとたやすく伝染して増幅するものを。故郷への憎しみ、支配者への憎しみ。そして警告」

「シャーリー・ホームズ」

「君は最初から、助けて欲しかったんだ。プリンスを〈魔法〉を使って切り離したのは、トンガの復讐がどこへたどり着くかを知っていたから。彼が利用されスキャンダルに巻き込まれないためには、自分や事業から手を引かせるしかなかった。けれど、どこかで救いを求めていた。だから露出する画像に妖精の絵をちりばめ、メッセージを込めた。魔法で石にされた結婚行列、そしてボヘミア。彼には届いていた。だから〈魔法〉が解けて、僕のところへやってきてこう言ったんだ。真相が知りたいわけではない。作られた電気信号の交換ではない、あのときに愛があったかを知りたいと」

「…………」

けれどエイレネは沈黙する。月が、夜が、我々に語りかける言葉を持たないように。私にはその沈黙の意味がよくわかる。諦観だ。

我々はとっくに、諦めているのだ。手はさしのべられない。もう船は止まらないし、とっくにスエズは越えてしまった。

「トンガの復讐は、エイレネがプリンスにしたことだよね。あの密猟を示唆する写真。トンガにとってアンダマン諸島を切り売りすることは自分を拒絶した同胞への見せしめだ。英国によって引きずり出され、珍しい見世物になった自分自身の不幸を、売られる珍しい動物たちに重ね、なにもせず閉じてばかりいればどうなるかを彼らに知らしめている」

　これから王子たちはどうなるだろう。むろん、ガイドのふりをしたトンガによって、ボートでアンダマン諸島を訪れるだろう。人の手によって汚されていない南海の透き通った水、自然に覆われた小島と珍しい熱帯の植物に、王子と恋人は歓声をあげるだろう。そして椰子の木陰に設置されたコテージで大いに盛り上がり、パパラッチの追跡熱が冷めるまで、ホットなバカンスを過ごすつもりなのだ。

　しかし、それは大いなる罠なのだ。トンガの目的はそれらの情景を全世界にばらまくこと。エイレネが写真でプリンスに忠告した通り、王子たちが侵入禁止の国立公園でハンティングをする様子を、インスタライブで中継でもしたらどうなるか。

「ブレグジットを失敗させる気なんでしょ。モリアーティは」

　幼女買春の問題を抱えた英国の王子が、複雑な問題を抱えるインド洋とアジアの境界線に浮かぶ、未開の島の国立公園で天然記念物たちをハンティングしたとなれば、大きな問題になる。

「英国政府は、うまいこと王子をパパラッチから逃がしたと思ってるけど、それは誘導で、本当はモリアーティは、王子の離婚よりもっと大きなスキャンダルを演出しようとしてる。インドと英国の関係、シンガポールと英国と、アジア諸国の関係。マイキーがストレスを抱えてた旧植民地関連の英国に有利な法律の改正問題とか、いろいろ火種はあるよね」

　そのときまで、私は一度も時計を見なかったし、今が何時か気にすることもなかった。なぜなら月のおおよその位置で時間はわかる。それがどんなに都会暮らしにどっぷりつかって人間の本能が退化した現代人でも、月が西に沈めば朝がやってくることくらいは知っている。

月が西の海に溶けたのなら、溶けずに残った明日がやってくるだろう。ほら、東の空がもう薄まりかけている。

「さっきから船内に人の声がしてたけど、もしかしてあの船、王子たちが乗ってるの？」

真っ暗なうちはなにも見えていなかったが、辺りが明けてくるとようやく海の水と空の境界線がわかる。いかにもリッチの好きそうな、ボートで夜明けを見るクルーズだ。王子たちは早起きして、最高の朝をボートクルージングで楽しもうと、もう出かけたらしい。

「行かせていいわけ。止めないの⁉」

私はエイレネに言い、ついでシャーリーを見た。特に彼女が低体温症になりかけながらもこの船に忍び込んだ理由は、てっきり王子たちを止め、トンガの復讐を潰《つい》えさせようという目的からの行動だと思っていた。

しかし彼女は動かない。まるで指示待ちの新米インターンのように、じっとエイレネの言葉を待つばかりだ。

「それとも、インド軍が動く手はずになってるの？　アフガンから米軍が飛んでくるとか？　NASAの軍事衛星がトンガだけレーザービームで撃ち抜いてくれるとか？」

お隣の大国の技術がどこまで上がっているのかは知らないが、それでもトンガは王子のそばを離れないだろう。軍事衛星ビームがトンガだけを撃ち抜くのはさすがに難しい。軍事衛星にできないならインド軍も同じだ。彼らは事件が起こってからしか動けない。大義名分がないと。

「なんでマイキーはこうなることがわかってて王子を国外に出したわけ？　パパラッチされるほう

が国際問題になるよりましってこと？　王子が国立公園でハンティングして、天然記念物の死体といっしょに記念写真をとったりなんかしたら、もうあと戻りは出来ない。でもトンガはやるでしょ。そのためにライブ配信くらい……」

（違う）

強烈な違和感がざっくりと私の脳に差し込まれ、思考が中断した。違う。違う。それくらい予測できないマイキーじゃない。ＭＩ６がいくら不審なＵＳＢをなんのチェックもなくパソコンにつなげる無能だったとしても、それは映画の中の話だ。マイキーは知っている。英国政府は関知している。

（女王だけが知らない？）

王子の命が大事なのは、母親だけだ。いうならば王子は王子という地位によってのみ今まで保護され、スキャンダルをもみ消されてきた。実の母親が軍の研究によって開発された洗脳システムを使ってでもおとなしくしていて欲しいと許可を出すほど、手を焼いていたのだ。そんな末息子を、政府がどこまで命がけで守るだろうか。

政府にとって大事なのはブレグジットが無難な落としどころに収まることだ。もっというならば、下手を打てばブレグジットのあとに来るであろうスコットランドの独立機運の盛り上がりを阻止したいところだろう。そんなとき、英国政府であればどんな手を打つ……？

「わかった。見捨てるんだね、王子を」

王子があの島で不慮の事故で死亡するとする。英国は王子の死を先住民とトンガのトラブルになすりつけ、インド洋へクイーン・エリザベス号を進めることができる。アメリカはイギリスに同情するふりをするだろう。そしてこの機に乗じて、大陸サイドに圧力をかける。イギリス国内はどうなる……？　子供を失った母親への同情論が席捲するだろう。女王は一ミリも反感を買うことのないまま、そして王子は新しい恋人との再スタートで訪れた新婚旅行先での事故死ということになり、二度と幼児買春疑惑でブレグジットの邪魔をすることはない。それどころか、英国の王子のインド・アジアエリアでの死は大きな意味を持つ。クリミア戦争と同じだ。

クソみたいな現代の地政学だ。イギリスの地理学者ハルフォード・マッキンダーが説いた、ユーラシア大陸の「ハートランド」紛争。ロシアを中心とする中国などのランドパワー（大陸国家）と、それに対抗して日本やインドネシアなどを支援し、ベトナム戦争後のアジアでの敗北の傷が癒えていないアメリカのシーパワー（海洋国家）の対立の構造は、まさに大陸の心臓部であるアフガンが最前線なのだ。すくなくとも私は、二〇〇一年以降アメリカの9・11をきっかけにした大規模な兵力投入は、もう負けられないアメリカと、グレートゲームで負け続け、シンガポールを始めインドもまだ植民地だと思っているイギリスの雪辱戦であると信じている。

王子はその偉大なる贄《にえ》になるのだろう。英国政府は黙認し、アメリカ軍は大義名分を得て海軍を増強し、インドはひりつき、中東は黙る。再び活発になるアフガン戦争において、モリアーティは大もうけをするのだろう。つまり、英国政府とモリアーティは敵同士ではなかった。お互いに王子を追い込むことによって利を得るが、犯人にされるギリギリの線を攻めるため、いつでも手のひらを返せるように動いていただけ。

彼らを止める理由は、だれにもない。エイレネにも、シャーリーにも。

（いや、シャーリーにはある！）

「あのおばさんの好きにさせてもいいの？」

私のふんわりとした言い方でも、彼女にはおばさんがだれを指しているかわかったようだ。一方的にぶたれた子供のような顔をした。それを見て私は心が痛くてたまらなかった。

この歳にもなって、まだこんなにも恐怖を感じる相手がいるなんてどんな気持ちなんだろう。生きるために、彼女の家族は悪魔と取引をした。彼女自身にその命を捨てる選択肢はない。

「エイレネもだよ。蜘蛛の女王だかなんだか知らないけど、そのおばさんの種銭《たねせん》をさ、がっつり減らしてやるって意欲はないわけ？　命が惜しい？」

「ジョー」

「まあ、私はそのなんとかっておばさんに恩も恨みもないんだけど。ふたりにはあるんじゃないの。難しいことじゃなくてさ、要はあの王子とトンガって男を無傷でロンドンに返せばいいわけでしょ。米軍もインド軍も理由がなくなって動けないし、グレートゲームは再開されないからおばさんはもうけるチャンスをなくして、賞味期限切れの兵器の在庫を抱えて苦しむ。王室はこれ以上支持率を下げなくてもいい。王子がパパラッチに追いかけ回されるだけで、みんないつもと同じ日々を暮らせるんじゃないの？　なんでぼけっと見てるだけなの」

このままでは王子たちの乗ったボートは出発してしまう。出てしまっては一巻の終わりだ。すぐに先住民たちが出てきて、王子に毒矢を射かけるだろう。

そう、事件の一番始め、マーヴィンがあの画像不鮮明なデータを２２１ｂに持ってきたときにすでにトンガの復讐方法は決まっていたのだ。あの鏃《やじり》はアンティークなんかじゃない。今なお島民たちによって使われている、おそらくはあの島最強の武器にして防衛システムなのだ。王子は一歩あの島のエメラルドビーチを踏みしめたが最後、雨のような矢を射かけられて死ぬだろう。

「いや、止めなくてもいいよ。ふたりにも私にも王室にそんな義理もないしね。でも戦争が始まっていろいろ物価が上がって、今よりずっと生きにくくなるのは嫌だなあって思うけど。でも意外だな。ふたりがそんなに保守的だったなんて」

やらないんだ、と私は言った。意図せずに挑発的な響きがこもったのは自分でも否めない。しかし意外すぎたのだ。

エイレネは始めから答えを出していた。だけど、声をあげ止めることはできない。自分を、家族を拒絶した同胞に復讐したい。そしてこの島を第二のクリミア半島にして、実質上同胞たちをこれ以上クローズドさせないようにする。それが今もすべての文明を拒んで生きている彼らにとって一番残酷な復讐だ。エイレネはわかっていて、トンガを止めない。同じ気持ちだから。そしてプリンスを切り捨て、ブラウニーのローンチを目前に莫大な富を手に入れる彼女にはそれ以上に守りたいものはないから。

大きな決断をするとき、AとBどちらを諦めようか悩み、結局できない人も大勢いる。しかし、AとB、二つの選択肢があることはある意味幸福なのだと知るものは少ない。故郷のない、ルーツを断絶されているエイレネにとっての選択肢は、同胞を裏切らないことしかない。それはわかる。この広い広い世界で、本当の意味でたったひとりになることをためらわない強い人間は少ない。

だからみんな、だれからかの感情を求める。非難であろうと愛であろうとそれはつながりだ。無視されることは耐えがたい。インスタのちょっとしたことにクソリプがつくのは、本当に非難をしているからじゃない。無視されたくないからクソリプをするのだ。クソリプをする回数は孤独の度合いだ。子育てや恋愛ごとにクソリプが山のようにつくのは、経験者がそれだけ多い、パイの大きいマーケットだからだ。経験者だから自信を持って意見が言える。言いたい。つながりたい。底辺の暮らしでも、リッチでも。それがタンパク質とホルモンによる支配と搾取のツールでも。

「いまいちよくわからないんだよね。そんなにルーツって必要？」

「ドクター・ワトソン？」

「たったひとりってそんなに辛いことなのかな。いや、さすがにニューヨークのど真ん中で同じ出身民族がいない外見をもって、奇妙に見られた経験はないから、これは白人の私の勝手な言い分かもしれないけど。でも、私は……、もしひとりでいられる選択肢を選べるならとっくにそうしてたな」

やや感傷的な言葉を吐いてしまい、自分でもらしくなさすぎて笑った。

「まあね、私もそんな正義のヒーローぶって世界を救おうとはしないけどね」

今すぐボートを追いかけて、王子が島民に襲われるのをかばいながら戦うなんて、そんなのあまりにも私じゃないし、なにより面倒くさすぎる。

そう、面倒なのだが、

「でも、あの王子が矢で怪我をしていたら、助けるよ。だっていちおう私は医者だからね」

「ジョー……」

そう、自分でも意外だが、医師になるというのは、私のろくでもない人生の中で数少ない自主的な選択だった。もちろんきっかけは当時付き合っていた（と自分では思い込んでいたが実際は遊ばれていた）彼氏がロンドンの大学へ進学したからだが、それでもロンドンへ行くというのは、グラスゴーへ行くというのとは全く違う、私にとっては決別以上の幸福と希望と甘いしびれをもたらした。もちろん、そうするまでにいくつかの下積みと前準備は必要だったわけだけれど。

友人や彼氏の家の住所を借りて申請した奨学金が通ったという通知を受け取ったとき、脳髄に注入されたあのオーガズムよりも強い快感を、私は一生忘れることはない。

「さて、どうする？　あの王子が一発だれかに殴られるまで待つ？　それが致命傷にならないようにお祈りしながら」

「ジョー。君はさすがだ」

シャーリーの目が朝焼けを受けてなお青く、海と空よりも透き通っている。生命の個々の輝きのなせるきらめき、そして私自身の欲目から。

「実は、君がぐっすり寝ている間、エイレネとふたりで話し合い、同様の結論に達した」

「ええっ、なにそれ」

「王子を生かしてロンドンに戻すのが一番のハッピーエンドだ。だから、あのボートは動かない。オイルをほとんど抜いてある。もちろん海難事故のために意図的に船体を破損させてはいない」

「えーっとつまり、今、意気揚々と王子たちが乗り込んで海に降ろされようとしてるボートは、島にたどり着けないってこと」

「そうだ」

エイレネが目を泳がせる。この進化した人類にもそんなおどけた表情できるんだ、と発見した。

「我々は思い出した。これは去りし人のもの、来たる人のもの。陽はカシの上、影はニレの下」

シャーリーが続きを唱和する。

「北へ二十歩、東へ十歩、南へ四歩、西へ二歩。そして下」

「それの意味するところは？」

「世界は広く、時間は過ぎていく。人はどこへでも行けるし、どこでも立ち止まれる」

つまりは儀式の呪文はカトリック殉教の墓場となった秘密の地下室を掘り当てるための地図ではない。王冠は過去になり、王族は権威を失い、すべての地面は人の墓になる、ということ。そして、

「「私は、私のもの」」

そのとき、たしかに銃声が響いた。私は反射的にシャーリーに飛びつき、やわらかな絨毯敷きの床の上に転がった。銃声は一発でやんだ。威嚇か、それとも一発で終わったのか。

「これは想定外だ」

「だれが撃ったの！」

「おそらく王子だろう。ボディチェックを受けていないのは王子だけだ」

「そういえば王子の護衛って」

「キャンプには同行不可だ。そのまま帰宅せず船に乗ったので、いまもついていていない」

つまり、あの銃声は王子の護衛が使ったのではないのだ。ますますまずい。

「シャーリーは部屋にいて！」

私はソファの上に投げ出されていたアーミージャケットに腕を通すと、ポケットにものはあるかまさぐりながら部屋を飛び出した。腰骨を守るように差し込まれているスティックは大腿骨付近を通る動脈を守るためのもので、もうすこし長い棒は内股にセットしてある。それはそのままだ。

（あー、やんなきゃ。お金にならない労働がたるい）

私の意思に反して、体は現場であろう船体の側面部へ全力で向かった。そこまで大きな船ではないから、すぐに騒動の元になっている場所はわかった。お揃いのライフジャケットを着たカップルのうち中年男性がリボルバーを手にぶるぶる震えながら立っている。

「近づくな。私に！」

少し離れた場所で、恋人の女性がしきりに、落ち着いて、大丈夫と王子に声をかけていた。王子の視線の先には、あの背の低い、エイレネに雰囲気のよく似た老人がいた。

「おとなしくボートに乗れと言ったのに」

王子は私が来たことに気づいて、ほっとしたのだろう。少し表情が変わった。

「おい、そいつを取り押さえてくれ。そいつは反逆者だ。私を壊れたボートに乗せて、漂流させて殺すつもりだ！」

なるほど、それはナチュラルな殺しだ、と私は半ば感心したが当然口には出さなかった。シャーリーたちはオイルを抜けばボートでの上陸を諦めると踏んでいたようだが、トンガはさらに策を練ったらしい。

「あっ」

私が油断した一瞬の隙に、トンガは獲物を見つけて急降下するカラスのごとく素早く動いた。王子の懐に飛び込むと、そのまま首に腕を回し、あっという間に王子の体を船の外に放り上げる。王子はあっけなく銃を手放し、そのまま自重の勢いで落下した。

水音はほとんど波と風にかき消されて聞こえなかった。私が船体から身を乗り出すと、ちょうと王子が水面に顔を出し、慌ててオイルの切れたボートに向かって泳いでいくところが見えた。よかった。あの王子、泳げるようだ。

「おまえもだ」

私がのんきに海を見ている真横で、トンガは次の仕事にかかっていた。なんの罪もない王子の恋人も、まるでゴミ袋を収集車に投げ込むように海の上へ放り出された。約一五メートルほど落下して、王子の恋人もまた波間に顔をだした。少しボートを手でこげば、島の周囲の珊瑚礁につく。ここが遠浅で彼らはラッキーだったのだ。

仕事を二つ終えたトンガと私は目が合った。

「おまえも行くか？」

「リゾートは好きだけど、あんまり大自然はね」

このまま見逃してくれるように願ったが、やはり無断侵入不審者に対して無罪放免とはいかないようで、トンガは私に対して臨戦態勢を見せた。

「あのさあ、私、あなたにはなんの恨みもないし、契約関係でも雇用関係でもないじゃない？」

「…………」

言いながら、いつでもタクティカルペンを取り出せるように手を動かした。金属製のタクティカルペンはいろんな保安装置に引っかかるが、私が愛用しているのは強化プラスチック製である。

「特に私たちがやり合う理由、なくない？」

足でもつっていないかぎり、王子たちはボートにはたどり着いただろう。ひとまず半日くらいの命はつないだはずだ。銃をつきつけ、あるいは島に不法上陸して島民たちになぶり殺されるエンドは回避できた。

「今頃、エイレネが救難信号を送ってる。いくら王子が死んだ方が得な人たちにも、さすがにそれを無視することはできないと思うよ」

「…………」

「そしたら、王子はふつうに救助されて、あなたは逮捕される。マイキーにいたぶり殺されるのはしんどいよ。そんなのなんの意味もなくない？」

言いながら、自分でも驚くほど台詞に情感が籠もる。

「…………」

「あなたは、王子たちに島で密猟をさせて、島民たちの怒りを買って殺させたかった。だけど、もうそうはならないよ。エイレネは降りたんだ、でしょ？」

相手からなぜか敵意が一ミリも減らないので、私はやや困惑しながら太もものホルダーをまさぐった。

武器はいくらでもある。

スプーンや針金でなくても、固くて長さがあれば私たちは使いようによっては簡単に人殺しになれるだろう。長さがなくても、つなげばいい。大昔、教会のバザーでもらった「村に平和と祈りを」とプリントされたキーリングに家にあった謎の鍵をありったけぶらさげて、ヌンチャクのように振り回していたころの名残で、私はなにかを振り回すのが、突いたり叩いたりするよりも好きだ。ずいぶんあとになって、アメリカにああいうやりかたの正式な武術があることを知った。

「……おまえ、ボスコム谷にいたな」

思いもかけない地名が飛び出てきて、私はタクティカルペンを取り出すのを中断してトンガをまじまじと眺めた。

「あのぅ、私たち、どっかで会ったっけ」

「ボスコム谷には、子供を買いに半年に一度行っていた。おまえは、将軍の……、〈救国〉の女だ」

「……あー……」

私は再びタクティカルペンを取り出すことにした。この男は、今から私が聞きたくないことを言おうとしている。

「おれはアンダマンの人間だ。砂漠の山のほうなんか用がなければ行かない。だけど、人間が出荷されるなら別だ。船に積んで、売りに出した。多くは腎臓と肺を半分取り出してから、マーケットに〈半分〉の札付きで格安で出した」

「そうだね」

まあ、そんなこと今更言われないでもよく知っている。というか、アメリカもロシアもイギリスもインドも、みんな知っていることだ。アフガニスタンは多民族国家で、半分がもう半分を迫害し制圧し支配し搾取する。時間が経てばひっくり返る。大昔からそういうオセロゲームをずっとしてきた。そして、国際援助が届かない旧ソ連との国境付近では、水がなく作物は育たない。ここでもっともよく生産されるのが人間だ。赤ん坊はほぼ移植と美容用に売り買いされるし、子供は性愛の処理に、それが終われば労働用に払い下げられる。何万年も前からされてきたことが脈々と続いている。たしかに私がいた谷にも、売られていった子供たちは大勢いた。しかし大部分は研修という形で土地を離れた。彼らは主に男子で、傭兵の訓練を受けるために谷を離れるのだ。

タリバンの勢いが増してから、ボスコム谷のあったヒンドゥークシュ山脈に散らばる少数民族たちは、いつものように子供の半分をロシアに送り、もう半分をアメリカに送った。彼らは研修という名目でアメリカやロシアのために戦い、ノウハウを得て自国へ戻ってくる。そうして部族のリーダーになるのだ。私が捕らえられた部族の長も、旧ソ連のKGBで訓練を受けた軍人だった。

「〈救国〉の世話をしていたイギリス女が、ボスコム谷にいたやつらを全員殺して逃げたと聞いた。おかげでだれももうあの辺りの谷に人を買いに行かない。子供が売れなければ飢えて死ぬしかない。さて、おまえは何千人に恨まれているかな。おまえが裏でなんといわれてるか知ってるか。おまえの二つ名は〈醜聞《ザ・スキャンダル》〉。だれもパパラッチできない、してはならないパンドラの箱。開ければ第三のグレートゲームが幕を開ける。それがおまえ……」

私はとうとう喚《わめ》いた。

「な――――んで人買いにそんな非難されなきゃなんないの。もうすぐ死ぬやつは口が軽いね！」

やんわりたしなめたつもりだったが、トンガはなぜかおびえたように後ずさった。

「だいたいさあ、そもそも私は捕虜になったんじゃない。将軍が感染症で死にかけてて薬もなくてもうやばいっていうんで、抗生剤をうちのキャンプに盗みにきて、私に見つかって私ごと拉致したんだよ。とばっちりもいいところだったんだよ！」

もう何年前になるのか、まあまあの理由で愚痴る相手もいず、出口のなかった憤懣《ふんまん》を、ここぞとばかりにトンガにぶつけてやる。あーすっきりした。

「それに、タリバンのせいで国際支援が表立って受けられなくなって干上がったら、彼らがどうするかなんてアメリカも知ってるでしょー。裏社会と取引するしかないじゃん。アフガンが砂漠でなんにもとれない貧しい土地っていう刷り込みを何百年もかけてご丁寧にしてさあ。ようはあそこにきっちりした道が敷かれたら、ワハーン回廊からロシアや中国ががばがば攻めてくるから、アメリカがずっとがれきの砂漠でいさせてるだけじゃん」

要は中東マネーと中国マネーとロシアマネーが出資する代理戦争をアフガンがやっていて、そこはがれきなので消費期限切れの古くさい武器を使い切るのにちょうどいい演習場というだけなのだ。そんなこと、あそこにいればだれだって知ってる。

生きるためには戦わなければならないし、戦うには学校が、教師がいる。ロシアに行くか、アメリカに行くか、それとももっと別ルートのアフリカで戦わされるかは、人身売買組織のさじかげんひとつだ。運が悪い。ひたすら運が悪いのだ。あの場所が悪い。現代のグレートゲームは、ロシアとアメリカだけではない。中東マネーという金の棒で殴り込む集団がいて、けれど彼らのかかとをいつでも切り裂こうとしているのはロスチャイルドだ。アフガニスタン。そこに生まれ落ちたのはただただひたすらに運が悪い。

（私も運が悪い）

そう、世界中に運が悪いだけの人間はごまんといる。私だってなかなかのものだ。みんな鍵束を振り回して人を殺す方法なんて、自己流で開発したりしないでしょ？

しかしなるほど。私がいたあのややこしく面倒くさいインドの山奥に、モリアーティがかかわっているとは思わなかった。しかし、彼女がアンダマン諸島を経由した人身売買に大きく絡んでいる可能性は高いだろう。なんといっても彼女の本業は武器商人。昨今、インドの奥地の方からは少年だけではなく、少女も出荷されるようになったと聞く。ずっと、性愛の道具にされるのかとばかり思っていたが、時代が進んで武器は電子機器になり、武器を握るのが男の手ではなく、システムを操るのに女の手でも十分な時代になったからとも言えるだろう。

いい時代だ。未来は明るい。都会のように。昔よりずっとよいことだけを理由に、私はまだこの世界を好きでいられたのだから。

なにか下から叫び声が聞こえる。思わず海上をのぞき込んだ。王子たちが喚いている。遭難しかかっているのにあんなに自ら進んで疲労するなんて、あの王子が軍隊でいったいなにを学んだのか謎だ。

しかし、私も人のはしくれなので、王子はともかく一緒に海に墜ちた恋人の女性がどうなったのかは気になっていた。救命用ゴムボートにしがみつくようにして震えているのが見える。とりあえず生きてはいるらしい。よかったね。

格闘時のよそ見は命取り、私が王子たちの安否を気にした隙を、手練《てだ》れのトンガは見逃さなかった。突然跳躍して襲ってくる昆虫のように私に飛びかかってきたのだ。

（うわ）

蛾は躱せても明確な意思をもってやってくる相手を避けるのは難しく、私は首もとをあっけなく押さえられ絞め付けられた。

「うっ、ぐぅ……」

悲しいかな、首を絞められる体験はこれが初めてではないので、その苦しさも逃れるすべもだいたいわかっている。しかし、相手も用心しているので、なかなか形勢は逆転の引き手をさせてくれない。しかも気道を塞がれれば強さや痛みにかかわらずこちらは落ちてしまうため、そうのんきに対処を思案している場合でもない。

こんなときに、わりと使える手がひとつだけあった。

（世の中広しといえども、こんな訓練積んできてるのなんて、グリーンベレーと私ぐらいだろうな）

私は沼から引きずり出されて宙づりになっているカエルが起死回生の長い舌を出すように、自分の首を片手で器用に締め上げるトンガに向かって渾身のつばを吐いた。これは口の中に唾液を溜めるポイントと、つばを飛ばすだけの口角筋の瞬発性が重要なため、日頃からこつを知っていなければなかなかとっさに繰り出せる手ではない。しかし自分を襲おうとする性犯罪者には有効な手であるので、ぜひ世界中の女子は、自分の目の前の犯罪者に向かって盛大につばを吐く練習をするべきだ。

私の口が下品な音を立てて吐いたつばは、見事にトンガの顔にシャワーのように降りそそいだ。彼は一瞬たじろぎ私の首を絞める手から力が抜ける。それを合図に私は顎を引き、彼の顔面に向かって上体を使って頭突きを食らわす。ごりんという鈍い衝撃とともに、私の頭蓋骨が彼の顔面にめりこみ、うめき声があがった。そう、頭蓋骨の表面より、顔のほうが神経が多く皮膚が薄いため、その痛覚も数倍になるのだ。さらに頭突きはうまくやれば相手の目にもダメージを与えられる。

さて、殺したほうがいいのかな、と思った矢先、どおんという衝撃が足下から伝わって、私もトンガも立っていられずに甲板に倒れ込んだ。エンジンが掛かり、急激に船体が動いたのだ。

（あれ、もしかしてシャーリーが助けてくれた？）

というのを確認する暇もなく、私は立ち上がったところを今度はトンガに体当たりされて、あっけなく宙を舞った。完全にノーガードだった私が愚かだった。

（ひえええ、死ぬぅ）

滞空時間というのは意外と体感が長いもので、船から放り出された私が海面に投げ込まれるまで、ひたすらにサイドに見える朝焼けがきれいだった。

「ジョー！」

聞き慣れた、高級な紅茶を飲んだとき、口の中に残るほんの少しの苦みのような声が聞こえたと思ったそばから、どぼおんと自分が水の中にめり込む音が重なって、私の体はとっさに浮上するときの体勢をとっていた。

（ああ、体が浮くとほっとする。あったかい水はいいなあ）

さすが南洋の海は夜明け前でもそこまで凍えることはなく、これで一キロくらいは泳げるだろうとほっとした。なるべく波に逆らわないようにしながら海面にあがり、顔を水から出すと、すぐ近くに浮き輪が二つ浮いていた。

「ジョー！　それにつかまれ！」

シャーリーが身を乗り出してこちらを必死に見ていた。あまりの形相に、私は無事だよと手を振りそうになった。いやいや、状況的には完全に無事とは言いがたい。このまま引き潮にのまれればさすがの遠浅の海とはいえ油断はならない。人は水辺でもっともよく死ぬ。

「離れていろ！　すぐそちらに行く」

「行くって、え、え……？」

まるでリゾートホテルのプールで浮き輪にしがみついて映える写真を撮っているようなのんきさで、私がゆらゆら波間に浮かんでいると、ちょうどここから死角になっている船体の向こう側で大きな波しぶきがあがった。私があっけにとられている間にも、今度は私たちが乗ってきた船そのものがゆっくりとバックし始め、ゆっくりと船体を反転させる。あ、置いていかれると思ったときにはすでに時遅し、ロイヤルシップは島とは反対方向へ波をかき分け、ちょうど朝日に背を向けるようにしてさっさと走り去ってしまった。

「あー、これはまずい、かも」

船が泡立てた海面が収まる頃には、その向こうに小さな真っ白いボートが見えた。もともと王子たちが朝焼けを見に行くために準備していたボートだった。だれかが必死に手を振っている。シャーリーだ。

「シャーリー!!」

なぜかボートはピクリとも動こうとせず、海上に漂っている。私はゆっくりと波をかき分けてボートに近づいた。

「ジョー、早く上がれ！」

非力な彼女の手とは思えないほど力強い動きで、私は海から引っこ抜かれるようにしてボートに救出された。ぴたぴたのレギンスをはいていたおかげで体に余計な負担をかけることもなく、風であっというまに乾いた顔に塩がふいて多少ひりひりと痛む程度の不快感しかなかった。それも、なんとか助かったという安堵感と、急速にあけてゆく空と海の間、昨日と明日の狭間にいるという体験が、そして百八十度以上どこを見ても圧倒的な大海原に囲まれているという状況が、それ以上に私を興奮させていた。これはお金を払って見に来る光景だ。その黄金の朝焼けの中にシャーリーとふたりでいる。

「きれいだねえ」

「ばか、なにをのんきなことを言ってる！」

「だって、深刻ぶっても状況が変わるわけじゃないじゃない。どうせ、私たちって置いていかれたんでしょ。なら、ポジティブに気を持たなきゃ」

まだ西の空はほんの少し昨日と夜の名残をとどめていて、まさにそんなようにボートの操舵席にエイレネが立っているのが見えた。ふたりしてこのボートに乗って、わざわざ船を下りてきたのだ。あのまま乗っていれば少なくともトンガはふたりの命をとることもなかっただろうに。

「ね、このボート、たしか」

「オイルは追加した」

「じゃあ、このまま帰れる？」

「ただし、隣の南センチネル島までは六〇キロある。そこまで保つかはわからない」

「あらら」

つまり、このまま目の前のセンチネル大島に上陸するしか、確実に助かる道はない。それもいつまで続くかはわからない。なにしろ、この島に住んでいる人々は何千年も外界との接触を避けており、外界人に敵意を抱いている、と聞いている。

しかし、ここに上陸する以外に選択肢はない。現に先に海に落ちた王子とその恋人のカップルは、ゴムボートをさっさと島に向けており、すでに珊瑚礁に乗り上げて、歩いて島まで行けるほど接近していた。

まあ、少なくとも彼らが溺れ死ぬ、もしくはすぐに遭難死する危険性はなくなったわけだ。むしろまだ海上にいる私たちのほうがずっと危ない。

「行こっか」

エイレネがエンジンをかけると、ボートは白いチョークの線のようなしぶきをあげて金色と青の間をゆらめく夜明けのインド洋をすべっていった。ものの十分もしないうちに、船は真っ白の砂が島肌を覆い尽くす海岸に、宿主を失って波にさらわれた巻き貝のように打ち上げられた。

「見てよ、シャーリー。エイレネも。きれいだねえ。こんなのパンフレットでしか見たことがないよ」

そこが、危険と死を孕《はら》む未開の地であることもすっかり忘れて、私はぐちょぐちょと水音を立てるブーツを脱いで砂浜の上に放りだした。私たちと入れ替わりに、先に島に上陸していた王子たちが、慌ててボートのほうに駆け寄ってきた。助けてくれとか、ボートを売ってくれだとか喚いていたが、私たちはだれも耳を貸さなかった。自分たちのしたいようにした。

純白のパウダースノーのようにきらめく浜辺に、幼児のようにはしゃぐ私の足跡がスタンプのようにいくつも押されていく。それがさらに気持ちがいい。

日が昇り始めると、太陽の熱が風とともに海からやってきて、ドライヤーよりも強烈に私の髪をなぶっていく。長い間海の水にさらされていたせいで、舌が塩味に麻痺していて、唇をなめてもなんの味もしなかった。

「いやー、死ぬんだったら雪山よりだんぜんこっちのほうがいいね！」

何を言っているんだ、という顔のシャーリーの向こうに、ちょうど太陽を背にしてエイレネが立っていた。夜と昼とを混ぜ合わせたような形容しがたい肌の色が、まさに地平線そのもののように見えて私は思わず何度目かというのに見とれてしまった。

彼女は西の空を見ていた。昨日を見送る星があったとしたら、きっとそうしたふうに。そしてちょうど彼女の視線の先に、まさに月が海に溶けて消え去ろうとしていたのだった。

「ムーンロードを好きな人は多いけれど、夜明けの月を追うひとはいない。みんな、夜明けには太陽に目を奪われる。より強烈な光があれば、忘れ去られてしまう。そんな月を最後まで追いかけるのが、すきなんだ」

エイレネの目は、私も、シャーリーすらも見ていなかった。ただひたすらに透けて消えていく月の名残を惜しんでいた。

「都会では、こんなに最後まで見られない。いつもビルの谷間に落ちていく。それが月だった。初めて見られた。ママが言っていた、水の中の貝のような、月」

全身ずぶぬれになっても、髪が肌に張り付き真っ白に塩をふいていても、エイレネは息をのむほど美しかった。

「真珠は、月のかけらなんだとママが言っていた。夜の神に教えてもらった貝だけはそのことを知っていて、天から落ちてきた月の欠片《かけら》を拾って、自分の中に閉じ込めた」

「ママは、真珠貝をとる海女だったの？」

「昔はね。島を出るまではそうしていたんだと、言っていたような気がする」

「ような……」

「ママはほとんど英語をしゃべれなかった。わたしはブルックリンで生まれて、少しの英語しか話せなかった。あまり意思疎通はうまくいかなかった。いつも身振り手振りで話していた。あとは知らない歌と踊りと。ブルックリンのアパートの屋上で鶏の世話をしながら、沈む月を見ようとして背伸びをしていた。最後は感染症の熱でもうろうとしながら、柵を越えて落ちて死んだ。ママがどうして島を出てきたのかは、今も知らない」

エイレネの口調からは、彼女がずっとここへ来たかったことがうかがえた。ああ、彼女こそまさに月の欠片、夜にこぼれ落ちて貝に拾われて浜辺にたどり着いた海の宝石なのだ。

「さて、わたしのセンチメンタリズムはおしまい。ふたりとも、無事でよかった。ちょっとあっちの木陰にいこう」

言うなり、あっという間にその長い足で白い砂浜を駆けだした。

「ほら、速く！　日焼けはやけどだよ。体力温存はサバイバルの鉄則！」

月のようだと思ったら、つぎはからっとした浜風のように私たちを急《せ》かす。私とシャーリーが行く先には、エイレネの私たちよりも大きな足跡がついていた。

「喉渇いた」

「エイレネが水を持ってる」

「えっ、ほんとに!?」

「急いでてこれくらいしか持ち出せなかった。シャーリーが何も持たずに行こうとするから。はい、どうぞ」

エイレネが足下に置いたナップサックから、日よけの折りたたみパラソルとペットボトルの水を取り出した。おそらくボートに常備してあったものもあるだろうが、日焼け止めクリームまでもってきていて、シャーリーに塗るように強く言うのには驚いた。たしかにこんな強い紫外線を浴びていては、シャーリーの皮膚は一瞬で軽度のやけどを負ってしまうだろう。

砂浜に、三人分の足跡がポツポツ延びて、やがて押し寄せてきた白いレースのような波に削られていく。絵に描いたように伸びる椰子の木の木陰に、小さな日よけパラソルを差したシャーリーが座り込み、挟むようにして私とエイレネが水を飲んでいる。ただの水がこんなにもおいしい。もうとっくにムーンロードは消えて、私たちが来た昨日も去って帰るすべすらなくなったというのに。

「ここに来られればなにか変わるような気がしてたのに、なにも変わらないな」

と、エイレネが言った。おそらくそれは私が彼女に出会ってから聞いた中で、一番人間くさいつぶやきだったように思う。

「トンガの狙いはわかっていたから、最後はここだと確信していたんだ」

「彼はどこに行った？」

「さあ。でもどこか近くにはいて、撮影可能なドローンを島の周囲に飛ばしているだろうと思う。決定的な瞬間のために、ここまでしたのだから」

その決定的な瞬間というのは、島に不法侵入した英国の王子を苦しめ、追い詰めてから島民たちと接触させて、彼らに王子を殺させることだ。英国政府もインドもアメリカも彼を救おうとしなかったという確たる証拠を得るためには、撮影が不可欠だった。

「同胞は一度外に出たトンガを決して受け入れはしない。外の世界で孤独に生きてきた彼にはもう時間はない。彼にできる最大の復讐は、島を世界的な動乱に巻き込んで、自分を拒絶した部族にいままでの暮らしができないようにさせる。むりやり外界と接触させて、自分と同じ状況にすること」

「エイレネはそれでいいの？」

私の足のすぐ近くを、見たこともないヤドカリが重そうに家を引きずりながら歩いていく。いいね、おまえには素敵な家があって。そこが好きで。

「仮想通貨のブラウニーはローンチ直前なんでしょ。億万長者になるチャンスなのに、こんなスキャンダルに巻き込まれてさ」

「わたしがいなくなっても、弁護士のノートンがうまくやる。今更大きなビジネスの流れを止められはしない。わたしはあくまでショーケースのマネキンだった。わたしの役目はとっくに終わったんだ」

私の前を通過したヤドカリは、ためらいもなくシャーリーの透き通った足の爪に乗り上げた。ここまで来たらなんでも聞いておきたい気分になって、私は言った。

「あのさあ、こんな状況で今更なんだけど、ふたりが初めて会ったって言ってたVR、だっけ、〝マスグレーヴのお屋敷〟って、つまりモリアーティのあやしい研究所だったんだよね」

なんとかかんとかという呪文のような合言葉がある、白雪姫が眠っている森の中の、木こりのこびとが住む家。VRはこびとならぬ体組織を提供するための子供が住んでいた、という現代のホラー。

「僕は眠っていた。エイレネに会ったという認識はない」

「ほんとに白雪姫だったってことだね。エイレネがこびとで」

「はたしてその童話が比喩にふさわしいかは知らない」

そっけなくシャーリーが言う。言葉は素っ気ないが、ヤドカリのためにじっとしていることに私は気づいている、

「VRの入っていたマスグレーヴの建物は、実際、古い貴族の邸宅だった。詳細な場所はわからないままだけれど、元々そういう名前の一族がいたとも聞いているよ。古いカタコンベがあったことも。いつから所有者が替わってそういう施設になったのかは、わたしも知らない」

「エイレネと、シャーリー以外にもいたんだよね。みんなで暗号とか合言葉とか考えて、遊べるような数は」

「うん。いたと思うよ。あの当時は、みんなどこから来たのだろうと思っていた。今ならなんとなくわかる。今も星の数ほど子供が売られているし、消えても捜されない命なんていくらでもある。人身売買をする売人は、ほとんどが昔売られてきた経験のある子供だったとも聞く。わたしの運命は、シャーリーたちの臓器を生かす養分になることで好転したけれど、ほとんどの子供は見えない星のまま消えていったんだと思う」

恐ろしい内容を話していても、エイレネの言葉はどこまでも音楽的で、耳に心地いいのが不思議だった。

「あなたはチャンスを摑んだんでしょ。それで成功した。ボヘミアン・プリンスという上位階級の人間に出会って、さまざまなビジネスモデルを学んだ。そのまま幸せになることもできたのに、そうしなかったのはどうして？」

プリンスは確かにエイレネを愛していたように思う。エイレネも、あんな絵画に固執してSOSを送ってしまうくらいだから、彼に対して並々ならぬ思い入れはあるのだろう。なのに、彼に〈魔法〉をかけて、無理矢理に他人と結びつけ距離をとってしまった。

ああ、とエイレネはなんでもないことのように言った。海水が乾いて白く汚れた顔ですら、シュガーのかかったチョコレート菓子のように美しかった。

「昔は、これでも努力すればいいと思っていたんだよ。実際ビジネスはするっとうまくいったしね。

クラブの経営にも携わったし、わたしたちのようなマイノリティのためのデーティングアプリもいくつか作った。ビジネス成功者がランチの時間を提供するプロボノアプリは、すぐにバイアウトできてうまくいったかな」

「バイアウト」

エイレネは私が想像するよりずっと多岐にわたってビジネスを手がけていたらしい。美しくて、その美しさが無二であり、マイノリティでジェンダーレスで美声の持ち主。生ける月光というだけでも十分なのに、中身までみっちり詰まっているなんてうらやましい。けれどその彼女ですら、愛を手に入れ、それに浸ることは難しいのだった。

「どんなにあがいても彼はわたしの家にはなれないし、わたしは彼の家にはなれないからね」

「家……」

「三十年生きてきても、人は自分の居場所だと言えるところがほとんどないものでしょう。わたしの場合、ブルックリンの汚いアパートと、あのマスグレーヴ、あとは大学の寮とかだれかの家とか。マスグレーヴの研究所で過ごし始めて一年くらい経ったころだった。子供たちは増えたり減ったりしていた。人の出入りは多かったけれど、わたしたちの世話をする人は決まっていた。肌が褐色で小さくて、今思えばトンガとともに外につれだされたアンダマンの人々だったのかもしれない。彼らはずっといて、いつのまにかわたしたちが散らかした部屋をきれいにしてくれるから、ブラウニーと呼ばれていた。英国の古い家には妖精が住んでいて、いつでも帰ってきていいように、留守にしている間家を整えてくれるのだと。ニューヨークのクラブで彼と出会って、そのうち家のことを話してくれるようになった。ボヘミアの古い家系だということを知って急に興味がわいた。彼に尋ねてみたことがある。ブラウニーはいるかと」

「返事は？」

エイレネは首を振った。少し髪が乾いて、イヤリングのように彼女の鋭利な頬を縁取っていた。

「そういう妖精はボヘミアにはいないそうだけれど、代わりにスヴァトシュスケー・スカーリの岩山群につれていってくれた。愛に嫉妬する妖精がいた伝説もそこで聞いたんだよ。なにか欲しいものがないかと聞かれたから、あの岩山が欲しいと言った。そうしたら彼がそれは面白いと。それで今は無価値だといわれている山林も、この気候変動でずいぶん変わるかもしれないから、先物にもってこいだと提案した。富裕層は何百年にもわたって資産を管理することを考えるから、そういうことをビジネスにするのもいいとふたりで話し合ったんだ。我ながらとてもいいビジネスアイデアだったし、ナイトビジネス以外を広げたがっていた彼がとても喜んで、誕生日に古い屋敷を買ってくれた。それがあのブライオニー・ロッジだよ。名前も似ているし、もしかしたらブラウニーだっているかもしれないって、言ったんだ」

その一言で、私はエイレネがキャンプに古い邸宅を選んだことや、プリンスをふった理由がわかった気がした。

エイレネが欲しいのは、本物のブラウニーなのだ。留守を守り、家を整え、自分の帰還を待ってくれる永遠の存在。しかしどう考えても、ヨーロッパの上流階級である彼はエイレネの家にはなれない。エイレネが彼の家にも入れない。

愛には意味があるが、最上ではない。エイレネにとってボヘミアン・プリンスは生きる意味にはならなかった。もし生きて戻ることができたら、シャーリーは彼にこんな風に報告するだろう。「たしかに愛はあったようです。ですが彼女が求めていたものは、それ以上のものだったのです」と。

オペラが歌うように、たとえうまく革命の動乱を逃れられても、異国で生きながらえることができても、罪悪感と後悔は生きる糧《かて》にはならないのだ。聖職者としての務めも、守るべき信者も捨てて逃げたジョスランに永久に安らぎはない。彼にとっての子守歌はレクイエム以外にはないのだ。

「だから、シャーリーを巻き込んだの？　そんなに、同族が必要だった？　そんなに？」

「ドクター・ワトソン」

「あなたは、シャーリーを家族だと思っているんだよね」

いつだったか、彼女らが話していた昔の内容からおおざっぱに推測すると、マスグレーヴという（思えばこの名前も意味深だ。フランス語で〝狂乱する覆面〟なんて、歴史ある名家の名前とは思えない）なんらかの実験施設で彼らは出会った。シャーリーを生かすシステムを設計したというモリアーティも運営に関わっている、意味深な森の中の研究所。そこではシャーリーはほぼ昏睡状態で、エイレネだけが一方的にシャーリーを認知していた。理由は、彼女の持つ免疫にけがされていないアンダマンの血が、移植を繰り返すシャーリーの治療に有益だったから。エイレネという生きた血液バンクを買ったのは、モリアーティでありおそらくマイキーもだ。シャーリーを生かし続けるためにエイレネもまた生きていた時間があった。それをエイレネは、血縁のような、家族のような、同胞だと感じたのだろう。

「この世界で、あなたと血がつながっている人間はいない。ママも死んで、自分がつながりを感じるのはシャーリーだけだった。だから、知らせたかった？」

エイレネは、トンガを止めなかった。英国の王子をインドの孤島におびき寄せ、そこから世界大戦のきっかけを作り出し、先住民の文化も、英国もめちゃめちゃにしてやろうというトンガの企てのことを、彼女はわかっていたはずだ。知っていて、協力した。止められなかった。なぜなら、トンガは世界にたったひとりしかいない彼女の同胞だから。

所詮《しょせん》私は白人で、移民でもなく、端から見れば恵まれたマジョリティのひとりだ。英国がインドにしたように、そしてアフリカ諸国に、アジアにしたように、圧倒的な文明の利器をもって征服し植民地化したせいで、何百年にもわたって隷属させられた側ではない。世界にたったひとりになってみないと、彼らの孤独はわからないのかもしれない。

「シャーリーだって、自分を生かしてくれたのがエイレネだったから、ここまで積極的にこの事件にかかわった？　きっとそうなんだね」

言葉にしてしまうとずいぶん陳腐に聞こえた。けれど、きっと普通の人間にとっては、自分がどこのコミュニティにも属していないことは耐えられない苦痛なのだろう。あのシャーリーですら、命の恩人であるエイレネに対しては、どこかおびえのような遠慮があった。なにをするにも彼女を優先させたいという希望が、焦った私には愛に見えたのだ。そしてコミュニティを持たないエイレネにとっては、実際に血を分けたシャーリーが、大勢の他人の中でも特別に感じられたのだろう。

気持ちはわかる。私がその人間らしい感情にこれっぽっちも同調しえないだけだ。輸血をした相手が皆わかり合えるようになるのなら、世界から戦争はなくなるし、もうとっくになくなっていてもいい。

（あれ、でももしかして、ブラウニー受容体ってそういう使い方もあるってことなのかな。相手が発する電気信号を受容できるタンパク質を体内に後発的に増やせば、恋愛状態に似た興奮を得られるっていうんなら……）

たとえば、なにかワクチンのようなものをこのタンパク質で作って大勢の人に摂取させれば、テレビやネットを通じて電気信号を送り、デモや騒乱をいともかんたんに起こすことができるだろう。まあ、そんなの度の過ぎたナチュラリストか反医療主義者を敵に仕立てたスパイ映画でよくあるネタというだけな気がするけれど。

でも、もしそんなトンデモ科学が実現したとして、世界中の人々が興奮して核のスイッチを押し、あるいは戦争が起こって人々が殺し合えば、滅びるのは大人数を構成するコミュニティからだ。情報にアクセスしやすい人々から巻き込まれ、そうでない人々は生き残る可能性が高い。たとえば、都市部が滅んだあとも、このアンダマン諸島の人々はそんなことが起こっていることも知らず、千年後も同じ暮らしをしているのだろう。

それを考えると、大規模コミュニティであること、マジョリティであることは、利那的には生存に有利でも、絶対的有利ではないことがわかる。

なぜなら、文明は近い将来滅ぶかもしれない。実際そうなる可能性は高い。この島の先住民が王子を殺害すれば少なからず確率はあがるだろう。英国は緊張感をもってインドと向き合わなければならなくなり、その不協和音をロシアや中国は利用する。

そんな大きな世界情勢の動きは、たったひとりの男を粗末に扱ったことから始まったのだ。どんな事件も、政情も戦争も、スキャンダルから火がつくものだ。そしてスキャンダルとは、必ず人と人とのコネクションに端を発する。だからこそ、そのコネクションを人為的に作られることは、支配されることに近い。

「つながりなんてクソくらえだ」

私は言った。少しばかり大きな声を出したからか、シャーリーの足の上で休んでいたヤドカリが、驚いたようにぴゃっと逃げた。

「私はべつに、孤島でひとりで死んだっていい。こんなきれいな海なら最高だし、得体の知れないだれかといるよりずっとまし」

「でももし、隣の人が愛する人だったら、どんな場所よりも安心では？」

エイレネが愛の伝道師のように言う。さすがはあんな商売をしようというだけあって、彼女の口から飛び出す愛というワードには、とてつもない価値のような響きがある。

「その可能性を否定しきれなくて、あなたのママは島を出たんじゃないの」

「……そうかも」

フフフッと彼女が笑う。私も笑う。シャーリーだけはきょとんとして日傘をあずける肩の位置を逆にする。

「M&Mが食べたい」

「ル・コントワール・ガスコンのフォアグラバーガーが食べたい」

私が死を惜しむ理由にふさわしい最高の食べ物。バービカンなんておしゃれな町にはあのバーガーしか用はない。

「エイレネは？」

「デイビーズ・アイスクリームのアイス」

「なにそれおいしいの？」

「ブルックリンで一番、ううん、ニューヨークでいちばんおいしい」

「うわー、食べたい」

端から見ているだけなら、まるでリゾートにやってきた女子三人がインスタを見るのもやめてボーっと休暇を楽しんでいるように見えるだろう。実際会話の内容はそんなレベルだ。

「このまま、三人で野垂れ死ぬかもね」

「助けが来なければそうなる」

「干からびて死ぬか、襲われて死ぬか」

「あまり大差なさそう」

実際、背後になにものかが迫っている気配はあった。茂みから用心深く草を踏む足音がする。この島に住むという五百人近い先住民だ。おそらく銃はもっていないが、鏃を鋳造する技術はあるようなので、この島にもゆっくりとした進化はもたらされているのだろう。

私たちが乗ってきたボートのほうを見ると、王子たちがなんとかこのボートで脱出できないかあれこれ試しているようだった。残念ながらここに来る直前で図ったようにガソリンが切れたので、今は最低限の備蓄品をストックしてあるだけの倉庫でしかない。　先に先住民に殺されるのは私たちのほうだろう。

まあ、それは不思議でもない。トンガの思惑としては、この後、王子たちが先住民に殺される画がとれれば同じなのだ。それに私たちが上陸したことは、軍事衛星の画像によって今頃マイキーにも伝わっているはず。彼女がエイレネや私はともかく、〝愛する天使ちゃん〟ことシャーリーを見殺しにするはずもない。彼女の生死如何《いかん》によっては、怒り狂った彼女によって、トンガはもっとも悲惨な最期を遂げるだろう。いや、もうそれもトンガにとってはどうでもいいことなのかもしれないが。

とにかく、先住民たちは襲ってくる。それは確かだ。私はぼんやりと空の青を眺めながら思案にくれた。突然、矢の雨が降り注ぐかも。そうしたら、私はシャーリーをかばって倒れ込むべき？　さすがに五百人を相手に素手で戦闘状態になるなんて無謀すぎる。おとなしく捕虜になりたいところだけれど、相手が問答無用で襲ってきたら自衛が必要だ。話してわかる相手でもないし。私たちのピンチに、人が人たる文明はなにも役に立たない。

このままなぶり殺しにされるのかな。そう察しても、もう動く気にもなれなかった。人は真の絶望を前にしては、ただの石になるのだ。妖精に石に変えられた結婚行列の参列者のごとく。

（考えられるあらゆる死の中では、これはファーストクラスなのでは）

ところが、エイレネは、医師にあるまじく文明を捨てて心理的大の字になった私とは違った。吹き付けてくる朝の浜風に真向かうようにして大きく息を吸い、歌い出した。

あのなんとかというオペラの、子守歌だった。

「エイレネは、最後まで母が歌っている内容がわからなかったそうだ。ただ、ジュリアードでこの歌に出会ったとき、似ていると思ったらしい。アンダマンの閉じられた島で暮らしていた彼女の母親が、今はもう上演もされていないフランスオペラの歌曲を知っているはずもない」

「ええと、それはつまり？」

「原始的な行為はどの文明レベルでも同じ、なのではないかと彼女は言っていた」

ああ、と私は言った。完全に理解できたわけではないが、シャーリーが言わんとしていることは伝わった気がした。つまり、さすがにこの閉じられた島にも娯楽はあるだろう。彼らとて狩猟がうまくいけば神に祈り、感謝し、歌い踊るに違いない。その純粋で素朴な文化にも歌はある。そして人が生まれ出て最初に聞く音楽は、親が我が子に紡ぐ子守歌なのではないか。という説があることもいちおう知っている。子供を愛おしい、安らぎを請う気持ちに文明レベルもクソもない。きっと、そういうことなのだろう。

たまたま、その歌が、革命を逃れて安眠したい修道僧の後悔と懺悔を表す歌でも、旋律が似ている偶然はある。

眠れ、眠れ、人生はまるでしずくのよう
マリアよ、我らを見守ってくれ
主の安らぎのもと　世間の騒がしさから逃れて
まるで聖なるしずくが川となるように

私たちは毎日を過ごした
助けを請い願うこともなく

だれともしれぬ足音が近くなる。息づかいも聞こえる。武具がこすれる音が交じっている。さて、これから死ぬのか生きるのかよくわからない。あまり興味がない。ああなんてこと。こんなにきれいな朝が来たというのに。

「眠くなってきた」

シャーリーが呆れたように言った。

「ここで眠ったら、ひどい顛末だ。君は人の心がないとこの後一生ネットで叩かれるだろうな」

「この後があればね」

もう笑いしか出てこなくなった。エイレネの歌は続いている。ああ眠い。

「それに、心がないなら、シャーリーとおそろいだよ」

日傘の軸を握る彼女の指が動いて、傘の作り出す影が動く。歌いながらエイレネが笑っている。波の音は止まらない。心音よりたしかな永久機関だ。月の引力によって繰り返す。この夜もしたたり落ちた月のしずくの欠片が海に落ちるし、それを密やかに拾って閉じ込める貝もいるだろう。歌い終えたエイレネが、やさしく「おやすみなさい」と言うのが聞こえる。

私は目をつぶった。

明けない夜はとうとう訪れなかった。

エピローグ

特に争点もなかったので、私は弁護士に言った。「じゃあ、そんな感じで」

英国の離婚は、諸外国と比べても最高レベルで面倒くさいことはよく知られている。実質国民メンタルはカトリックにどっぷりなのに、政治的に、そして昔の王様の下半身嗜好を全肯定するしか独立性を保てなくなった結果、上っ面はプロテスタントだが実質はカトリックという奇妙な宗教が法律同然に幅をきかせているせいだ。

その結果、今日ではだれもがパートナーシップを選ぶ。婚約期間が十年以上というカップルもざらにいる。その間、子供ができて成人していき、壮年になってようやく結婚というのも珍しくない。だれしもが、親が離婚するときに振り回された経験から英国制度上の結婚について必要以上に慎重になっており、その結果結婚というシステムは更新されず、新しい法律に適応して過去の遺物になっていく。実に英国人らしいアップデートだ。

マーヴィンとの結婚を正式に解消するには一年以上かかるので、私は当分の間離婚協議に応じなければならないが、双方特に争点もないため、いずれ忘れたころに他人になるのだろう。

メアリー・ジョゼフィン・H・ワトソンというれっきとした自分の本名を何度も見ることになる。不思議な気分だ。メアリーというファーストネームはもう二度と使わないだろうし、私はジョーと呼ばれる方が好きだ。ともあれ、私はこのまま〝そんな感じで〟元の名前に戻る。

「あー、マーヴィンのやつ、きっと今頃ビリオネアになっていい生活してるんだろうなー」

私はスタンドで花と並んで売られている『ザ・サン』のトピックを横目で見ながら、ため息のように独りごちた。

大衆紙は英国の王子が新たな恋人を得て、モルディブで正式に婚約しようと計画を立てたけれど、恋人に逃げられ失敗したというニュースで持ち切りだった。昨日も同じ話題、そしておとといも確か似たような写真が使われていた気がする。紙面は、王室の顔に泥を塗り続ける負債息子とおおいに王子の不出来を煽《あお》っていたけれど、実際のところほんの二ヶ月前、インド洋の孤島で海に放り出されたり、半泣きになりながら溺れかけたり、空腹で十ポンドも痩せたり、恋人に怒鳴り散らしたり、あまつさえ彼女に割り当てられていたペットボトルの水を奪ってがぶ飲みしたあと昏倒し、丸一日目を覚まさなかったりしたことなどは書かれていなかったから、あれでも彼の名誉は守られたほうなのだ。

それがあっても、当初ふたりは予定通りモルディブで婚約しようとしていたのだから、ブラウニー受容体の威力はすさまじい。しかしさすがに、今回ばかりはブラウニーも家を守り損ねた。妖精パックの媚薬をもってしても、真夏の夜の夢も長くは続かなかったのだ。

愛のキャンプを運営していたエイレネによると、ブラウニー受容体による恋愛モードは、できるだけ恋愛以外の刺激を受けないことが大前提となっているらしい。たしかに恋愛以外の刺激がなければ、人は恋愛に集中する。王子の場合はせっかくのラブモードも、突然の漂流、南海の孤島でサバイバル、襲い来る先住民、とゾンビホラー映画も真っ青の刺激的な環境に放り込まれたことによって霧散した。だからこういうことがないようにエイレネは、ゲストたちをすべての情報から遮断されたキャンプに囲い込む必要があったのだ。

そのエイレネは、手がけていた仮想通貨のブラウニーが無事ローンチし、以来、ビットコインに迫る勢いで上昇しつづけて、一夜にしてマーヴィン以上のビリオネアになってしまった。

（あー、あの海の透明度、信じられないくらいきれいだったなあ。死ぬまでにもう一回見たい）

ごみごみしたロンドンの喧噪と排気ガス混じりの最悪な空気を愛している私でも、何度も夢に見るほどすばらしかったエイレネのルーツ。

あの日、金色の朝焼けの中で、私たちを殺そうと武器を手に迫ってきた先住民たちが姿を現すまでの間、私たちは死の淵にいるとは思えないほど穏やかなひとときを過ごした。私はとりあえず医師として、目の前に死にそうな人間がいないことで完全にオフモードだったし、シャーリーは日傘と日焼け止めに完全にプロテクトされ私たちに挟まれながら、どこか所在なげに座っていたのがおかしかった。エイレネが歌う子守歌のように、朝焼けの金色の帳《とばり》が私たちを包み込み、そうして私たちは驚いたことに本当に眠ってしまっていた。最初にシャーリーが眠り、私はその手を握りしめながら、彼女の脈が妙に速まっても、そして弱まってもいないことに安心して目を閉じた。エイレネが言うには、先住民たちが集まってきたのはその少し後らしい。彼らはエイレネのほうを見て何事かを話し合っていたが、やがてなにもせず、黙って来た道を引き返していったという。エイレネの素性に気づいた可能性もあるけれど、単なる漂流者と勘違いしたのかもしれず、真相は永久に明かされることもないだろうと思われた。

しばらくして、私は何度か目を覚まし、返事をしながら自分の足で歩いて救助のヘリに向かったそうだが、寝とぼけていたのか記憶はない。気がつけばミャンマーの都市ヤンゴンの病院で目を覚ました。低い天井とアジア特有のむっとする湿気と香辛料の香りに圧倒され、そのあまりの状況の変化に、とうとう死んでアジア人に転生したのかと思ったくらいだ。

幸いにも私もシャーリーも体調は悪くなかったので、すぐに飛行機でシンガポールに向かい、ロンドンへ戻った。まさかキャロルの旅で何度も出てきたマーライオンの本物にこんなふうに会うとは思わなかったし、思わず空港で同じ置物の土産を買ってしまった。

あっけないほどすぐにいつもの221bの日常が戻ってきた。エイレネの姿はあれから見ない。ときどき、仮想通貨ブラウニーの仕掛け人としてニュースで写真を見る程度だ。彼女はもう、英国の王子のスキャンダルを塗りつぶすために相手を探さなくても良いし、キャンプの主催をする必要もない。

セルフォンを見ていれば、昨日と代わり映えしない話題を、人々がいつまでもしゃぶりつづけているのがわかる。王室批判、ブレグジットは当分口の中からなくならない飴だが、そこに新たに加わるのは失言した芸能人、有名人への批判。政治家への批判。犯罪事件への批判、富を独占し環境問題へ関心を示さない富裕層への批判。つまりトピックのほとんどは批判だ。まあ、声を上げるのは権利のひとつなので、これも自然な光景ではあるのだが、一方で人々は批判を楽しんで生きているという面が如実に表れている。

人間という種だけではなく、なにか自分に関わる行動を起こされたとき、とっさに受け入れるのではなく反撃のアクションを取るのは当然である。そうしないと生き延びてこられなかったから、即反撃スタイルのＤＮＡが世界中で繁栄していったのだ。

あのとき、エイレネが歌った子守歌によって、英国の王子の命が救われ、結果第三次世界大戦が回避されたことを、だれも知らない。世界が月光に包まれていたことも。

誰も知らない。夜、眠っている子供は月を見ないように。

「結局のところさ、エイレネはどこにいったんだろうね」

いつも通りの２２１ｂ――いやここは〈赤毛組合〉の店舗だから２２１ａになるのだろうか――の午後、使い込まれてはいるが手入れが行き届き、何度も研磨とオイルをかさねてさらに重厚感の増したテーブルの上に、糖分と油分がハッピーマリッジした文明の叡智が無造作に並ぶ。いわゆるケーキと呼ばれるスイーツの中でも、ロンドンっ子はカップケーキが大好きだ。見るからに体に悪そうなグロテスクな配色や青いクリームはアメリカの十八番《おはこ》で、ロンドンのカップケーキは常識の範囲内と言える。アメリカ人の異論は求めない。

「さあ。だがどこかにいるだろう」

「たしかに進化した人類はそう簡単に滅びないし、月にいるって聞いても驚かない」

あくまでエイレネは王子の命を救った功績があり、マイキーが口封じをするとも思えない。モリアーティにとってエイレネはすでに用済みの存在だ。英国の王子を洗脳し続けることには失敗したが、ブラウニー受容体の研究は依然アメリカ陸軍とロンドン大学で進められており、結婚は少子化、医療費の圧縮、生活保護世帯への補助の削減などにどんどんと〝活用〟されるだろう。王子は何度でも恋をし、脳をかき回される。それでも女王やイギリスにとっては王子が幼女を買春する犯罪をおかすより、ストレートなまま廃人になって死ぬ方がずっといいのだ。

「ブラウニー受容体の今後の展望を考えたら、エイレネが高級不動産でちょろっともうけることも、富裕層のリストを充実させて仮想通貨ビジネスを始めることも、ただのご褒美程度だってことなんだよね。エイレネもそれがわかってて、そのむなしさみたいなものも実感してて、それで生きてる実感が欲しくて、シャーリーに会ったり、アンダマンへ向かったりしてみたわけだ」

どちらにせよ、逃げたトンガは命がない。王子は失恋したもののピンピンして帰国したし、アンダマンの大島の先住民たちも無事だ。第一次世界大戦を引き起こしたクリミア半島のようなことにはならなかった。

とてもよかった。正直なところ彼とは二度と会いたくはないのだ。トンガは明らかに私の過去を知っていて、あのボスコム谷にも出入りして人身売買を行っていた。私の〈醜聞〉もいろいろと詳しく聞いたはずだ。だから私を過度に恐れていたのだろう。

すべてが終わったはずなのに、だれが勝ったのか負けたのか釈然としない空気が漂っている。けれど、動かしようもなく、ただ日々だけが過ぎていく。映画やゲームではない、本当の現実はこんなものなのだ。

少なくとも私たちにとっての現実は、これだ。目の前に並べられたカラフルでバターたっぷりの肥満への門。〈赤毛組合〉の新作として出すというスイーツの試作品たちである。ハレルヤ。

「あーっ、あーっ、甘い！　この上のアイシングがいっつも歯に染みるぅ」

中でも私のお気に入りは、チーズがまったく入っていないチーズケーキだ。これはロンドン特有の現象で、実際どんなものかというとラズベリーやいちごのジャムが入ったパイ生地の上に白いアイシングとココナッツがたっぷりというやつである。

シャーリーと言えば、さっきからカップケーキを器用にフォークとナイフで切り分けながら口に運んでいる。中に入っているのは、正真正銘クリームチーズで作られたチーズスフレだ。カップケーキのドライ感が口の中でもさもさするのが苦手らしいミスター・ハドソンが、妻のために考案したのがこのしっとり版カップケーキなのである。

「妻は最後は流動食でしたから、噛むのも難しく、カップケーキが大好きだった彼女にとってはとても辛いことでした。それで、私がカップケーキの器に水分たっぷりのチーズスフレを詰めてカップケーキ風にデコレーションすることを思いつきました。年をとると口の中に水分をためておくのも難しく、なるべくしっとりしたものを好むようになるのです」

そんなハドソン家のカップケーキは都会に増えた老人だけではなく、ここベイカー街の若者にも好評で、近くの経済大学院《ロンドンビジネススクール》に通う学生たちがテイクアウトで持ち帰ることが多いそうだ。

「しかし、〈赤毛組合〉という紅茶の店ならば、やはり紅茶フレーバーのものがもっと必要だろう」

と、シャーリーが次に手を着けたのが、アールグレイの茶葉を使って焼き上げたスイスロールと紅茶フレーバーの蜂蜜カスタードを下段に、その上にアマレッティビスケットを敷き詰め、レモンとオレンジのマンダリンクーリーをたっぷりのせて、最後にもりもりの生クリームとホワイトチョコでしあげたコロネーションチキントライフルだ。

「さすがにトライフルは持って帰れないよねえ」

もともとは家に余っていたケーキやクッキーを、大きな硝子の器に入れてケーキのように見せかけたのがトライフルというプディングで、つまらないもの、ありあわせのもの、という意味の家庭のおやつだった。それが見た目がいいのでインスタで映えると大評判になり、あらゆるトライフルがカフェでも売られるようになったため、こうしてハドソン家のトライフルもメニューに加える流れになったようだ。マイキーの仕事に敬意を表して、クラウン型になっているのが面白い。

「私、思うんだけどさ、やっぱり大きい方がいいんだよね。自分が食べるぶんには小さいカップケーキをいろんなフレーバーで食べたいって思うけど、食欲と物欲が刺激されるのって大きさなんだよ」

アイシングの砂糖の甘さを紅茶の苦みで中和すると、あら不思議、またすぐに食べられるようになる。でも今度は砂糖の甘さじゃなくて、柑橘系のくせのあるすっぱさがいいいな……。そうしてチーズの入ってないチーズケーキとスフレカップケーキと紅茶とオレンジのトライフルのトライアングルを永久にぐるぐる回り続けられる罠なのだ。

「これだよこれこれ、マーヴィンといっしょにいたとき、なにがなかったって、このスイーツ食べまくり時間なんだよねえ。ふたりとも食べるのは好きだから外食はよくしたけど、おやつだけっていうのはなくて、物足りなかったんだよあ……」

私は大きな調理スプーンをおもいっきりトライフルの中に突き刺して、中身を大きくえぐった。常にロールケーキの断面が見えて、まるでMRIの最中に内臓を掬い出しているようだ。おやつの時間に思い出すシーンではないけれど。

「エイレネはおやつは好きだったな。僕とはよく食べたが、プリンスは口にしなかったと不満げに言っていた。徹底したグルテンフリー主義者だったと」

「またでた、それ、グルテンフリー！」

悪魔教の崇拝者を罵るがごとき冷ややかさで私は言った。

「いやね、マーヴィンは医者だし、プリンスはいかにも筋トレが好きなセレブマッチョだし、わかるんですけどね。人類の三分の一は肥満で、だから病気の人間が半数になって、医療費を圧迫するんだって。でもさ、肥満のほとんどの原因は低所得と福祉の怠慢なんだから、へんなタンパク質でむりやり人を好きにさせるよりも、肥満をなくすDNAを開発すべきだと思うの。まあ軍事転用は無理だろうけどね！」

「それだけ価値観が違っていたのに、九ヶ月も保ったのが奇跡だったというわけか」

「まあねー。それだけエイレネにとって私が邪魔だったっていうのは、光栄でもあるけどね」

「どこが光栄？」

「だって、私がいたら完全にお邪魔虫じゃない？　我ながらすでに221bの小姑《こじゅうと》感あるもん」

「君のその根拠のないポジティブさこそ、DNA培養をして鬱病患者に注入するべきだ」

「やればいいよね。協力するから」

腕を差し出した私をあきれたように見るシャーリー。カップケーキの上にちらばるカラフルなM&M。彼女はときどきそれが、赤血球の玉に見えるそうだ。私はドロップの方が似ていると思うけれど。

それに、エイレネがどうして私とマーヴィンを結婚させたのかは、あのインド洋の揺れる船の上でトンガと話しているときに察してしまった。あわよくば私に、結婚してふつうの女になり母となり田舎で埋もれて欲しいと願っていただれかがいたんだろう。

なんだそれ、と私は思う。女が沈静化して無害になるのが、どうして結婚して母になり田舎でケーキを焼くことになるのか意味がわからない。よりによってこの私に、田舎に行けと願っていたのなら、それはプロファイルがまったく甘かったとしか言いようがない。私が田舎へ行くはずがないじゃないか。この、ロンドンを至極愛する私が。田舎を殺してきた私が。

「エイレネがどこにいようと、既にあのひとはブラウニーを手中にしている。どんな計略を立てているのか、僕にはまだわからない」

(あのひと、ってモリアーティのことか)

シャーリー・ホームズは彼女のことを、いつでも「あのひと」とだけ言う。それはこの世界でたったひとりを指していて、〝彼女〟のことを、事件解決後シャーリーがほかの名前で言うのを聞いたことがない。

ずいぶんあとになって、私がもう一度、ウエディングドレスを着て221bを出ることになったとき、私はからっぽになったM&Mの瓶や、スキャニング機能の増設されたエレベーターや、シャーリーが銀のアンティークナイフで優雅に切り分けたチーズスフレのカップケーキのことを思い出すのだ。

あのときは思いもしなかった。私たちがダートムーアで追い詰めた植物学者によって作られ、すでにマーケットで売られていた小麦を弱らせるウイルスがウクライナでばらまかれ、それが大きな内戦の予兆となることを。シャーリーとエイレネが語ったマスグレーヴの研究所近くに実在した古いカタコンベ。そこを開けた瞬間世に飛び出した致死性の強力ペスト菌が、ふたたび二十一世紀に細菌兵器として使われようとしていることを。そして、なによりあのときもう終わったと思っていた事件、閉じられたアンダマン諸島をめぐる計略が、実は大陸と海ではっきりと二分された勢力からなる大いなるゲーム、第三次グレートゲームの始まりでしかなかったことを。

その中心に、たしかに私たちはいたのだ。

森の中で海を渡ってきたばかりの小さなエイレネがずっと、硝子の向こうに眠るシャーリーを見ていたように、私はシャーリーの目覚めを待ち、待ちくたびれて旅に出た。彼女の心臓を再び動かし、その目に叡智の光をともすりんごを手に入れるために。

「ああん、もう食べきれないよぉー、こんなにあるならエイレネも来たらよかったんだ。本当にどこにいるのか知らないの？」

「知らない」

そのそっけなさと冷淡さがいつものシャーリー・ホームズであったので、私は心の底から満足してにっこり笑った。

「それじゃあ、仕方がないか」

今日の食事は、２２１ａで詰め込んだケーキたちで十分だった。ミスター・ハドソンが、見かけだけチーズケーキに見えるロンドンのダミーチーズケーキだけではなく、本当にチーズを使い、パイの中はジャムの代わりにナッツバターがぎっしり、砂糖のかわりにピザチーズを載せて焼いた、ちゃんとしたチーズ味のチーズケーキをおみやげにもたせてくれたからだ。甘いものの次はしょっぱいものが食べたくなる。これはもう、神がそう作りたもうたのだから仕方がない。

「じゃあ、今日はごちそうさまでした。おやすみなさい、ミスター・ハドソン」

「おやすみなさい。シャーリーお嬢様、ドクター・ワトソン」

私たちは店舗をでて、すぐにストリートの角をまがった。221bは住居なので入り口がメインストリートに面していないのだ。夜の八時をすぎると、学生の姿はまばらになって、行き交う人のほとんどは帰宅途中の通勤客である。皆、急いでベイカーストリート駅へ向かっている。もしくはそれよりものんびり歩きながらだれかとしゃべっている人々は、これからメアリルボーンのしゃれた店で素敵なディナーの予定でも入っているのだろうか。

「おやすみなさい」

すれ違いざまにぶつかりかけた人から声をかけられて、私はおやすみなさいと言いかけ、あることに気づいて顔を上げた。

「さっきの……」

ドアを開けるためノブに手をかけていたシャーリーが怪訝そうに振り返る。

「どうした、ジョー？」

「いや、ええと、ううん……。なんでもない」

そのとき、すれ違ったのが背の高い青年だったのか、それとも腰の曲がった老人だったのか、それとも中年の女性だったのか、子供だったのか、私はわからなかった。あまりにもすうっと自然に、まるで流れ星を見るかのように、その声はストリートの人混みに溶けてまぎれてしまったから。

私はすっかり忘れていたのだ。街にも毎日夜が来ることを。

「ジョー、アイスクリームが届いてるぞ。ニューヨークからだ」

と、シャーリーが言った。

(今日は、明るい夜だ)

いつのまにか、ストリートの奥に、大きな月が顔を出していた。

作中の本文一一〇ページの『ジョスランの子守歌』の訳詞は近藤朔風のものを引用しました。その他は著者訳です。

本書は《ミステリマガジン》二〇二三年七月号、九月号、十一月号、二〇二四年一月号に分載された小説を加筆修正し、まとめたものです。

シャーリー・ホームズと
ジョー・ワトソンの醜聞《しゅうぶん》

二〇二四年一月二十日　印刷
二〇二四年一月二十五日　発行

著　者　高殿《たかどの》　円《まどか》
発行者　早　川　浩
発行所　株式会社　早川書房
郵便番号　一〇一 - 〇〇四六
東京都千代田区神田多町二ノ二
電話　〇三 - 三二五二 - 三一一一
振替　〇〇一六〇 - 三 - 四七七九九
https://www.hayakawa-online.co.jp
定価はカバーに表示してあります

Printed and bound in Japan

印刷・製本／中央精版印刷株式会社

ISBN978-4-15-210302-4 C0093

乱丁・落丁本は小社制作部宛お送り下さい。
送料小社負担にてお取りかえいたします。